AtV

CAROLA DUNN wurde in England geboren und lebt heute in Eugene, Oregon. Sie veröffentlichte mehrere historische Romane, bevor sie die erfolgreiche »Miss Daisy«-Serie zu schreiben begann.
Im Aufbau Taschenbuch Verlag sind außerdem erschienen: »Miss Daisy und der Tote auf dem Eis«, »Miss Daisy und der Tod im Wintergarten«, »Miss Daisy und die tote Sopranistin«, »Miss Daisy und der Mord im Flying Scotsman«, »Miss Daisy und die Entführung der Millionärin«, »Miss Daisy und der Tote auf dem Wasser« und »Miss Daisy und der Tote auf dem Luxusliner«.

Seit einiger Zeit erhält Miss Daisys Schwager anonyme Briefe, deren Schreiber ihn mit einer lange zurückliegenden Liebesaffaire zu erpressen versucht. Es wäre wirklich furchtbar, wenn seine Gattin, Daisys Schwester, davon erfahren würde, die gerade wieder in anderen Umständen ist. Schon allein deshalb geht er nicht zur Polizei, sondern lädt Miss Daisy ein, »sich auf dem Lande ein wenig von den Strapazen Londons zu erholen«. Sie stellt bald fest, daß noch andere Dorfbewohner ähnliche Briefe bekommen. Und eines Nachmittags stößt sie neben der Kirche auf die Leiche von Professor Osborne, dem Bruder des Pfarrers. Daisy muß doch die örtliche Polizei einschalten, denn es wird gefährlich, auch für ihre Verlobung. Chief Inspector Alec Fletcher von Scotland Yard ist stocksauer, daß Miss Daisy mal wieder auf eigene Faust gehandelt und zudem seine kleine Tochter Belinda mit hineingezogen hat.

Carola Dunn

Miss Daisy und der tote Professor

Roman

Aus dem Englischen
von Gerald Kirk

Aufbau Taschenbuch Verlag

Die Originalausgabe unter dem Titel
Styx and Stones
erschien 1999 bei St. Martin's Press, New York.

ISBN 3-7466-1773-1

3. Auflage 2004

Dieses Werk wurde durch die Literarische Agentur Thomas Schlück GmbH, 30827 Garbsen, vermittelt.
Umschlaggestaltung Mediabureau Di Stefano
unter Verwendung eines Fotos von Steve Cole, gettyimages
Druck Oldenbourg Taschenbuch GmbH, Plzeň
Printed in Czech Republic

www.aufbau-taschenbuch.de

PROLOG

Der Befehl kam, als sich im Osten die Morgendämmerung ankündigte. Die murrenden Männer verstummten, als sie aus dem modrigen, stinkenden Graben krochen – ihrer notdürftigen Zuflucht in den letzten beiden Tagen. Tief gebückt rannten sie mit aufgepflanzten Bajonetten durch den Nebel über das Niemandsland auf den unsichtbaren Feind zu.

Die Vordersten legten zwanzig Yards zurück, ehe die Mine hochging. Der halbe Zug verschwand bei der Explosion in Flammen, Dreck und Blut.

Der Geistliche schluckte ein trockenes Schluchzen hinunter und stolperte auf die nächsten Schreie zu. Grenadier Harvey - ›Enry‹ Arvey –, ein Cockney-Depp, der immer ein fröhliches Wort für einen deprimierten Kumpel übrig hatte, der den jungen verdutzten Rekruten zeigte, wo's langgeht, und der auf seine irgendwo in den Midlands in einer Munitionsfabrik arbeitende Frau stolz war, auf die Jungen, zwei für immer lädierte Photographien …

Henry Harvey, ohne Beine, verblutete fern der Heimat.

Der Geistliche kniete nieder. Als die schweren Geschütze zu feuern begannen, bebte unter ihm die Erde. Mit Harveys schlaffer Hand in der seinen betete er laut. Still verfluchte er den Herrn.

1

»Schätzchen, ich wünschte, ich könnte. Aber Johnnie hat mich zum Lunch eingeladen, und er wird jeden Moment hier sein.«

»Johnnie?« Der eifersüchtige Ton in Alecs Stimme klang durch den Draht bis an Daisys Ohr.

Mit einem kleinen selbstgefälligen Lächeln erklärte sie: »Johnnie Frobisher – Lord John – mein Schwager.«

»Oh, Lady Johns Johnnie.« Seine Erleichterung war offenkundig, obgleich er etliche Meilen weit weg war, im New Scotland Yard.

»Lady Johns Johnnie!« lachte Daisy. »Ich weiß, sie hat dich sicher gebeten, sie Violet zu nennen, Schatz. Egal, jedenfalls ist er heute in der Stadt und hat mich zum Lunch eingeladen.«

»Ins *Ritz* vermutlich oder ins *Savoy*«, sagte Alec trübsinnig. Das Gehalt eines Detective Chief Inspectors vertrug keine Lunchs im *Ritz*.

»Schätzchen, du weißt, ich würde lieber mit dir im *Lyons' Corner House* ein Welsh Rarebit essen, aber woher sollte ich wissen, daß du heute Zeit hast? Oh, es klingelt an der Tür, ich muß rennen.« Sie wandte sich um und rief die Treppe hinunter zur Putzfrau in der Küche im Souterrain: »Ich geh schon, Mrs. Potter! Alec, ich ruf dich heute abend von zu Hause an. Bis da-a-nn, mein Lieber.«

Sorgfältig hängte Daisy den Hörer des nagelneuen Telephons ein, das sie und Lucy sich erst vor einer knappen Woche geleistet hatten. Lucy hatte den kompletten Anschluß zu ihrem Photoatelier in den alten, zu Wohnquartieren umgebauten Remisen bezahlt. Es befand sich hinter der schmukken Wohnung, die sie sich teilten, aber Daisys Anteil an den allgemeinen Kosten war noch hoch genug. Sie lebten wieder genügsam von Eiern, Käse und Sardinen; da kam ein Essen in einem guten Restaurant gerade richtig.

Wie dem auch sei, so sehr sie Johnnie mochte, sie hätte lieber mit Detective Chief Inspector Alec Fletcher gespeist. Seit dem wunderbaren Wochenende im New Forest hatte sie ihren Verlobten kaum zu Gesicht bekommen.

In diese Erinnerungen versunken, starrte sie in den Spiegel über dem Flurtisch, und das kleine selbstgefällige Lächeln kehrte zurück. Sie richtete den blauen, mit weißen Rosen bekränzten Strohhut auf ihren honigbraunen, kurzgeschnittenen Locken. Der Hut paßte zur Farbe ihrer Augen, die Alec bei schlechter Laune als »irreführend harmlos« zu beschreiben pflegte, doch wenn er milder gestimmt war, wählte er schmeichelhaftere Worte.

Daisy trug ein Leinenkostüm in einem dunkleren Blauton, weiß paspeliert. Ziemlich schick, fand sie, wenn sie nur eine elegante jungenhafte Figur hätte. Von den geraden Linien und dem auf den Hüften sitzenden Gürtel konnte man nicht sagen, daß sie ihr standen.

Als sie die Nase über ihre runden Kurven rümpfte, die Alec für so herrlich knuddelig hielt, bemerkte sie drei Sommersprossen. Auf dem Lande kein Problem, aber in der Stadt inakzeptabel; schnell tupfte sie etwas Puder darauf. Den kleinen Leberfleck an ihrem Mundwinkel zu verbergen hatte sie aufgegeben, seit ihr Alec erzählt hatte, daß man ein Schönheitspflästerchen im achtzehnten Jahrhundert neckisch als »Küßchen« bezeichnet hatte.

Mit einem Seufzer bedauerte sie, daß Johnnie sie ausgerechnet an einem der wenigen Tage zum Lunch eingeladen hatte, an denen sich Alec zur Mittagszeit vom Yard verdrücken konnte.

Während sie zur Vordertür ging, zog sie sich die Handschuhe an. Als sie öffnete, stieß sie auf eine Hitzewand wie von einem Schmelzofen. Selbst hier in Chelsea stank die Großstadtluft nach vor sich hin schmorendem Asphalt und Abgasen.

»Der reinste Backofen, nicht?« begrüßte sie Johnnie.

Wie Alec war er Mitte Dreißig und mittelgroß, aber – im Gegensatz zu Alec – schmächtig und blond. Er war makellos gekleidet, ein hellgrauer Straßenanzug im unverkennbaren Schnitt der Savile Row. Nur das sonnengebräunte Gesicht verriet den Gentleman vom Lande, der für diesen Tag in die Stadt gekommen war. Von der braunen Haut hob sich die weiße Linie einer von der Kinnlade bis zur Stirn hochführenden Narbe scharf ab. Ansonsten war sein hervorstechendstes Merkmal die Nase, die in seiner Familie von einer Generation zur anderen vererbt wurde.

Mit dem weichen Hut fächelte er sich Luft zu. »Puh!«

»Ganz furchtbar!« stimmte Daisy zu. »Was in aller Welt zog dich an so einem Tag vom tiefsten Kent weg, wo es in euren Obstgärten jetzt himmlisch sein muß?«

Ein Hauch von Röte färbte Johnnies Wangen. »Oh, äh, Geschäfte«, meinte er verlegen, und während er Daisy in seinen kastanienbraunen Sunbeam-Tourenwagen half, fügte er noch rasch hinzu: »Ich dachte, wir fahren nach Belgravia, das ist eine passable Gegend und liegt am nächsten. Soll ich das Verdeck schließen, wegen der Sonne?«

»Nein, danke. Da ersticken wir doch.«

Die Höflichkeit verbot es zu fragen, welche Art von Geschäften ihn so nervös wie einen Grashüpfer herumhopsen ließen, aber das konnte Daisy nicht daran hindern, sich zu wundern. Sie hoffte, er steckte nicht in finanziellen Schwierigkeiten wie so viele Landwirte in jenen Tagen. Sein ältester Bruder, der Marquis, war ungeheuer reich, aber Johnnie würde ihn unter keinen Umständen bitten, ihm unter die Arme zu greifen.

Vielleicht würde er beim Lunch der Verführung ihrer arglosen Augen erliegen und beichten, was los war. Daisy hatte nie richtig begriffen, warum sich die Leute, selbst absolut fremde, ihr anvertrauten, aber sie taten es.

Als er Richtung *Belgravia Hotel* fuhr, erkundigte sie sich nach Vi und den Jungen.

»Ich dachte, du hast mit ihr gesprochen, seit du das Telephon hast legen lassen.«

»Das ist doch fast eine Woche her!« Über sein typisch männliches Unverständnis für das weibliche Mitteilungsbedürfnis mußte sie den Kopf schütteln. Zweifellos hörte er von seinen Brüdern nur bei einer Geburt, einer Hochzeit oder einem Todesfall.

»Um die Wahrheit zu sagen – versprich mir, daß du nichts Lady Dalrymple erzählst!«

»Großes Ehrenwort«, antwortete Daisy sofort. »Mutter erzähle ich nie etwas, wenn ich nicht unbedingt muß.«

»Violet möchte nicht, daß sie es schon erfährt«, sagte Johnnie, wobei er puterrot wurde, »aber sie hat gerade festgestellt ..., äh, daß sie noch ein Baby kriegt.«

»Wunderbar! Gratuliere. Zumindest ist sie nicht krank, nicht wahr? Ist es das, was dir Sorgen macht?«

»Nein, nein, im Augenblick scheint es ihr gutzugehen. Aber es gibt einen anderen Grund, warum ... Nun, das kann warten. Wie kommst du mit dem Schreiben voran, Daisy?«

Die Andeutung, daß er alles noch vor ihr ausbreiten würde, brachte Daisy dazu, ihre Neugier, ihre größte Sünde, zu zügeln. Sie berichtete Johnnie von dem Artikel über prächtige Herrenhäuser, den sie gerade für die Zeitschrift *Town and Country* fertiggestellt hatte, und jenen über das London Museum, den sie für ihren amerikanischen Verleger nun in Angriff nehmen wollte.

Johnnie warf ein »Wirklich?« und ein »Interessant!« ein, aber sie vermutete, daß er ihr gar nicht zugehört hatte.

Um das zu überprüfen, brabbelte Daisy nun aus Spaß einen Nonsens-Vers von Lewis Carroll vor sich hin. Dann bog der Sunbeam in Grovesnor Gardens ein.

»Das hört sich alles ganz faszinierend an. Da sind wir ja schon.« Ihr Schwager hielt vor dem Hotel.

Was war eigentlich los?

Johnnie riß sich sehr zusammen, um mit dem livrierten Portier und Maître d'hôtel zu verhandeln. Man wies ihnen einen

Tisch in einer ruhigen Ecke zu. Im Restaurant war nicht viel los, da jeder, der nicht verrückt war und es sich leisten konnte, aus der Stadt geflohen war.

Johnnie blickte flüchtig in die Karte und fragte: »Daisy, was möchtest du? Sie haben sehr gute Austern à la Rockefeller. Der amerikanische Einfluß breitet sich wohl überall aus, nehme ich an.«

»August hat kein ›R‹«, betonte Daisy. »Da ißt man keine Austern. Du bist zerstreut.«

»Tut mir leid«, entschuldigte er sich kleinlaut.

»Glücklicherweise mache ich mir sowieso nicht viel aus Austern. Als erstes etwas Kaltes, bitte. Vielleicht Melone, oder gibt es auch Consommé Madrilène?«

Mit sichtlicher Mühe wandte sich Johnnie der Speisekarte zu. Daisy lehnte einen Cocktail ab, da sie davon immer müde wurde und am Nachmittag noch etwas arbeiten wollte. Sie entschied sich für eisgekühlte Brühe, der dann Seezunge Colbert, Hühnchen Mireille und Pfirsich Melba folgen sollten. Johnnie bat ganz geistesabwesend um eine Scheibe vom Braten.

»Ich werde wohl eine ganze Woche lang nicht mehr essen müssen«, sagte Daisy, als der Kellner mit der Bestellung verschwand. »Wie kann man nur einem Essen seinen Namen geben? Melba geht natürlich auf Lady Nellie zurück, aber wer war Colbert?«

John zwinkerte vergnügt zu ihr hinüber.

»Egal! Vielleicht bekomme ich etwas darüber heraus; das könnte einen unterhaltsamen Artikel abgeben.« Sie lehnte sich vor. »Jetzt aber, Johnnie, jetzt sag mir, was los ist.«

»Nun, es ist … ich … Nein, ich möchte dir nicht das Essen verderben. Warte bis zum Kaffee damit. Meinst du nicht, daß wahrscheinlich alle Gerichte nach ihren Erfindern benannt wurden?«

»Ja, wahrscheinlich. So was Dummes! Die Austern Rockefeller heißen wohl so nach dem Millionär, nicht wahr? Und ich glaube, Madrilène kommt von Madrid.« Daisy nahm sich die

Freiheit, um abzuschweifen, auch wenn sie nun langsam unruhig wurde wegen der Neuigkeiten, die angeblich so schlecht ausfielen, daß sie beinahe ein so göttliches Mahl bedrohten.

Wenn es Violet gutging, war Johnnie dann womöglich krank? Hatte man ihm nur noch sechs Monate zu leben gegeben, oder war etwas ähnlich Schreckliches passiert? Wollte er, daß Daisy die Nachricht Vi überbrachte? Mein Gott, es war einfach nicht zum Aushalten!

Er wirkte nicht krank, eher nur von Sorgen geplagt. Seine tapferen Versuche, zur Unterhaltung beizutragen, endeten einzig in Schweigen, und in seinem Essen stocherte er nur herum. Daisy zwang sich, jeden köstlichen Happen zu genießen, wozu sie sich sowohl körperlich als auch mental ein wenig überreden mußte. Johnnie schob seinen Braten und die französischen Bohnen auf dem Teller herum. Von seinem Pfirsich Melba kostete er nicht einmal, obwohl die Pfirsiche und die Himbeeren frisch und nicht aus der Dose waren und einfach himmlisch schmeckten.

»Werden Sie den Kaffee im Salon einnehmen, Sir?«

Johnnie blickte zu Daisy hinüber, die den Kopf schüttelte, denn sie ging davon aus, daß es einfacher war, hier an ihrem Tisch ein ernsthaftes Gespräch zu führen. Da sie an nicht mehr als nur einen kleinen Imbiß zum Mittag gewöhnt war, hatten die vielen Speisen den gleichen Effekt wie ein Cocktail. Sie fürchtete, der verlockenden Bequemlichkeit der Sessel des Salons zu erliegen und einzuschlafen.

Der Kaffee kam. Der Kellner entfernte sich wieder. »Gut«, sagte Daisy, »komm endlich zur Sache.«

Johnnie wich geschickt ihrem Blick aus und sagte: »Nun, nach allem, ich glaube nicht …«

»Jetzt kneif nicht! Du kannst mich nicht länger auf die Folter spannen und zusehen, wie ich mir alle möglichen schrecklichen Dinge ausmale. Deine … hatten deine Geschäfte hier in London etwas mit der Harley Street zu tun?«

»Harley Street?« Bestürzt sah er in ihre besorgten Augen, und da konnte er nicht länger an sich halten. »Aber nein, keine

Ärzte, ich bin so gesund wie ein Pferd. Daisy, Violet hat mir höchst außergewöhnliche Dinge über dich berichtet, wie du hier und da Mördern auf die Spur kommst und Entführer dingfest machst und so weiter.«

»Na ja«, sagte Daisy vorsichtig, die nun ganz wach war. »Ich habe Alec ab und zu geholfen, Fälle aufzuklären, auch wenn es ihm schwerfällt, das zuzugeben.«

»Ich brauche Hilfe«, platzte es aus Johnnie heraus. »Kannst du nicht ein paar Tage nach Oakhurst runterkommen? Violet würde keinen Verdacht schöpfen, wenn du mal aus der Stadt raus wolltest. Vielmehr wäre sie ganz entzückt, wenn du kommst und ein bißchen bleibst. Und vielleicht gestattet dir Fletcher, seine kleine Tochter mitzubringen. Auf eurer Verlobungsfeier haben sie und Derek sich auf Anhieb ganz prächtig vertragen. Sind im gleichen Alter, oder? Violet sagte neulich, daß es nicht gut sei, wenn ein Kind in der Sommerhitze in der Stadt festsitzt.« Mit einem Gefühl des Triumphs lehnte er sich zurück.

Aber Daisy lenkte ihn unbarmherzig wieder auf sein eigentliches Anliegen. »Alles schön und gut, und ich glaube schon, daß Belinda ganz begeistert wäre, aber welche Art Hilfe brauchst du denn nun? Geht es um irgendwelche Ermittlungen? Ich bin kein Privatdetektiv, wie du weißt. Alec ist der Kriminalbeamte.«

»Auf keinen Fall die Polizei! Das hat nichts mit der Polizei zu tun. Ich bin mir nicht einmal sicher, ob es ein Verbrechen ist, und ich möchte auf keinen Fall, daß noch eine andere Person davon erfährt. Also …«

»Wovon erfährt?«

Johnnie zog an seiner plötzlich viel zu engen Harrow-Krawatte. Wieder überströmte ein Schimmer von Röte das sonnengebräunte Gesicht, so daß sich die bisher im diffusen Licht des Innenraumes kaum sichtbare Narbe abzeichnete. »Nun, äh …«

»Ich muß wissen, in welchem Fall ich ermitteln soll, Johnnie! Da ich eigentlich gerade jetzt kaum Zeit zur Verfügung habe, ist es schon in Ordnung, du mußt mir nicht gleich alles offenbaren.« Daisy trank die Tasse bis zum letzten Tropfen aus und wollte sich die Handschuhe überstreifen.

»Nein, bitte.« Er streckte eine Hand über den Tisch. »Ich muß es jemandem erzählen, sonst werde ich noch verrückt, und du bist der einzige Mensch, dem ich es anvertrauen kann und der mir vielleicht einen praktischen Rat gibt. Folgendes – ich erhalte ganz entsetzliche anonyme Briefe – ich glaube, unsere Vettern in Übersee nennen so etwas ›Verleumdungspost‹.«

»Du lieber Himmel!« rief Daisy aus und fügte aufrichtig hinzu: »Ich kann mir gar nicht vorstellen, daß es auf der Welt etwas gibt, womit man dich erpressen könnte.« Auch wenn sie Johnnie mochte, und er paßte sehr gut zu ihrer Schwester, so hatte sie ihn doch immer für einen kleinen Langweiler gehalten.

»Es geht nicht eigentlich um Erpressung. Jedenfalls noch nicht, auch wenn ich vermute, daß es eines Tages darauf hinausläuft. Im Augenblick werden noch keine Forderungen gestellt, außer der Aufforderung zu bereuen und nicht mehr zu sündigen. Aber man kann doch nicht mit etwas aufhören, was man ein einziges Mal vor vielen Jahren getan und auf der Stelle bereut hat.«

»Schwierig, ja. Und worum geht es?«

Johnnie wurde blaß. »Mußt du es denn wirklich wissen?«

»Ich nehme an, du willst, daß ich den ominösen Briefeschreiber finde. Wie soll ich der Sache nachgehen, wenn ich die Briefe nicht einmal gesehen habe und nicht weiß, was dahintersteckt?«

»Also kommst du dann?« fragte er ungeduldig.

»Ich bin nicht sicher. Vielleicht kann ich es einrichten. Aber ich müßte Einblick in diese üblen Zuschriften nehmen. Wenn du also nicht willst, daß ich aus den Briefen direkt von deinen bösen Taten – verzeih, von deiner bösen Tat – erfahren soll, mußt du sie mir lieber selber beichten.«

»Ja.« Seine Schultern sackten zusammen. »Ja, du hast recht. Aber zu Violet oder Fletcher kein Wort. Versprich es.«

»Ich verspreche es.«

»Ich möchte nicht, daß du glaubst, ich wolle mich entschuldigen, aber ich will dir die Umstände erläutern.«

»Dann mal los«, sagte Daisy.

Das Feldlazarett war im Herbst 1917 vollgestopft mit Verwundeten von der dritten Schlacht von Ypern – Wipers, wie die anderen Mannschaften die ruinenartigen Überreste der belgischen Stadt sarkastisch nannten, da man sie beinahe dem Erdboden gleichgemacht hatte. Von kompakten Bunkern aus, die von einem Schlamm-Meer umgeben waren, hatten die Boches aus Maschinengewehren und mit Senfgas auf die im Sumpf steckengebliebenen britischen Truppen losgefeuert, um sie zu Hunderttausenden auszulöschen.

Erschöpfte Ärzte nähten und amputierten und evakuierten jene, die hinter den Linien überlebt hatten, so schnell wie es die verfügbaren Transporte erlaubten. Nicht weniger überfordert, säuberte man in den Lazaretten den menschlichen Abfall, der zu ihnen geschickt worden war, und sah hilflos zu, wie die Patienten in Scharen an Infektionen und vom Gas zerfressenen Lungen starben.

Natürlich erhielt Major Lord John Frobisher die bestmögliche Behandlung. Noch der kleinste Granatsplitter wurde aus seinem Körper herausgeschnitten. Für die grob zusammengeflickte Wunde in seinem Gesicht konnte man nichts weiter tun, als sie sauberzuhalten.

Per Schiff wurde er zur Rekonvaleszenz nach England geschickt, seine Wange war immer noch ganz geschwollen, der tiefe Riß war ein schauderhaftes rotes Brandmal.

»Es hat mir nicht viel ausgemacht, solange ich mit den Männern zusammen war«, erklärte ihr Johnnie. »Es schien mir ganz egal zu sein, da es so viele Verwundete gab, die weitaus schlechter dran waren als ich. Dann legte das Schiff in Dover an, und all die anderen begaben sich auf den Truppentransport nach London. Ich nahm den Regionalzug nach Oakhurst.«

»Vi und das Baby waren in Worcestershire«, sagte Daisy, »bei uns zu Hause auf Fairacres.«

»Ja, aber ich war müde und kaputt, stand unter Anspannung, taugte für die zivilisierte Gesellschaft einfach nicht. Ich benötigte ein, zwei Tage, um mich wieder aufzuraffen, ehe ich Violet sehen wollte. Ich hatte das Gefühl, daß ich sie kaum kannte – wir waren erst ein Jahr verheiratet, wie du dich erinnern wirst, als ich nach Frankreich ging, und ich war seitdem nur vierzehn Tage auf Urlaub gewesen.«

»Den du auf Fairacres verbracht hast«, erinnerte sich Daisy. »Und Derek hatte solche Angst vor dem Fremden, der behauptete, sein Vater zu sein, und Violet mußte sich allein um ihn kümmern, da die Hälfte der Männer eingezogen war und nun die Dienstmädchen die schwere Männerarbeit verrichten mußten. Und Mutter war ganz Mutter.«

Sie warfen sich einen mitleidvollen Blick zu. Lady Dalrymple, die nun Viscountess-Witwe war, fand immer einen Anlaß, sich zu beklagen. Zu dieser Zeit, schien sich Daisy zu erinnern, litt ihre Mutter unter der Ungerechtigkeit, daß ihr Schwiegersohn auf Urlaub kam, wohingegen man ihren Sohn Gervaise immer noch nicht nach Hause gelassen hatte. Gervaise bekam seine zwei Wochen Urlaub später. Er verbrachte die Hälfte davon in London, ehe er wieder nach Flandern zurückkehrte, in seinen Tod.

Einige der Kriegswunden waren nicht sichtbar, und sie heilten nur langsam.

Daisy schüttelte den Kopf, wollte ihre Erinnerungen abschütteln. »Du hättest gleich nach Fairacres kommen sollen«, sagte sie. »In Kent war es viel zu gefährlich, es liegt viel zu nah am Kontinent und wurde regelmäßig bombardiert. Vater hätte Vi nie nach Oakhurst gehen lassen.«

»Guter Himmel, nein, auf keinen Fall. Lord Dalrymple will ich keine Schuld geben.«

»Aber ich verstehe, daß du zuerst nach Hause wolltest, nach den Feldlazaretten und allem.«

»An jenem Tag hätte ich es beinah nicht geschafft«, sagte

Johnnie. »Dreimal umsteigen, und ich bin immer wieder eingeschlafen. Die Züge waren praktisch leer, da man schon die meisten Frauen und Kinder evakuiert hatte. Als ich den Bahnhof von Rotherden erreichte, gab es keine Droschke mehr. Unser Chauffeur war natürlich bei der Armee, aber mich hat auch sonst niemand erwartet. So ließ ich mein Gepäck am Fahrkartenschalter und lief ins Dorf. Der Gasthof *Hop-Picker* öffnete gerade, und ich ging hinein, um mich für den endlosen Marsch zum Haus hinauf zu stärken.«

»Fast eine Meile vom Bahnhof, und den ganzen Weg bergauf. Und niemand da, der dich mitgenommen hätte«, pflichtete ihm Daisy bei.

»Die Tochter des Gastwirts, Maisy, die ich von klein auf kannte, schrie los, als sie mich sah. Sie riß sich zusammen und bediente mich, aber sie brachte es nicht über sich, mir ins Gesicht zu sehen. Du kannst glauben, was du willst, aber bis zu diesem Zeitpunkt hatte ich nicht darüber nachgedacht, wie ich auf Frauen wirken würde. Auf Violet.«

»Oh, Johnnie!«

»Bis dahin hatte ich es immer nur mit Krankenschwestern zu tun gehabt, die viel Schlimmeres gewöhnt waren.« Er betastete seine dünne weiße Narbe. »Jetzt ist sie verblaßt, aber damals war sie scheußlich, geradezu ekelhaft, und ich wußte nicht, wie sie verheilen würde. Rasch trank ich meinen Whisky aus, war froh, daß ich einen doppelten bestellt hatte, da ich nicht die Nerven hatte, einen zweiten zu verlangen. Glücklicherweise regnete es. So stahl ich mich mehr oder weniger durchs Dorf, ohne jemandem zu begegnen. Plötzlich hörte der Regen auf, und die Sonne kam heraus. Gerade als ich am Pfarrhaus vorbeiging. Erinnerst du dich an Rotherden?«

»Ja, natürlich.« Seit Kriegsende war Daisy oft dort gewesen. »Das Pfarrhaus ist gleich neben der Kirche, die sich genau auf der anderen Straßenseite von euren Toren befindet, also warst du in Sicherheit.«

»Das hatte ich auch gedacht.«

Gegenüber dem Pfarrhaus, auf der anderen Seite der Tore

des Gärtnerhauses von Oakhurst, stand ein kleines Haus im Queen-Anne-Stil, das mit Schindelbrettern verschalt war und die in der Gegend üblichen Dachziegeln trug. Ein hübsches Anwesen, das ziemlich dicht an der Straße lag, aber nach hinten über einen großen Garten verfügte. Ein oder zwei Jahre vor Ausbruch des Weltkrieges war es von einer kinderlosen Witwe erworben worden. Mrs. LeBeau war damals um die Dreißig und eine attraktive und kultivierte Frau.

John, der frisch verheiratet war und sich in seinem Eheleben eben einrichten und die Verwaltung des Besitzes erlernen wollte, den ihm ein Onkel überlassen hatte, hatte kaum von ihr Notiz genommen.

»Gerade als ich vorbeiging, trat Mrs. LeBeau aus der Tür. Ich wußte, daß sie für gewöhnlich um diese Zeit ihr Haus verließ – irgendwann waren wir miteinander bekannt gemacht worden, und wenn ich mich recht erinnere, so hatte Violet sie ein- oder zweimal zum Vormittagskaffee eingeladen. So eine Art Bekanntschaft war das. Auf jeden Fall begrüßte sie mich und fragte, ob ich auf Heimaturlaub sei. Ich konnte ihr da schlecht ausweichen.«

Er hatte sich umgedreht, um ihren Gruß zu erwidern. Als die nach Westen wandernde Sonne in sein Gesicht schien, mußte sie schlucken.

»Sie Armer, Sie sehen erschöpft aus«, sagte sie. »Werden Sie denn im Herrenhaus erwartet? Lady John ist nicht anwesend, soweit ich weiß. Treten Sie ein, trinken Sie Tee und essen Sie ein paar Kekse, ehe Sie weitergehen. Ich wollte gerade dieses Buch zu Mrs. Molesworth zurückbringen, aber das kann warten.«

Nach dem Scholokadenriegel aus einem Automaten am Bahnhof zum Mittag und einem doppelten Whisky, den er viel zu rasch hinuntergestürzt hatte, sehnte sich John förmlich nach einem Tee, vom Mitgefühl ganz zu schweigen.

»Du wirst schon drauf gekommen sein«, sagte er zu Daisy, »daß ich die Nacht über dort geblieben bin.«

Daisy wußte nicht, was sie sagen sollte. Da sie in dem Boheme-Viertel Chelsea wohnte, hatte sie mit einer Reihe von

Leuten zu tun, deren Ehegelübde häufiger übertreten als eingehalten wurden. Sie nahm an, daß es so lange nichts ausmachte, wie es weder Ehemann noch Ehefrau als störend empfanden. Aber es war etwas anderes, wenn ihr Schwager der eigenen Schwester gegenüber untreu gewesen war.

Wie würde es wohl die stille, zurückhaltende und selbstbeherrschte Violet aufnehmen, wenn sie es jemals herausfand?

»Violet darf nichts davon erfahren!« sagte Johnnie in Daisys Schweigen hinein. Er blickte sie irgendwie flehend und herausfordernd zugleich an. »Gerade jetzt. Doch ... ich habe dir gesagt, daß ich es sofort bereut habe, aber es war irgendwie nur halbe Reue. Ich war nicht Mrs. LeBeaus erster Liebhaber, seit sie ihren Mann verlor. Also habe ich mir in der Hinsicht nichts vorzuwerfen. Und sie machte mir Mut, Violet mit meiner Verwundung gegenüberzutreten.«

Ohne es zu wollen, mußte Daisy nicken. »Ja, ich verstehe. Es war nur das eine Mal, und du hast keinem davon erzählt?«

»Keiner Menschenseele.«

»Dann muß Mrs. LeBeau die Briefe geschrieben haben.«

»Das hatte ich zuerst auch vermutet, aber ich kann mir nicht vorstellen, daß sie es wirklich getan hat. Seit Kriegsende habe ich sie häufig auf Gesellschaften getroffen, und nie hat sie auch nur die leiseste Andeutung darüber gemacht. Nicht einmal einen verstohlenen Blick. Außerdem, ganz gleich was du von ihrer Moral hältst, sie ist in anderer Hinsicht eine Lady durch und durch, wohlerzogen und gebildet. Der Stil der Briefe ist schlecht und fehlerhaft, und zudem sind sie noch ziemlich ... ziemlich schmutzig.«

»Das könnte vorgetäuscht sein«, führte Daisy an. »Hast du sie wenigstens mitgebracht?«

»Nein. Ich wollte nicht, daß man sie bei mir findet, wenn mich vielleicht ein Bus umfährt«, sagte Johnnie sarkastisch. »Den ersten habe ich verbrannt, aber im August ist es schwer, einen Vorwand dafür zu finden, Dinge zu verbrennen. Die anderen sind zu Hause in meinem Schreibtisch eingeschlossen. Kommst du also?«

Angenommen, der nächste Brief geht direkt an Vi? Daisy seufzte. »Ja, ich werde kommen. Gib mir ein paar Tage, um im London Museum Nachforschungen für einen Artikel anzustellen, den ich dann auf Oakhurst schreiben kann. Jetzt muß ich aber los. Um drei Uhr habe ich eine Verabredung mit dem Kurator.«

»Ich werde dich hinfahren.« Er schob seinen Stuhl zurück und ging um den Tisch, um ihr behilflich zu sein. »Äh, wo liegt das eigentlich? Wenn es um Museen geht, kenne ich mich nicht so aus.«

Sie lachte. »Lancaster House, gleich neben St. James's Palace. Gar nicht weit weg. Vielen Dank, aber ich spaziere lieber durch die Parkanlagen. Ich brauche die Zeit, um mich ein wenig zu sammeln.« Als sie das Restaurant verließen, fragte Daisy: »War es dein Ernst, was die Einladung von Belinda nach Oakhurst angeht?«

»Aber sicher. Wir würden uns freuen, wenn sie mitkäme.«

»Belindas Großmutter würde es sicher nicht gern sehen, wenn man ihr ›Flausen in den Kopf setzt, die über ihren Stand hinausgehen‹, aber ich bin mir sicher, daß sich Alec freuen wird. Ich überlasse es ihm, Mrs. Fletcher zu überreden. Ich werde anrufen, wenn ich weiß, an welchem Tag und mit welchem Zug wir kommen.«

»Natürlich übernehme ich die Fahrkarten«, sagte Johnnie schroff.

Daisy hielt auf den Stufen des Hotels inne und küßte ihn auf die Wange. »Du bist ein lieber Kerl, Johnnie. Ich werde mein Bestes tun, um dir zu helfen. Mach's gut! Bis bald.«

»Mach's gut, Daisy. Oh, übrigens, ich glaube nicht, daß nur ich diese Post bekomme. Lomax hat neulich so eine Andeutung gemacht, aus der ich schließe, daß er ein weiteres Opfer ist.«

Als Daisy in die Buckingham Palace Road einbog, wurde ihr klar, wie dumm die Zusage von ihr gewesen war. Sie stöhnte. Erstens hatte sie nicht die leiseste Ahnung, wie man den Urheber der anonymen Briefe ausfindig machen konnte.

Zweitens, wie sollte sie, wenn sie fündig würde, den Übeltäter davon abhalten, die Kavalierssünden der Opfer weiterzuverbreiten?

Mehrere *Opfer* also. Brigadekommandeur Lomax und wie viele andere Leute noch könnten vielleicht Wert darauf legen, ihren Peiniger unbehelligt davonkommen zu lassen. Womöglich stach Daisy bei der Geschichte in ein ganzes Wespennest!

2

DU BIST EIN HUNDSGEMEINER HÄUCHLER, EIN PHARISEER! DU HAST DEN MUMM, IM RICHTERSTUL ZU SITZEN UND ARME LEUTE WEGEN DIEBSTAHL HINTER GITTERN ZU BRINGEN, UND HAST SELBST MIT EINER HURE VERKEERT.

SCHMUTZIKER EHEBRECHER! DU HAST DEINE FRAU BETROGEN. SCHÜRTZENJÄGER MÜSSEN BESTRAFT WERDEN.

HUREREIH IST EINE SÜNDE. DU GLAUBST, DU BIST DAMIT DAFONGEKOMMEN, ABER DU BIST ERWISCHT WORDEN, UND DU WIRST LEIDEN, DU WIEDERLICHER LÜSTLING.

DEINE AFFAIRE IST BEKANNT. DU KANNST DER GERECHTIKKEIT NICH ENTKOMEN. DU HAST FERDIENT, IN DER HÖLLE ZU SCHMOHREN.

»Das sind sie«, sagte Johnnie, »außer dem ersten. Die Briefumschläge habe ich weggeworfen, aber sie waren alle mit der gleichen Handschrift versehen und abgestempelt im Dorfpostamt. Es tut mir leid, daß ich dich mit solchen Scheußlichkeiten konfrontieren muß. Manchmal habe ich das Gefühl, daß ich das Ganze doch hätte voraussehen müssen, und dann fallen sie mir wieder in die Hände, und ...« Verwirrt blickte er sich in der Bibliothek um.

In jenem altehrwürdigen Raum aus dem siebzehnten Jahrhundert waren die primitiven Briefe überraschend fehl am

Platze. Zwei Wände wurden gänzlich von Regalen eingenommen. Dort drängten sich die in Kalbsleder gebundenen Folianten nur so; sie waren über Jahrhunderte hinweg gesammelt und seit ihrem Erwerb äußerst selten, wenn überhaupt, aufgeschlagen worden. Die Sessel waren ähnlich hochbetagt und lederbezogen, aber inzwischen zu einer wohltuenden Schäbigkeit abgewetzt, so auch der ausgeblichene türkische Teppich auf den Eichendielen. Der aus Mahagoni und indischem Satinholz angefertigte Sheraton-Rollschreibtisch, an dem Johnnie saß, schien von den Papieren, die auf der blankpolierten Oberfläche verstreut lagen, wie besudelt.

»Sie enthalten nichts Schlimmeres, als in vielen modernen Romanen steht, außer der Rechtschreibung.« Daisy schüttelte den Kopf. »Und das hier klingt recht unglaubwürdig.«

»Was meinst du damit?«

»Sieh mal, fast jedes längere Wort ist orthographisch falsch, aber die Kommas zum Beispiel sind richtig.« Sie überflog die Briefe, die mit einem stumpfen Bleistift in Großbuchstaben auf billiges Schreibpapier geschrieben worden waren. »Tatsächlich, alle Satzzeichen sind richtig – das ist höchst ungewöhnlich.«

»Bei Kommas bin ich mir selbst nicht so sicher«, gestand Johnnie.

»Und es ist genauso ungewöhnlich, daß nur die längeren Wörter fehlerhaft geschrieben sind. Ein Mädchen aus meiner Klasse, die sehr schlecht buchstabieren konnte, schrieb die langen Wörter kaum falsch, da sie sie wegen ihrer Unsicherheit immer im Wörterbuch nachschlug. Aber bei einsilbigen Wörtern wie bei den Unterschieden von ›seit‹ und ›seid‹ zum Beispiel wußte sie nicht Bescheid.«

»Das kann sein. Aber jemand ohne große Bildung hält es nicht für nötig, die Schreibung nachzuschlagen, und besitzt nicht einmal ein Wörterbuch.«

»Nein«, stimmte ihm Daisy zu, »aber er würde auch kürzere Wörter falsch schreiben, so wie Muht statt ›Mut‹, oder Höle statt ›Hölle‹.

»Oder Sünnde statt ›Sünde‹«, warf Johnnie ein, der nun begriffen hatte. »Huhre statt ›Hure‹.«

»Oder weiß Gott etwas anderes für ›Pharisäer‹. Mir scheint es eher, als hätte der Verfasser bei jedem längeren Wort innegehalten und überlegt, wie man es falsch schreiben könnte.«

»Wie steht es mit dem Wort ›Affaire‹?«

»Das macht am meisten mißtrauisch. Wie oft kommt es schon vor, daß das englische Wort auf solche Weise geschrieben wird, daß es zufällig der richtigen französischen Schreibung entspricht, wie man es von der oft gebrauchten *affaire de coeur* kennt? Nein, ich glaube, dein Briefeschreiber hat das Wort, ohne nachzudenken, niedergeschrieben; daher scheint mir, daß er einen gewissen Grad an höherer Bildung besitzt.«

»Verdammt noch mal, Daisy, ich will nicht glauben, daß sich einer aus unseren Kreisen diese ... diese *Schmierereien* ausgedacht hat«, sagte Johnnie düster. »Ich gehe davon aus, daß es jemand ist, den ich kenne. Hast du einen Plan, nach dem du vorgehen wirst, um sie ausfindig zu machen?«

»Oder ihn.«

»Werden solche Dinge nicht gewöhnlich von frustrierten alten Jungfern verfaßt? Oder von einem Mann«, fügte er rasch hinzu, als Daisy die Stirn runzelte. »Meinst du, du hast auch nur die kleinste Aussicht ...?«

»Daddy! Tante Daisy!«

Als sein Sohn und Erbe in die Bibliothek stürmte, schob Johnnie die Briefe rasch in die Schublade und schloß sie ab. Derek, einem drahtigen Neunjährigen mit strohblondem, sonnengebleichtem Haar, folgte ein dünnes, einen halben Kopf größeres Mädchen, das rote Zöpfe trug und etwas langsamer näher kam. Alecs Tochter Belinda blieb schüchtern neben Daisy stehen, während Derek vor seinem Vater haltmachte.

»Daddy, Mama hat sich ausgeruht und sagt, wir können im Sommerhaus Tee trinken, weil Mrs. Osborne erscheint, also kommst du mit uns zum Tee und spielst dann gleich Cricket mit, weil du sie doch auch nicht leiden kannst? Du kannst auch kommen, Tante Daisy. Ich meine«, korrigierte er sich, »wir würden uns über deine Gesellschaft freuen. Mrs. Osborne mag keine Kinder. Sie tut nur so und tätschelt einem den Kopf und nennt mich einen hübschen kleinen Mann.«

»Entsetzlich!« sagte Daisy lachend.

»Ganz und gar. Ab-so-lut er-nie-dri-gend.« Er blickte Belinda an, und aus irgendeinem Grund brachen beide in Gelächter aus, schon jetzt hatten sie ihren Spaß an einem Scherz, von dem die Erwachsenen ausgeschlossen waren. Im allgemeinen ließ Derek Mädchen links liegen. Doch die Tochter eines richtigen Detective Chief Inspectors von Scotland Yard war eine Klasse für sich.

»Derek, so darfst du aber über Mrs. Osborne nicht reden«, wies ihn sein Vater zurecht. »Und wie du darauf kommst, daß ich sie nicht mag ... Nein, erzähl mir nichts. Wo soll das bloß hinführen. Wie sich die Manieren der Kinder heutzutage verändern. Bemüh dich bitte um ein wenig Zurückhaltung!«

»Na gut, Daddy, aber kommst du nun? Bitte!«

»Und Sie, Miss Dalrymple.« Belindas Hand glitt in Daisys.

»Ich glaube nicht, Liebes. Mrs. Osborne ist die Frau des Pfarrers, nicht wahr?« Wer wüßte sonst besser über alles im Dorf Bescheid als sie? »Ich fürchte, sie könnte es mit Recht für eine Beleidigung halten, wenn ich nicht erscheine.«

Belinda packte fester zu. »Ich komme mit. Darf ich?«

»Möchtest du nicht lieber Cricket spielen?« fragte Johnnie freundlich.

»Oh, ja, M... Mylord«, stammelte das Mädchen und blickte mit großen Augen scheu zu ihm auf, deren Grau einen Deut grünlicher schattiert war als die von Alec.

»Daddy, sie muß dich doch nicht mit ›Mylord‹ anreden, oder?«

»Guter Gott, nein. ›Onkel John‹ wäre wohl viel passender«, erwiderte Johnnie und warf Daisy einen spöttischen Blick zu, die merkte, wie sie errötete – eine fürchterliche viktorianische Angewohnheit, die sie verachtete, doch nie zu unterdrücken vermochte.

Dereks Bemerkung steigerte ihre Verwirrung noch. »Ich nehme an«, sagte er nachdenklich, »daß du Tante Daisy nicht eher ›Mama‹ nennen kannst, bis sie mit deinem Vater verheiratet ist. Sag lieber Tante Daisy, so wie ich. Komm jetzt mit Daddy und mir zum Tee. Cricket macht mehr Spaß zu dritt als zu zweit, und Peter zählt nicht. Du bist einfach besser als er, auch wenn du ein Mädchen bist.«

Gleichmütig nahm Belinda diesen Vergleich ihrer sportlichen Fähigkeiten mit denen seines fünf Jahre alten Bruders hin. »In Ordnung«, sagte sie.

Sie traten alle auf die Terrasse hinter dem alten Herrenhaus aus rotem Ziegelstein, das aus der Zeit Jakobs I. stammte. Die Hitze, die in London ganz unerträglich schien, war hier eher eine angenehme Wärme, die von einer leichten, nach Hopfen duftenden Brise aufgefrischt wurde. Dennoch hielt sich der große schwarze Hund, der zu ihrer Begrüßung mit dem Schwanz wedelte, japsend im Schatten. Violet wirkte in ihrem einfachen baumwollenen Voilekleid und dem breiten Hut entzückend luftig gekleidet. Sie saß in einem weißen Korbsessel, und Peter spielte auf dem für die Gegend von Kent typischen Belag aus Kieselsandstein zu ihren Füßen.

Daisys jüngerer Neffe war ein rundliches, stilles Kind, das sich ganz gut ein paar Stunden lang allein beschäftigen konnte. Er schaute von dem Holzpferd mit dem Karren auf, das er um die Sesselbeine seiner Mama schob, und blickte Daisy an, die er seit ihrer Ankunft noch nicht gesehen hatte, aber er sagte nichts. Daisy beugte sich hinunter, um ihn zu küssen.

»Ich wurde zum Tee ins Sommerhaus gebeten, Schatz«, sagte Johnnie. »Ist das in Ordnung?«

»Ja, geh nur mit den Kindern mit. Du versäumst hier nichts. Und nimm bitte Peter mit. Verschwinde lieber, ehe Mrs. Osborne eintrifft.«

Ihr Ehemann sah mit vorgespielt ängstlichem Blick zum Haus zurück.

»Los, Belinda, ich werde dir hinterherrennen!« rief Derek. »Komm schon, Tinker!«

Als der große schwarze Hund seinen Namen hörte, sprang er auf.

»Vielleicht sollte ich Peter lieber an die Hand nehmen«, sagte Belinda unentschieden und warf einen leicht nervösen Blick auf Tinker Bell.

»Lauf nur mit Derek los«, sagte Johnnie. »Ich bringe Peter mit. Komm schon, mein Kerlchen.«

»Ich will auch rennen«, verkündete Peter und trottete über den Rasen den anderen hinterher. Tinker sprang zu ihm zurück und leckte sein Gesicht ab, ehe er wieder Derek und Belinda folgte. Johnnie bildete die Nachhut.

»Meine Güte«, seufzte Vi, »der arme Peter wird nie gut im Sport sein, fürchte ich. Das ist für einen Jungen ein großes Handicap.«

»Blödsinn«, sagte Daisy aufmunternd. »Ich nehme an, daß aus ihm ein ausgezeichneter Ringer oder ein guter, solider Schlagmann wird, so einer, der stundenlang drinbleibt.«

»Vielleicht. Belinda ist ein nettes Mädchen. Daisy, ich hoffe, dir macht es nichts aus, daß ich sie gebeten habe, mich Tante Violet zu nennen.«

»Aber nein, wie kommst du darauf?«

»Nun, falls du vielleicht Zweifel hättest ...«

»Keine«, stellte Daisy klar. »Ich liebe Alec einfach, und Bel auch. Mrs. Fletcher ist ein wenig wie das berühmte Haar in der Suppe, aber wir werden uns schon arrangieren. Wie war es bei dir? Hattest du denn Zweifel, ich meine, als ihr verlobt wart?«

»Eigentlich nicht, aber das war ganz anders.«

Daisy hob die Augenbrauen. »Wieso?«

»Oh, ich heiratete einen passenden Mann, der mir mehr oder weniger von meiner Mutter ausgesucht worden war, und alle Welt spendete Beifall. Wohingegen du doch nicht alles machst, was man von dir erwartet.«

»Du warst nicht in Johnnie verliebt?« fragte Daisy schokkiert. Als ihre Schwester heiratete, war sie fünfzehn gewesen und hatte immer geglaubt, es sei die romantischste Verbindung, die es geben könnte.

»Damals nicht«, sagte Vi leise. »Na ja, ich habe ihn schon sehr gemocht, mehr als all die anderen Verehrer, und …«

»Mrs. Osborne, Mylady«, verkündete ein Diener.

Eine große, kräftige Frau um die Vierzig trat auf die Terrasse hinaus und verströmte eine solche Entschlossenheit, wie sie eher den Kanadiern in Flandern angestanden hätte, die sich im Spätherbst 1917 auf Passchendaele zu bewegten. Ihr Gesicht war puterrot, und in ihrem grauen Seidenkleid sah sie aus, als wäre ihr zum Ersticken heiß. Im Vergleich zu Daisys und Violets leichten Baumwollgewändern war sie außerdem für die Tageszeit viel zu auffallend gekleidet. Daisy erkannte sie wieder, da sie ihr schon ein- oder zweimal bei früheren Besuchen begegnet war.

Auch sie erkannte Daisy wieder. Nachdem sie ihre Gastgeberin begrüßt hatte, sagte sie auf ziemlich wunderliche Weise: »Ein kleiner Vogel hat mir ins Ohr gezwitschert, daß Sie soeben in unserem ländlichen Zipfel der Erde eingetroffen sind, Miss Dalrymple. Wie geht es Ihnen?«

»Es ist sehr angenehm, bei diesem Wetter der Stadt zu entkommen.«

»Das stimmt, London ist im Sommer unerträglich. Ich versuche immer, die Stadt im August zu meiden. Und für Kinder ist es noch schlimmer – ich habe gehört, daß Sie ein kleines Mädchen mitgebracht haben?«

Offensichtlich hielt es Mrs. Osborne für ihre Pflicht, jedem kleinsten bißchen Klatsch nachzujagen. Wenn man annahm, daß sie ebenso bereit war, den Tratsch auch weiterzugeben, konnte sie für den Fall der mysteriösen Briefe ganz nützlich werden. Also schluckte Daisy ihren Verdruß hinunter und antwortete mit einem Lächeln: »Die Tochter meines Verlobten.«

Mrs. Osborne lächelte ebenfalls und entblößte dabei ihre Zähne, die wie schräge Grabsteine aneinandergereiht dastanden. »Ah, ja. Wir erfuhren von der Verlobung aus der *Times*. Gestatten Sie mir, Sie dazu zu beglückwünschen. Ein Mr. Fletcher, glaube ich. Sind das die Fletchers aus Nottinghamshire?«

»Nicht eigentlich.« Daisy warf Vi einen schelmischen Blick zu. »Die Verbindungen nach Schottland sind enger. Und wie geht es Ihrer Familie, Mrs. Osborne? Ich hoffe, der Pfarrer ist wohlauf?«

»Aber ja«, erwiderte Mrs. Osborne mit merkwürdiger Betonung, als versuchte sie, sich selbst davon zu überzeugen. »Sein Bruder ist gerade während der langen Ferienzeit ein paar Wochen bei uns. Er ist in Cambridge Professor für klassische Philologie. Er und Osbert führen derart hochgebildete Gespräche, daß ich kaum ein Wort davon verstehe.« Jetzt brachte sie ein eher dünnes Lachen hervor.

»Wie geht es den Kindern?« erkundigte sich Violet höflich.

»Heute morgen habe ich gerade einen Brief von Gwendoline erhalten, Lady John. Sie verbringt eine wunderbare Zeit mit ihren Vettern. Die Osbornes aus Cambridgeshire, wissen Sie, Miss Dalrymple. Mein Sohn, Jeremy, ist in Österreich mit ein paar Freunden von seiner Schule auf Klettertour. Eine Privatschule natürlich und wirklich ganz ausgezeichnet, auch wenn sie zu den nicht so bekannten gehört. Ich fürchte, wir könnten uns Eton oder Harrow nicht leisten, aber man muß doch eine bestimmte Position aufrechterhalten, nicht wahr, Lady John?«

»Durchaus«, sagte Vi, deren Söhne schon vor ihrer Geburt in Harrow eingeschrieben worden waren, automatisch, ohne daß sie etwas dazu hätte sagen können.

»Jeremy und Gwendoline werden beide vor dem Kirchenfest hier sein, ehe sie in die Schule zurückkehren. Ende dieses Monats findet das Kirchenfest statt, Miss Dalrymple. Heutzutage scheinen viele Leute im August wegzufahren«, fügte sie abfällig hinzu und sprach weiter, als zwei Hausmädchen das georgianische Silber und das königliche Doulton-Service auf dem Korbtisch abstellten. »Was gewöhnliche Bauern oder Ladenbesitzer einen Tag an der Küste wollen, das begreife ich nicht.«

»Abwechslung und Erholung, ein bißchen Spaß für ihre Kinder, nehme ich an«, sagte Daisy, die sich bemühte, nicht zu bissig zu klingen.

»Sie sollten lieber ihr Geld sparen, das würde ich ihnen anraten. Ich danke Ihnen, Lady John, chinesischer Tee mit Zitrone bitte und zwei Stück Zucker.«

»Indischen mit Milch bitte, Vi«, sagte Daisy prompt, die wohl ihre konträre Auffassung unterstreichen wollte, »ohne Zucker. Ein Sandwich mit Brunnenkresse, Mrs. Osborne?« Sie reichte ihr eine Platte mit kantenlosen dunklen Brotdreiecken herüber.

»Von ihrem eigenen Bach, Lady John?« Die Frau des Pfarrers nahm ein Sandwich und nagte vornehm an einer Ecke. »Köstlich. Ich sage immer, es ist unmöglich, Brunnenkresse zu kaufen, die so gut ist wie die, die auf Oakhurst wächst.«

»Ich werde ein Bund davon zum Pfarrhaus schicken lassen«, versprach Violet.

»Zu freundlich! Und nun komme ich noch einmal auf das Fest zurück. Ich wollte mich gern mit Ihnen darüber unterhalten, Mylady. Ich hoffe bloß, Ihnen macht es nichts aus, Miss Dalrymple, wenn ich und Lady John ein wenig über Angelegenheiten der Gemeinde sprechen?«

»Keineswegs«, erwiderte Daisy. »Wirst du dieses Jahr wieder das Fest eröffnen, Vi?«

»Ja, in der Tat, Lady John ist ziemlich unentbehrlich.«

»Ich bin keineswegs so unentbehrlich wie Sie, Mrs. Osborne.«

Mrs. Osborne zupfte an sich herum. »Wenn die Kirche nicht ganz auseinanderfallen soll, muß sich jemand um diese Dinge kümmern«, sagte sie, wobei sie versuchte, bescheiden zu wirken, »und gewöhnlich fällt so etwas immer auf die Pfarrersfrau zurück. Es würde nichts geschehen, wenn man den Leuten nicht sagte, was zu tun ist, und wenn man es nicht kontrolliert, ganz gleich wie gern sie helfen wollen. Wie dem auch sei, es wäre wünschenswert, wenn einige Leute vielleicht nicht ganz so erpicht darauf wären, sich in den Vordergrund zu drängen«, fügte sie mit einem bedenklichen Stirnrunzeln hinzu, »das ist auch ein Grund, zu dem ich Sie befragen möchte, Lady John.«

»Ja?« fragte Violet mit einem ein wenig entsetzten Blick.

»Es geht um Mrs. LeBeau.« Ihre Stimme klang unerbittlich. Daisy horchte auf, während sie versuchte so zu wirken, als interessiere sie sich mehr für ein Stück des hervorragenden Banbury-Kuchens. Mrs. Osborne setzte ihre Rede fort: »Irgendwie hat sie erfahren, daß unsere Wahrsagerin, die sonst immer kam, dieses Jahr nicht auftreten kann; also bot sie sich an, deren Rolle zu übernehmen.«

»Ich meine, Mrs. LeBeau würde eine wunderbare Wahrsagerin abgeben«, sagte Vi. »Ich glaube, du hast sie noch nicht kennengelernt, Daisy? Sie ist dunkel und schrecklich faszinierend. Mit einem glänzenden Schal über dem Kopf wird sie wie ein Zigeunerin aussehen.«

»Das können Sie doch nicht ernsthaft denken, Lady John! Diese Dame in einem abgedunkelten Zelt allein zu lassen, und die Männer gehen einer nach dem anderen hinein – das bringt Ärger.«

»Was glauben Sie denn, was passieren könnte?« Wenn man ihr sonst so gleichmütiges Wesen in Betracht zog, wirkte Violet nun recht gereizt. »Was könnte denn passieren, wenn eine Schlange von Menschen draußen wartet? Der Stand der Wahrsagerin ist immer einer der gefragtesten. Außerdem sind es vor allem Frauen, Kinder und Liebespärchen, die sie aufsuchen. Männer scheinen das alles nicht so unterhaltsam zu finden.«

»Das werden sie schon, wenn es *so eine Frau* ist«, murmelte Mrs. Osborne leise, wenn auch deutlich hörbar. »Ich halte das nicht für klug«, sagte sie halsstarrig und laut. »Wenn Sie mit ihr sprechen könnten ...«

»Ich werde nichts dergleichen tun. Es ist äußerst großzügig von Mrs. LeBeau, ihre Dienste anzubieten, damit die bleiernen Dachplatten der Kirche erneuert werden können. Ich selbst habe vor, sie an ihrem Stand aufzusuchen. Was wird es noch geben? Eine Tombola und einen Stall mit einem weißen Elefanten und eine Tonne mit Kleie für die Kinder – das scheinen die Hauptattraktionen zu sein. Lord John freut sich schon darauf, die Preise für die Wettläufe zu überreichen. Ich nehme an, Sie möchten gern, daß ich wie üblich die Marmeladen und Gelees beurteile?«

»Da wir gerade von Marmelade sprechen«, sagte Daisy, »darf

ich Ihnen ein Stück von dieser Victoria-Torte abschneiden? Violets Köchin hat, was Kuchen anbelangt, ein besonders gutes Händchen, nicht wahr? Gibt es bei dem Fest auch einen Stand mit selbstgebackenem Kuchen?«

Mrs. Osbornes gesträubtes Gefieder war vorsichtig geglättet worden. Daisy und Violet besaßen seit langem große Übung darin, denn schon der kleinste widrige Umstand, ob nun wirklich oder nur eingebildet, genügte, daß sich ihre Mutter aufplusterte.

Nachdem sie die voraussichtlichen Höhepunkte des Festes aufgezählt hatten, fragte Mrs. Osborne: »Hoffentlich bleiben Sie noch bis zu unserem kleinen ländlichen Vergnügen, Miss Dalrymple?«

»Ich bin mir nicht sicher.« Bis dahin, so dachte Daisy, könnte sie schon von der halben Einwohnerschaft von Rotherden geschnitten werden. »Das hängt davon ab, wieviel ich schaffe, während ich hier bin. Ich bin nämlich mit meiner Arbeit beschäftigt.«

»Arbeit?« Mrs. Osborne sah entsetzt aus, aber auch ungemein neugierig.

»Daisy ist Schriftstellerin«, erklärte Violet. Die liebe Vi – so konventionell sie selbst auch war, hatte sie immer Daisys Wunsch nach Unabhängigkeit unterstützt. »Sie schreibt ausgezeichnete Artikel für die Zeitschrift *Town and Country* und für ein amerikanisches Magazin.«

»Oh, *Town and Country*. Für einen Moment ... aber ich konnte mir auch nicht vorstellen, meine liebe Miss Dalrymple, daß Sie etwas mit dieser Art moderner Schundromane zu tun haben, wie sie von dem höchst unerwünschten jungen Mann fabriziert werden, der sich im Landhaus von Brigadier Lomax eingenistet hat. Piers Catterick nennt er sich.«

»Ich kenne den Namen«, sagte Daisy. »Er ist ziemlich bekannt.«

»Eine Schande! Ich kann mir nicht vorstellen, daß Sie ihm begegnet sind, Lady John. Er war entsetzlich unverschämt, als Osborne ihn besuchte, um ihn in der Kirchgemeinde willkommen zu heißen. Und als ich ihm die Gemeindezeitschrift überreichte, zerriß er sie vor meinen Augen!«

»Meine Güte«, sagte Violet gelassen.

»Natürlich habe ich keines seiner Machwerke gelesen, aber ich glaube, sie sind voller ... Sie wissen schon, *was*. Ich habe mit Brigadier Lomax darüber gesprochen – er ist schließlich Mitglied des Gemeindevorstands und sollte mit gutem Beispiel vorangehen, aber er sagte, daß er sein Haus langfristig vermietet habe und daß er nichts weiter tun könne. Ich muß schon sagen, er war äußerst wenig entgegenkommend.«

»Meine Güte«, wiederholte Violet mit unverminderter Ruhe. »Noch eine Tasse Tee?«

»Ich danke Ihnen, sehr freundlich, aber ich muß jetzt wirklich los. Heute hat unsere Köchin ihren freien Nachmittag, und Doris ist recht hilflos ohne ständige Anweisungen. Ich nehme an, sie hat vergessen, den Tee zu servieren. Osbert wird es nichts ausmachen, er wird es vielleicht gar nicht gemerkt haben, aber Osmund wird einen seiner schrecklichen Witze darüber loslassen, und das kann ich nicht *ertragen*!«

Mit diesem letzten Wortschwall verabschiedete sich Mrs. Osborne und verschwand. Sobald sie außer Reichweite war, brach Daisy endlich in Gelächter aus, was sie bisher unterdrückt hatte.

»Was ist so lustig?« fragte Violet resigniert, füllte heißes Wasser in die Kanne und goß ihnen beiden noch eine Tasse Tee ein.

»Oh, Osbert und Osmund Osborne erst einmal! Du liebe Güte, was haben sich ihre Eltern wohl dabei gedacht?«

»Noch schlimmer als Violet und Daisy«, folgerte Vi, wobei ihr Mund zuckte. »Ich glaube, es gibt noch einen dritten Bruder, der Oswald heißt.«

»Das übertrifft alles!« sagte Daisy leicht verschreckt. »Ich nehme an, als sie erst einmal zwei hatten, wollten sie bei dem dritten keine Ausnahme machen und ihm einen normalen Namen geben. Ich habe immer schon gedacht, daß Gervaise mächtig froh sein konnte, nicht auf den Namen Narcissus oder Chrysanthemum oder so ähnlich getauft worden zu sein. Aber die Namen der Osbornes sind nur die Spitze des Eisbergs. Was mich am meisten belustigt hat, war die Vorstellung, wie Mrs. Osborne den Brigadier auf das furchtbare Thema S-E-X angesprochen haben mag.«

»Sie wissen schon, was«, korrigierte sie Violet mit einem Kichern.

»Eine schreckliche Person. Stehen wirklich hier im Dorf alle unter ihrer Fuchtel?«

»Sie tut ihr Bestes. Sie hat mir erklärt, daß sie in ihrer privilegierten Position als Pfarrersfrau die Pflicht hat, die Leute auf Trab zu bringen, doch ich glaube eher, für sie ist das ein Vergnügen.«

»Zweifellos. Sie scheint sich hier regelrecht verschanzt zu haben. Sind sie schon lange in Rotherden?«

»Schon vor dem Krieg, ehe es mich hierher verschlug. Während des Krieges war er Kaplan in der Armee. Ihr Onkel war vorher Geistlicher hier, gab seinen Ruhestand auf und kümmerte sich wieder um die Gemeinde, also ist sie auch geblieben.«

Während sie ihren Tee schlürfte, überlegte Daisy, ob Mrs. Osborne an jenem Tag vor sechs Jahren gesehen hatte, wie Johnnie Mrs. LeBeaus Haus betreten hatte. Wenn dem so war, hätte sie solch einen Leckerbissen sicher nicht für sich behalten, wo es ihr doch solche Freude bereitete, Leute zu verunglimpfen. Halb Rotherden, wenn nicht der ganze Ort, wüßten so von Lord Johns Fehltritt.

»Sie ist eine fürchterliche Klatschbase«, bemerkte Daisy und griff sich ein letztes Stück Kuchen. »Auf einen Streich wurde der Ruf von drei Menschen zerstört – Mrs. LeBeau, Brigadier Lomax und Piers Catterick – außerdem hat sie ihr Dienstmädchen und ihren Schwager beschimpft!«

»Gewiß *kennt* sie den ganzen Klatsch«, sagte Vi voller Zweifel, »aber ich bin mir nicht sicher, ob sie ihn blindlings weitergibt. Einmal äußerte sie, sie hielte es für ihre Pflicht, mich über alles, was im Dorf geschieht, in Kenntnis zu setzen, als ob Johnnie oder ich irgend etwas dazu sagen könnten! Ich fürchte, sie hat ziemlich feudale Ansichten, was die Aristokratie betrifft.«

»Ganz zu schweigen von den übertrieben prüden viktorianischen Ansichten von ›Sie wissen schon, was‹. Was sagte sie über die leichtlebige Mrs. LeBeau? Sie wohnt doch in dem Haus vor eurer Toreinfaht, nicht wahr? Wer ist sie?«

»Man hat sie zur hiesigen ›Hure‹ abgestempelt. Sie ist Witwe und hat viele Besucher, sowohl Herren als auch Damen. Das reicht schon, um sie zu verurteilen. Gibt es konkretere Beweise, hat man sie mir nicht genannt, dem Himmel sei Dank. So lange, wie sie diskret ist, geht mich ihr Privatleben nichts an. Oh, da kommen ja die Kinder. Paß auf, daß Derek dich nicht tyrannisiert, Cricket zu spielen, wenn du es nicht willst!«

Derek stapfte mit triefnassen quietschenden Schuhen herbei und sprang auf die Terrasse. »Ich habe den Ball in den Bach geschlagen«, verkündete er fröhlich. Er zog den Wagen mit dem Pferd unter dem Sessel seiner Mutter hervor und stand auf einem Fuß, vom anderen tropfte das Wasser, dann versuchte er vorsichtig, Peters Spielzeug auf dem Kopf zu balancieren. »Das war ein toller Schlag, hätte ganz leicht eine sechs sein können. Aber wir konnten den Ball nicht wiederfinden.«

»Ab-sol-lut er-nie-dri-gend«, sagte Belinda, und sie fingen beide an zu lachen.

Der Wagen und das Pferd wackelten. »Du wirst es kaputt machen«, jammerte Peter.

»Nein, bestimmt nicht. Hier, nimm es. Daddy hatte die Nase voll und ging ein paar langweilige Briefe schreiben oder so, kommst du mit und spielst mit uns, Tante Daisy? Wir können einen alten Tennisball benutzen. Der fliegt ganz gut!«

»Nein«, sagte Daisy. »Ich bin viel zu satt und zu voll, um Bällen über die Spielfeldgrenze hinaus nachzurennen. Ich dachte lieber durchs Dorf zu schlendern und ein paar Postkarten zu kaufen. Ihr könnt aber mitkommen, wenn ihr wollt.«

»O ja!« rief Derek. »Ich habe zwei Penny. Magst du Pfefferminzbonbons, Bel?«

»Vor dem Abendessen werden die nicht gelutscht«, sagte Vi.

»Jetzt geh und zieh dir andere Schuhe an, und das nächste Mal denk daran, sie auszuziehen, bevor du im Wasser herumwatest. Nimm Peter mit. Es ist Zeit, daß er wieder zur Nanny zurückkehrt.«

»Ich möchte mit dir mitgehen«, flüsterte Belinda Daisy ins Ohr, »aber mein Kleid ist so schmutzig.« Sie biß sich auf die Lippen.

»Dann zieh dich besser auch um, Kleines, mach dir aber keine Sorgen; wenn der Schmutz trocken ist, läßt er sich abbürsten, nehme ich an. Weißt du was, wir werden mal sehen, ob wir im Dorf nicht ein paar billige Shorts bekommen und Aertex-Hemden. Dann mußt du nicht mehr so vorsichtig sein.«

»Ich habe nur zwei Shilling. Und Großmutter mag keine kurzen Hosen bei Mädchen.«

»Großmutter ist Gott sei Dank weit weg«, stellte Daisy klar, »und dein Vater hat mir ein wenig Geld für dich mitgegeben. Also los.«

Nach der Pfarrersfrau, so überlegte sie, war wohl der Ladenbesitzer für gewöhnlich derjenige, der sich am besten mit Klatsch und Tratsch auskannte. Ihr wichtigstes Vorhaben bestand jedoch darin, die Lage auszukundschaften – nämlich von welchen Häusern außer dem Pfarrhaus Mrs. LeBeaus Eingangstür beobachtet werden konnte.

Dann mußte sie herausfinden, wer darin wohnte und wie lange schon, und ob die Bewohner während des Krieges fort gewesen waren. Das wäre zunächst der erste Schritt auf dem Wege weiterer Ermittlungen, dachte sie ein wenig verzweifelt. Wie schnell könnte sie wohl alle Verdachtsmomente zusammentragen, um einzuschätzen, wer diese miesen Briefe in die Welt gesetzt hatte? Und was war, wenn Mrs. Osborne die Geschichte überall verbreitet hatte und jeder Lord Johns Geheimnis kannte?

Am Ende hatte ihr Schwager sie mit einer unlösbaren Aufgabe betraut. Viel leichter wäre es in der Tat, Mrs. LeBeau als Verfasserin der Briefe zu vermuten, und dann nur nach Beweisen zu suchen.

3

Zehn Minuten später gingen Daisy und ihre Begleiter die Kutschenauffahrt entlang, eine Allee von alten Eichen, die sich den Hügel hinunterwand und zu deren Seiten sich eine grüne Parklandschaft erstreckte. Am Wegesrand wuchsen leuchtend rosafarbene und weiße Winden und die blauen Sterne der Wegwarte. Natürlich rannten Derek, Belinda und Tinker voraus. Derek zeigte Belinda den besten Kletterbaum, den Graben, in dem das Motorrad eines Besuchers gelandet war, und ähnliche bedeutende Orte. Der Hund spürte seine eigenen Stellen auf, die er untersuchen wollte.

Daisy ging schneller. Sie wollte den Dorfladen noch erreichen, ehe er geschlossen wurde. Als sie zu den Toren kam, schloß sich an die Eichen zu ihrer Linken eine hohe Hecke an. Die mußte schon zu Mrs. LeBeau gehören. Die Hecke war oben säuberlich beschnitten und zum Garten hin vermutlich auch, aber auf der Seite zum Park wucherte sie wild vor sich hin.

Derek und Belinda, die sich beide schon wieder schmutzig gemacht hatten, waren in den Graben gesprungen und hatten ein paar frühe Brombeeren gefunden – die sauer waren, ihren Gesichtern nach zu urteilen. Daisy schloß zu ihnen auf, als Derek Bel gerade eine grüne Haselnuß reichte.

»Hier, versuch die mal.« Er knackte eine andere mit seinen Zähnen. »Sie sind noch nicht reif, aber sie schmecken schon.«

Belinda drehte sich zu Daisy um, um zu sehen, ob sie es ihr erlaubte. Wenn sie ihre Mutter wäre, so schätzte Daisy, würde sie sich zweifellos über die Folgen Gedanken machen, aber das war sie ja nicht, und sie erinnerte sich daran, wie sie als Kind das weiße Nußinnere gegessen hatte, ohne hinterher Bauchgrimmen zu kriegen.

»Versuch es ruhig«, sagte sie, »aber kommt weiter, sonst macht der Laden zu.«

Zu welcher Jahreszeit war Johnnie auf Genesungsurlaub nach Oakhurst gefahren? Hätte ihn ein Dorfbewohner, der Beeren oder Nüsse gepflückt hatte, durch die wenig belaubte Hecke erspähen können? Die dritte Schlacht von Ypern hatte im Herbst 1917 monatelang getobt. Wenn sich Daisy richtig erinnerte, so war Johnnie damals im Spätherbst nach Fairacres zu Violet gekommen.

Dann kam das Gärtnerhaus. War es während des Krieges bewohnt gewesen? Es war ein bescheidenes Häuschen, aber zweistöckig. Vom ersten Stock aus hatte man vielleicht Mrs. LeBeaus Vordertür im Auge.

Zur Zeit lebte dort ein betagter Junggeselle, ein Onkel von Johnnie, der jüngere Bruder des Onkels, dem Oakhurst gehört hatte. Mr. Paramount war verärgert über die Leute im Herrenhaus, seit es sein Neffe geerbt hatte. Er lehnte es ab, dort mit der Familie zu wohnen; so war er grollend ins Gärtnerhaus gezogen – doch war das vor dem Krieg oder danach gewesen? Selten tat er einen Schritt vor die Tür. Ein Diener kümmerte sich um ihn und eine Aufwartefrau, die täglich aus dem Dorf kam. Violets Einladungen, zum Mittagsmahl am Sonntag oder an den Feiertagen zu den Frobishers zu kommen, hatte er immer mürrisch abgelehnt.

Daisy verspürte nicht den Wunsch, den übelgelaunten alten Einsiedler um Erlaubnis zu bitten, einen Blick aus den oberen Fenstern zu werfen. Sie hoffte, daß es nicht nötig wäre, doch sie mußte Mr. Paramount und seinen Diener auf die Liste der Verdächtigen setzen.

Sie lächelte, denn sie erinnerte sich gerade daran, wie ungern Alec irgendeinen von seiner Liste strich.

Genau gegenüber von der Einfahrt befand sich in einer Mauer aus Ziegel- und Kieselstein das mit Dachschindeln gedeckte Friedhofstor. Dahinter erhob sich inmitten des Friedhofs die alte steinerne Kirche. Daisy bemerkte dort einen Menschen, der gerade in die Betrachtung einer großen Engelsfigur versunken war und dann weiterspazierte. Sie erinnerte sich, daß man von dem rechteckigen, dicken Turm aus dem siebzehnten Jahrhundert einen schönen Rundblick auf die Gegend hatte, wobei man die gesamte Länge der Hauptstraße von Rotherden einsehen konnte. Wer hatte Zugang zu dem Turm, und wer hatte dort an einem verregneten Herbstnachmittag etwas zu schaffen?

Zur Linken der Kirche befand sich das Pfarrhaus. Hinter einer Zierhecke aus hohen rosafarbenen Stockrosen versuchte sich das einzigartig häßliche viktorianische Gebäude zu verstecken. Es war mit grauem Stuck versehen und hatte solche Ausmaße, daß eine große viktorianische Familie darin Platz fand. Von dort aus hätte Mrs. Osborne ganz leicht beobachten können, wie Johnnie auf der anderen Straßenseite Mrs. LeBeaus Haus betreten hatte. Außerdem war sie es, die am ehesten hätte herausfinden wollen, wie lange er sich dort aufhielt.

Daisy ging durch die hohen Tore von Oakhurst, die nun ständig offenstanden, denn sie wurden von der Winde festgehalten, deren weiße Trompetenblüten an den reichverzierten schmiedeeisernen Stäben hin und her wippten. Als sie sich Richtung Dorf wandte, lief gerade eine große Frau auf dem Weg vor Mrs. LeBeaus Hauseingang zum Gartentor.

Sie trug ein maßgeschneidertes Leinenkleid, beige mit knallroten Knöpfen, und um ihre schmalen Hüften war eine passende Schärpe geschlungen. Ganz im Gegensatz zu Daisys bloßen Beinen hatte die Dame Strümpfe an, genau in jenem fleischfarbenen Ton, der von altmodischen Leuten für frivol gehalten wurde, denn sie waren eindeutiges Schwarz oder Weiß gewöhnt. Ihr breitkrempiger Glockenhut war aus naturfarbenem Stroh und mit einer roten Kokarde verziert.

Irgendwie gelang es der von vielen geächteten Frau sowohl aufregend schick, wenn auch nicht zu elegant für die Dorfstraße zu wirken.

Als sie ihr Gartentor öffnete, lächelte sie und nickte zu Daisy hinüber, die daraufhin erwiderte: »Guten Abend.« Spontan fügte sie noch hinzu: »Mrs. LeBeau?«

»Ja, ich bin Wanda LeBeau.« Ihr Stimme war etwas tief, ein wenig heiser. »Darf ich auch raten? Sie müssen Lady Johns Schwester sein, Miss Dalrymple. Unsere Gerüchteküche im Dorf ist recht tüchtig, wie Sie sehen.«

Daisy lachte. »Welche Gerüchteküche eines Dorfes ist das denn nicht?«

Als sie nun näher beieinanderstanden, wirkte die *femme fatale* sichtlich älter als aus der Ferne. Vielleicht war sie um die Vierzig, ein paar Lachfältchen deuteten sich um ihren vollen Mund an, und auch an ihren dunklen Augen zeichneten sich feine Krähenfüße ab. Sie gehörte nicht zu jenen, die gänzlich auf ein Make-up verzichteten, so wie Daisy an einem schönen Nachmittag auf dem Lande, aber bei ihr bestand es eher aus einem zarten Puderhauch auf der Nase und einer leicht getönten Lippenpomade. Ihr Haar, soweit man es dicht unter dem Hutrand erkennen konnte, war dunkel und lang. Auch wenn sie keine klassische Schönheit war, so hielt Daisy sie für äußerst attraktiv.

»Ich will noch schnell in den Laden«, sagte Mrs. LeBeau. »Wollen Sie auch in diese Richtung? Dann gehen wir doch zusammen.«

»Ja, sehr gern, aber man kann nicht mit zwei schmutzigen Kindern und einem großen … Oh, verflixt, wo sind sie hin?« Daisy drehte sich um.

»Ich habe Kinder eigentlich sehr gern«, sagte Mrs. LeBeau mit einem rauhen Kichern, »aber wenn es Sie nicht stört, so mache ich mich lieber auf den Weg, damit ich nicht zu spät komme. Ich hoffe, Sie finden alle schnell wieder! Kommen Sie doch zum Vormittagskaffee bei mir vorbei, wenn Sie nichts anderes vorhaben. Elf Uhr.«

»Vielen Dank, sehr gern«, sagte Daisy freundlich. Was für ein Glück, ihre Hauptverdächtige lud sie zum zweiten Frühstück ein!

Doch wo waren die Kinder?

Gerade als Daisy weitergehen wollte, kam Belinda am Ende der hohen Hecke hervorgerannt. Tinker sprang bellend hinter ihr her. »Miss Dalrymple! Tante Daisy! Komm rasch! Derek ist am Tor hochgeklettert und hängt dort oben fest. Der Angeber!«

Daisy stöhnte. Sie erreichte das Ende der Einfahrt, und da war ihr Neffe; er hing an der obersten Geländerstrebe. Sein finsterer Gesichtsausdruck ließ vermuten, daß er angestrengt versuchte, nicht zu weinen.

»Was ist los?« fragte Daisy mit vorgetäuschter Ruhe und schielte auf das schmiedeeiserne Gitter in der stillen Hoffnung, nicht selbst hinaufklettern zu müssen.

»M... mein Fuß ist abgerutscht, genau in die Lücke, jetzt kann ich ihn nicht herausziehen, und ich kann mir auch nicht selbst die Schnürsenkel aufmachen, damit der Schuh abgeht.«

Der Hund jaulte. Belinda umarmte ihn und sagte zuversichtlich: »Es wird alles gut, Tinker Bell, Tante Daisy rettet ihn schon.«

Daisy hatte sich gerade dazu durchgerungen, ihr Kleid bis zum Knie hochzuraffen, so wie Lizzy Lindsay aus der alten schottischen Ballade, da hörte sie eine zaghafte Stimme hinter sich.

»Darf ich Ihnen vielleicht helfen, Madam?«

Ein kleiner, korpulenter Mann stieg von einem alten Fahrrad ab. Er trug das Schwarz eines Geistlichen, dazu Hosenklammern und einen steifen, hohen Kragen. Höflich zückte er einen altmodischen Panamahut, den ein ausgeblichenes Band mit Schottenmuster zierte. Dabei zeigte sich sein schütter gewordenes schwarzes Haar, ein paar Strähnen, die er sorgfältig über seine ungewollte Tonsur gekämmt hatte.

»Mr. Osborne, vermutlich werden Sie sich nicht an mich erinnern – Daisy Dalrymple, Dereks Tante. Ihr Angebot ist sehr freundlich, aber ich glaube, daß ich dem kleinen Taugenichts selbst hinterherklettern muß. Sein Fuß steckt fest, und er kann sich den Schuh nicht ausziehen.«

»Gestatten Sie, Miss Dalrymple.«

Der Pfarrer klappte den Fahrradständer herunter, nahm den Hut ab, den er Belinda feierlich übergab, und erklomm dann mühselig das Eisengitter. Einen Augenblick später fiel Dereks Schuh auf die Erde.

»Mann, vielen Dank, Sir«, sagte Derek und kroch schnell hinunter.

Mr. Osborne folgte ihm in etwas langsameren Tempo. In dem Moment hörte Daisy Gelächter und wandte sich von dem unglaublichen Spektakel ab.

Ein kleiner untersetzter Herr überquerte die Straße vom Friedhof her. Er trug hellblau und braun karierte Knickerbocker, was Daisy an Alecs Sergeant, Tom Tring, erinnerte. Über dieses bemerkenswerte Kleidungsstück fiel eine akademische Robe aus leicht glänzendem Schwarz. Ein Gesicht, das eine enge Verwandtschaft zum Pfarrer verriet, wurde von einer Cricketkappe gekrönt, die gut zwei Größen zu klein war.

»Nanu!« rief die Erscheinung aus. »Ein so unwahrscheinliches Beispiel von praktischem Christentum kann man sich ja kaum vorstellen. Brauchst du Hilfe, Ozzy?«

»Nein, keineswegs, keineswegs«, sagte der Pfarrer brummig und blickte sich um, als er einen Halt für seinen Fuß gefunden hatte. »Was auf der Welt hast du da auf dem Kopf, Ozzy?«

Ozzy Nummer zwei griff mit der Hand nach oben, nahm die Kappe ab und betrachtete sie mit einem Anflug von belustigtem Erstaunen. »Guter Gott, ich glaube, die muß deinem Jeremy gehören. Sie kam mir auch ein wenig eng vor. Da habe ich wieder mal meinen Hut verlegt und nach dem Erstbesten gegriffen, das ich kriegen konnte. Und wenn Sie sich über mein Gewand wundern, Madam«, fuhr er an Daisy gewandt fort, »nach so vielen Jahren komme ich mir ohne irgendwie unbekleidet vor.«

Als Reverend Osbert Osborne wieder festen Boden unter den Füßen hatte und sich den Staub abklopfte, hörte man einen entsetzlichen Aufschrei.

»Tinker hat meinen Schuh! Pack ihn, Bel, schnell. Tinker, komm zurück, du Bastard. Böser Hund!«

Aber Tinker flitzte mit der Beute die Allee entlang. Derek jagte ihm mit dem einen Bein im Strumpf hinterher. Belinda schob dem Pfarrer den Panamahut wieder in die Hand und sauste ebenfalls los.

Der Professor gluckste vor sich hin. »*Cave canem*«, bemerkte er. »Ich glaube, mir wird dieser kleine Scherz erlaubt sein, auch wenn ich Ozzy versprochen habe, gegenüber anderen keine lateinischen oder griechischen Zitate mehr von mir zu geben, etwas, das mir genauso schwerfällt, wie meine Robe abzulegen. Meine liebe Schwägerin, die leider nicht die Vorzüge einer klassischen Bildung genossen hat, leidet sehr unter meinen Sentenzen. Ich nehme an, Sie leiden nicht darunter, Madam?«

»Keineswegs«, erwiderte Daisy lächelnd. Sie mochte seine schelmisch spaßhafte Art beinahe, auch wenn sie sich vorstellen konnte, daß das Vergnügen daran nachließ, wenn man sie ständig ertragen mußte. »Zu ›Hüte dich vor dem Hund‹ reicht es gerade noch.«

»›*O quanta species* …‹«

»Miss Dalrymple«, unterbrach da der Pfarrer mit warnendem Gesichtsausdruck, »darf ich Ihnen meinen Bruder, Professor Osborne, vorstellen? Lady Johns Schwester, Ozzy.«

»Wie geht es Ihnen, Professor?«

»Ganz gut, danke der Nachfrage. Da ich gezwungen wurde, mich um meinen Tee selbst zu kümmern, weil der Service im Pfarrhaus beinah ebenso unzulänglich ist wie die Gottesdienste in der Kirche meines Bruders, haha, bin ich auf ein wunderbares Stück Ingwerkuchen gestoßen, ganz frisch gebacken.«

»Für den Nachmittagstee des Vorstands des Frauenverein«, sagte Mr. Osborne düster.

»Wie bitte? Da kann man nur hoffen, daß die Damen nicht so viel Appetit haben. Ich nehme an, ich werde dafür von deinem Weibsbild etwas zu hören bekommen«, sagte der Professor mit einem entzückten Grinsen. »Nun schmoll nicht so, Ozzy. Du hast keinen Tee getrunken, deshalb fühlst du dich so mau, behaupte ich mal.«

»Gresham hat mir Tee gebracht. Oh, verflucht! Ozzy, sag bloß nicht Adelaide, daß ich Gresham besucht habe.«

»Mein lieber Ozzy, sei meiner Diskretion versichert. Nun, wenn Sie mich entschuldigen wollen, meine liebe junge Dame, so werde ich meinen Spaziergang fortsetzen. Ich betrachte ein bißchen Bewegung nach einer Mahlzeit als höchst nützlich für die Verdauung.« Und nachdem er seine absurde Cricketkappe wieder aufgesetzt hatte, wackelte er weiter.

»Ich bitte Sie inständigst um Verzeihung, Miss Dalrymple«, sagte der Pfarrer. »Es war sehr unangebracht, in Gegenwart einer Dame einen Fluch auszustoßen. Tatsächlich sollte sich ein Geistlicher unter keinen Umständen dieser Sprache bedienen, ganz gleich, wie sehr er provoziert wurde.«

»Sie hätten kaum mildere Worte finden können«, versicherte ihm Daisy. »Wenn es eine Sünde ist, so ist es doch nur eine winzig kleine.«

Der Pfarrer tat ihr leid, war er doch zwischen seiner ihn tyrannisierenden Frau und seinem umstürzlerischen Bruder gefangen. Kein Wunder also, daß er kleinlaut und verzagt war. Sein rundliches, rosafarbenes Gesicht paßte jedoch nicht als Rahmen für Melancholie. Das Beste, was ihm gelang, war ein kummervoller Ausdruck, den man allerdings kaum ernst nehmen konnte. Wie schmerzhaft war es, nur trübselig auszusehen, wenn man innerlich tiefe Verzweiflung empfand.

Denn einen Moment wirkte er wirklich verzweifelt.

Hatte er etwa einen jener garstigen anonymen Briefe erhalten? Selbst ein Geistlicher könnte etwas zu verbergen haben, insbesondere da man von Kirchenangestellten immer absolute Korrektheit erwartete.

War er etwa Johnnies Leidensgenosse, stieg ein Verdacht in Daisy hoch. Je mehr Briefe sie in die Finger bekam oder zumindest davon erfuhr, desto mehr Hinweise auf die Identität des Verfassers würde sie haben. Selbst wenn der Pfarrer kein Opfer war, so konnte er über andere Bescheid wissen. Johnnie hatte das Gefühl gehabt, er müsse verrückt werden, wenn er sich keinem andern mitteilte. Also hatte er sich entschieden, Daisy ins Vertrauen zu ziehen. Dem Pfarrer erging es vielleicht ähnlich.

Daisy konnte ihn allerdings schlecht direkt fragen, ob er etwas von irgendwelchen Briefen wußte. Sie entschloß sich, ihn weiter in eine Unterhaltung zu verwickeln, und hoffte, daß sie etwas Nützliches heraushören würde. Sie starb geradezu vor Neugier …

»Machen Sie sich keine Sorgen«, sagte sie ermutigend, »ich werde Mrs. Osborne gegenüber ganz sicher nicht erwähnen, daß Sie Gresham – Mr. Gresham, nicht wahr, besuchten.«

»Ich fürchte, Sie halten das alles für merkwürdig. Es ist nämlich so, daß Amos Gresham ein unverbesserlicher Atheist ist.«

»Aber zu Ihren Pflichten gehört es doch sicher auch, zu versuchen, vom Wege abgeirrte Schafe wieder der Herde zuzuführen?«

Mr. Osborne schüttelte den Kopf. »Da gibt es bei Amos keine Hoffnung. Mag er auch nur ein Pachtbauer sein, aber er ist ein intelligenter Mann, und seine Ansichten und Zweifel sind eher das Ergebnis tiefgründigen Nachdenkens. Adelaide weiß, daß ich ihn als Freund besuche, nicht als Pfarrer. Ich würde ihn nicht beleidigen, wenn ich ihn überreden wollte, ihn zur Kirche zurückzubringen, selbst wenn ich …« Er unterbrach sich, offensichtlich bestürzt. »Aber ich halte Sie nur auf, Miss Dalrymple. Ich muß los.«

Ganz plötzlich hob er seinen Hut und drehte sich zu seinem Fahrrad um, während Daisy sich immer noch bei ihm für die Rettung ihres Neffen bedankte.

Ganz erstaunt sah sie ihm nach, wie er über die Straße zum Pfarrhaus radelte; ihre Neugier war eher angestachelt als befriedigt. Sein irgendwie ungehobelter Abschied paßte ganz und gar nicht zu seiner vorhergehenden Höflichkeit. Beinahe hätte er etwas verraten, was er lieber verheimlichen wollte. Was wohl?

Selbst wenn er nur die geringste Hoffnung auf Erfolg hätte? Hatte er das gemeint? Womöglich war es eine unverzeihliche Vernachlässigung der Amtspflichten eines Geistlichen, einen Menschen aus seiner Herde einfach aufzugeben, dachte Daisy vage, aber das konnte noch nicht Mr. Osbornes Beunruhigung erklären. Sicher reichte es auch nicht, um einen Verweis vom Bischof, geschweige denn einen Amtsentzug zu rechtfertigen!

Selbst wenn er anonyme Post zu dieser Angelegenheit erhielt? Wahrscheinlich war ein Pfarrer verleumderischen Briefen genauso ausgesetzt wie andere Leute.

Eine Bewegung zur Rechten riß Daisy aus ihren Betrachtungen. Eine Frau lief die Stufen des Gemeindehauses hinunter, einem mit Stuck verzierten Gebäude mit hohem Dach, das zur gleichen Zeit erbaut worden war wie das Pfarrhaus. Es befand sich ein Stück von der Straße zurückgesetzt an der hinteren Seite des Friedhofs. Die Frau benutzte das Tor in der Mauer. Als sie den Friedhof Richtung Torausgang überquerte und dabei an einer Reihe von Mausoleen und großen Grabmalen vorbeiging, verschwanden ihr schlammbraunes Kleid und ihr Hut ab und zu aus Daisys Sicht. Das war ein beinah unheimliches Schauspiel, als würde die Erde sie immer wieder verschlingen und ausspeien.

»Schlamm zu Schlamm und Asche zu Asche«, murmelte Daisy vor sich hin. Aber die plumpe weißhaarige alte Dame, die durch das Friedhofstor schritt, schien recht lebhaft und vital, hatte gerötete Wangen und strahlende Augen. Mit jenen sah sie Daisy fragend an.

»Guten Tag«, sagte sie freundlich, »haben Sie sich verlaufen?«

»Nein«, antwortete Daisy überrascht. Möglicherweise brauchte sie nur noch dazustehen und halb Rotherden zog an ihr vorbei, um mit ihr eine Unterhaltung zu beginnen, dachte sie.

Zweifellos wirkte sie, als hätte sie sich verlaufen oder als wäre sie völlig durcheinander, das wurde ihr auf einmal bewußt. »Oh, nein, vielen Dank. Ich warte nur auf zwei Kinder und einen Hund, aber ich nehme an, der Laden wird schon zugemacht haben, ehe ich da bin.«

Die alte Dame drehte sich um und blickte zur Kirchturmuhr hinauf, die prompt zur halben Stunde schlug. »Das fürchte ich auch. Mrs. Burden sind ihre Mitmenschen gleichgültig. Häufig genug ist es mir passiert, daß sie den Laden schloß, obwohl ich nur noch ein paar Schritte davon entfernt war. Eine selbstsüchtige Frau, leider, was ich gelegentlich schon unserem lieben Pfarrer mitteilen mußte. Bleiben Sie länger auf Oakhurst?«

»Ja, ich bin Violets Schwester, Daisy Dalrymple.«

»Ach ja, ich habe gehört, daß man sie zu Besuch erwartet. Wie entzückend für Lady John. Übrigens, ich bin Mabel Prothero. Ich wohne nur zwei Türen weiter.« Sie zeigte in die Richtung.

»Gleich neben Mrs. LeBeau?« fragte Daisy und setzte damit die nächste Verdächtige auf ihre Liste. »Ich habe sie soeben kennengelernt. Eine bezaubernde Frau.«

»Es ist nicht alles Gold, was glänzt«, sagte Miss Prothero düster. Also hatte das freundliche, rotwangige alte Vögelchen scharfe Krallen? »Obwohl ich es nur ungern tue, schlecht von meinen Mitmenschen zu reden«, fuhr sie fort, »ich hoffe, Sie sind nicht gekränkt, wenn Ihnen eine alte Dame rät, diese Bekanntschaft nicht weiter zu pflegen.«

Ein vielversprechender Anfang, und Daisy warf ein: »Warum nur, was …?«

»Tante Daisy!« Das Fußgetrappel, das über den Weg auf sie zukam, klang wie von einer Herde Elefanten und nicht wie von zwei Kindern und einem Hund. »Tante Daisy, ich habe meinen Schuh wieder. Jetzt können wir endlich zum Laden laufen. Oh, guten Tag, Miss Prothero.«

»Halte den Hund fest! Ich möchte nicht, daß er mit seinem schmutzigen Pfoten an mir hochspringt.«

»Es ist eine *sie*«, korrigierte sie Derek und griff Tinker Bells Halsband.

Miss Prothero beachtete ihn nicht. »Heutzutage sind die Kinder so entsetzlich undiszipliniert, nicht wahr, Miss Dalrymple? Seit dem Krieg hat sich eine Menge verändert, und das nicht zum Besseren, wie ich schon neulich dem lieben Pfarrer gesagt habe. Nun, ich muß jetzt nach Hause. Mein Puss wird auf seinen Fisch warten. Vielleicht sehen wir uns noch einmal, während Sie hier sind.«

»Das hoffe ich«, sagte Daisy freundlich oder vielmehr entschlossen. Miss Prothero war die perfekte Verdächtige. So wie Johnnie gesagt hatte, wurden Erpresserbriefe immer von frustrierten alten Jungfern verfaßt, und davon konnte ja bei Mrs. LeBeau unmöglich die Rede sein!

Daisy drehte sich zu den Kindern um und erwischte Derek dabei, wie er hinter Miss Protheros Rücken die Zunge rausstreckte.

»Tja, die war böse zu mir«, sagte er, als seine Tante warnend die Stirn runzelte.

»Das mag ja sein«, fügte Daisy freimütig hinzu, »aber deshalb mußt du es ihr doch nicht mit gleicher Münze heimzahlen. Noch dazu wo sie gemerkt hat, daß sie grob zu dir war. Ihre Generation hat eine andere Einstellung gegenüber Kindern.«

»Ab-so-lut er-nie-dri-gend.« Beim zweiten Wort fiel Belinda in Dereks Spruch ein. Sie sahen einander an, aber ganz ernst, und lachten nicht. »Wir sind auch Menschen«, sagte Derek.

»Unsere Gefühle kann man auch verletzen«, stimmte ihm Bel zu.

»Und auch Tinkers«, behauptete Derek, und nun lachten sie.

»Stock und Stein zerbrechen mein Bein«, sang Bel, und Derek steuerte die zweite Zeile bei: »Aber Worte verletzen mich nie.«

»Und Tinker noch weniger«, sagte Daisy lachend, »der wußte nicht einmal, daß er beleidigt worden war. Und schmutzige Pfotenabdrücke hätte man auf ihrem Kleid gar nicht sehen können. Kommt mit, ihr beiden – ihr drei – wir können nun auch nach Hause gehen. Der Laden hat jetzt geschlossen.«

»Ich fange dich, Bel!« sagte Derek, und schon rannten sie los, verletzte Gefühle waren vergessen.

Daisy erinnerte sich an Professor Osbornes lateinischen Vers: »*O quanta species …*« Lautete er nicht so? Die Art, wie ihn sein Bruder mit finsterem Blick unterbrochen hatte, gab Daisy Anlaß darüber nachzudenken, ob das Zitat nicht kränkend war. Als sie das Haus erreicht hatten, fragte sie Johnnie, der sich vehement weigerte, sich auch nur ein Wort Latein aus seinen Schultagen wieder ins Gedächtnis zurückzurufen. Er verwies auf ein dickes Zitatenwörterbuch in der Bibliothek, in dem er ein paar Auszüge von klassischen Schriftstellern vermutete.

Mit etlichen Schwierigkeiten fand Daisy den Spruch, da er unter *species* und nicht *quanta* im Register eingetragen war: »*O quanta species cerebrum non habet!*« In der Übersetzung stand: »*Oh, daß solche Schönheit so wenig Verstand birgt.*«

Nur weil sie nie die toten Sprachen hatte lernen können. Daisy war wütend. Kein Wunder, daß Mrs. Osborne ihren Schwager nicht mochte, wenn er sie hinterhältig verunglimpfte.

Wörter waren nicht immer harmlos, dachte Daisy, ganz gleich, was der alte Spruch feststellte.

Schon allein Johnnies Qualen wegen dieser schrecklichen Briefe. Sie war entschlossen herauszufinden, wer der Schmierfink war. Und sie hatte das Gefühl, daß sie schon einen Fuß in der Tür hatte. Eine Einladung zum Vormittagskaffee bei Mrs. LeBeau und die Bekanntschaft mit den Osbornes und Miss Prothero – es lief nicht schlecht, wenn man bedenkt, daß sie erst an diesem Nachmittag eingetroffen war. Es wäre doch gelacht, wenn sich daraus nicht etwas machen ließe.

Die Tür öffnete sich an jenem Abend noch weiter, denn unmittelbar vor dem Abendessen rief die Frau des Pfarrers an und wollte Daisy sprechen. Die Vortragende für das Treffen des Frauenvereins am Donnerstag hatte abgesagt. Mrs. Osborne fragte, ob nicht Miss Dalrymple so nett sein und einspringen könnte, denn ein Vortrag über den Beruf einer Schriftstellerin würde die Mitglieder in der Tat weit mehr interessieren als der vorgesehene jährliche Vortrag über Blumenarrangements.

Daisys erste Eingebung war, diesen Vorschlag auf der Stelle abzulehnen. Sollte doch Mrs. Osborne das Leben der Gemeinde ihres Gatten allein gestalten; Daisy hatte nicht die Absicht, von ihr vereinnahmt zu werden.

Doch sie zögerte, denn ihre Ablehnung sollte höflich klingen. Mrs. Osborne nahm zweifellos an, daß ihr Schweigen Zustimmung bedeutete, und fuhr fort: »Dann sind wir uns also einig. Ausgezeichnet! Würde es Ihnen etwas ausmachen, morgen zum Tee ins Pfarrhaus zu kommen, um die Vorstandsmitglieder kennenzulernen?«

Natürlich nicht!

Wenn es auf Erden etwas gab, was garantiert eine Brutstätte für den Dorfklatsch war, eine regelrechte Skandalschule, so war es das Treffen des Vorstands vom Frauenverein bei einer Teegesellschaft im Pfarrhaus.

4

»... A-and this the burden of his song forever seemed to bee«, sang Daisy vor sich hin, als sie zu ihrem Zimmer hinauflief, um sich einen Hut aufzusetzen, »I care for nobody, no not, and nobody cares for me.« Aber warum fiel ihr ausgerechnet jetzt der Müller vom Dee aus Bickerstaffes *Dörflicher Liebe* ein?

Mrs. Burden im Laden natürlich und Miss Prothero, die jene für unfreundlich hielt. Daisy kümmerte sich nicht um Miss Prothero, und sie war sich gar nicht so sicher, ob sie nicht auch vor ihr die Türläden zusperren würde, wenn sie sie kommen sah. Die zwei oder drei Male, in denen Daisy wegen einiger Kleinigkeiten im Geschäft vorbeigeschaut hatte, war sie von der Inhaberin und Postbeamtin zugleich nicht wie eine lästige Kundin behandelt worden.

Wenn man Mrs. Burden dazu überreden konnte, das geheiligte Geheimnis der Königlichen Post zu brechen, könnte sie ihr vielleicht mitteilen, wer sonst noch anonyme Sendungen erhalten hatte. Zwar hatte Johnnie die Briefumschläge nicht aufgehoben, aber er erinnerte sich, daß sie alle mit dem Dorfstempel versehen waren und die Anschrift mit dickem Stift in Großbuchstaben draufstand. Angenommen, es gab noch andere als die sechs Briefe an Johnnie, so mußte das doch Mrs. Burden aufgefallen sein, auch falls sie sich nicht erinnern sollte, an wen sie adressiert waren.

Im Hinblick auf ihr zweites Frühstück bei Mrs. LeBeau mit Hut, Handschuhen und in Strümpfen – denn erfreulicherweise war der Vormittag immer noch kühl, auch wenn der Himmel ritterspornblau war –, rief Daisy Derek, Belinda und Tinker Bell.

»Keine Zäune hochklettern«, ordnete sie an, als sie sich auf den Weg ins Dorf machten.

»Ist schon gut, Tante Daisy«, sagte Derek vergnügt, der die ausgestandenen Ängste des Vortages vergessen hatte, »es ist noch Zeit, der Laden macht noch lange nicht dicht.«

»Aber ich habe um elf eine Verabredung. Keine Zäune hochklettern. Oder gar Bäume. Habt ihr eine Leine für Tinker mitgenommen?«

»Ja, auch wenn er keine braucht.« Derek zog aus der geräumigen Tasche seiner grauen Flanellhose drei Bonbonpapiere, ein schmuddeliges Taschentuch, in das irgend etwas eingewickelt war, einen Kieselstein, eine Hasenpfote und zwei Penny. »Muß auf der anderen Seite sein«, murmelte er vor sich hin, während er seine Schätze wieder an ihren sicheren Ort zurückstopfte. Aus der anderen Tasche holte er triumphierend ein Knäuel fester Schnur hervor. »Sie hat sich ein bißchen verheddert.«

»Ich helfe beim Entwirren«, bot sich Belinda an. »Aufknoten kann ich gut. Tante Daisy, kann ich vielleicht Shorts mit großen Taschen bekommen?«

»Wir müssen schauen, was es im Laden gibt.«

Als sie das Ende der Auffahrt erreicht hatten, hatte Belinda das Knäuel zu einem brauchbaren Stück Leine aufgedrieselt. Derek band sie dem Hund sehr zu seiner Empörung um und schlang sich das andere Ende um die Hand.

Während er damit beschäftigt war, blickte Daisy zum Gärtnerhaus hinüber. Hinter einem der oberen Fenster bewegte sich der Vorhang. Die Fensterflügel standen ein wenig auf, aber es ging nicht das leiseste Lüftchen.

Jemand beobachtete sie. Hatte die gleiche Person auch Johnnie beobachtet, als er vor vielen Jahren Mrs. LeBeau besuchte? Wenn Mr. Paramount der Verfasser der Briefe war, so wäre sein Angriff wahrscheinlich nur gegen den usurpatorischen Neffen gerichtet, der Oakhurst geerbt hatte, und nicht gegen andere Opfer. Aber warum sollte er so lange damit gewartet haben?

Daisy runzelte die Stirn. Der alte Mann ist vielleicht immer verbitterter geworden oder gar zunehmend verrückt, bis irgend etwas passieren mußte. Doch dann hätten die Briefe sicher seinen wundesten Punkt berührt – nämlich die Ungerechtigkeit, daß er aus dem Heim, in dem er seine Kindheit verbracht hatte, vertrieben worden war –, und sie würden sich nicht einzig auf den Vorfall mit Mrs. LeBeau beschränken. Schon eher war es möglich, daß sein Diener der Verfasser war, entweder, um jemanden zu erpressen, oder weil er selbst verrückt geworden war, da er schon so viele Jahre mit seinem durchgedrehten Herrn zusammenlebte.

Daisy seufzte. Sie mußte versuchen, mit beiden ins Gespräch zu kommen, auch wenn es gut möglich war, daß derjenige, der sie heute beobachtet hatte, nichts mit den Briefen zu tun hatte, sondern einfach nur vom fröhlichen Geplapper der vorbeilaufenden Kinder angelockt worden war.

Als sie nach links auf den Weg einbogen, der gerade an dieser Stelle in die Hauptstraße von Rotherden mündete, wurde Daisy von Mrs. LeBeaus kleinem Vorgarten angezogen. Gestern stand sie viel zu sehr im Bann der Besitzerin, um den Duft der Kletterrosen zu bemerken. Weiß, rosa und gelb, in der Mitte dunkelgelb, so füllten sie ihren Garten mit verschwenderischer Sinnlichkeit. Eine karminrote Rose schlang sich die Eingangspforte hinauf.

Ganz auffallend gegensätzlich wirkte der benachbarte Garten. Miss Prothero bevorzugte starre Reihen dunkelblauer Salbeistauden und blauer Oxfordlobelien, so wie sie von tausenden Parkgärtnern der Gemeinden angepflanzt wurden. Sie wuchsen auf rechteckigen Rabatten, die um eine rechteckige Wiese angelegt waren, und auf dem kurzgeschorenen Rasen wagte es kein Gänseblümchen, den Kopf zu heben. Das moderne Wohngebäude aus scheußlichem gelben Backstein war ebenfalls rechteckig, mit symmetrischen Fenstern. Die Eingangstür genau in der Mitte war in demselben schlammbraunen Farbton gestrichen, den Miss Prothero gestern in ihrer Kleidung bevorzugt hatte.

Das Ganze sah Daisy nach »zu kurz gekommener alter Jungfer« aus.

Andererseits war das Haus weiter von der Straße zurückgesetzt als Mrs. LeBeaus, und es war vom Nachbarhaus durch eine hohe, exakt beschnittene Ligusterhecke getrennt. Von innen konnte Miss Prothero die Eingangstür ihrer Nachbarin wahrscheinlich nicht sehen. Im Herbst könnte man allerdings durch die Hecke das Gartentor und den Weg überblicken, ohne vermutlich die ein- und ausgehenden Personen näher auszumachen. Natürlich hätte sie beobachten können, wie Johnnie zuerst an ihrem Tor vorbeigegangen und dann an Mrs. LeBeaus stehengeblieben und schließlich im Haus verschwunden war.

Ja, Miss Prothero war immer noch eine Hauptverdächtige. Wie dem auch sei, im Augenblick wandte sich Daisy den Häusern auf der anderen Straßenseite hinter dem Pfarrhaus zu. Es handelte sich um eine Reihe kleiner, zweistöckiger Häuser direkt an der Straße.

»Wer wohnt denn neben dem Pfarrhaus?« fragte sie Derek.

»Sam Basin. Er arbeitet in Ashford in Wyndhams Autowerkstatt, und er besitzt ein kolossales Motorrad – eine Wooler. Man nennt die Wooler auch fliegende Bananen, weil sie gelb sind und einen langen Benzintank haben. Einmal hat er mich drauf sitzen lassen.«

»Aber nicht, als er fuhr!«

»Nein, aber trotzdem, sag Mummy nichts davon. Mr. und Mrs. Basin wohnen dort auch, und Sams Schwester ist eins von unseren Dienstmädchen.«

Deuteten jene Schreibfehler und die groben Buchstaben nicht doch auf einen ungebildeten Schreiberling hin? Daisy hätte schwören können, daß sie absichtlich falsch geschrieben worden waren, um in die Irre zu führen, aber vielleicht …

»Und das nächste Haus«, fuhr Derek fort, »das gehört Mrs. Molesworth, die-in-der-Welt-ach-so-tief-gesunken-ist.«

Aha! Eifersucht auf jene, die die privilegierte Position behalten hatten, die sie eingebüßt hatte, könnte ein gutes Motiv abgeben.

»Was heißt ›tief gesunken‹?« wollte Belinda wissen.

Derek erklärte: »Das heißt, daß sie eine Lady ist, aber all ihr Geld verloren hat und nun in einem winzigen kleinen Häuschen wohnen muß wie das gemeine Dorfvolk.«

»Arme Lady!« sagte die gutmütige Belinda.

»Nicht weiter schlimm, sie muß nicht hungern oder so. Sie ist enorm dick und lacht, wo sie geht und steht, und lutscht immer saure Drops und verteilt sie auch an die Kinder. Magst du saure Drops?«

»Nicht so sehr. Ich mag die Dolly-Mischung am meisten, neben Schokolade.«

Daisy hörte nicht weiter zu, als die Kinder die Vorzüge verschiedener Näschereien miteinander verglichen. Die Häuser, an denen sie nun vorbeikamen, gewährten immer noch einen guten Ausblick auf Mrs. LeBeaus Eingangstor, aber sie mochte Derek nicht länger über die Bewohner ausfragen.

An die Häuserreihe schloß sich zur Rechten der Dorfanger an, der den Hang hinunter bis zum Gasthof *Hop-Picker* an der äußersten Ecke führte. Die Leute, die in den Häusern um den Anger wohnten, hätten zwar bemerken können, wie jemand den Hügel vom Bahnhof bis nach Oakhurst hinaufgetrottet war, aber ohne Fernglas hätten sie nicht viel mehr erkennen können. Ferngläser waren möglich, aber eher unwahrscheinlich, und die Sache war schwer zu überprüfen, stellte Daisy fest.

Zur Linken der Straße am Rand des Angers stand die Polizeiwache oder vielmehr das Wohnhaus des örtlichen Constables, mit einem Dienstraum an der Vorderseite. Daneben folgte der Dorfladen, in dem auch die Poststelle untergebracht war, und in einem winzigen, vom Lager abgetrennten Raum befand sich die Fernsprechvermittlung. Der Briefkasten bestand nicht wie gewöhnlich aus einer einzeln stehenden Säule, sondern war in die Mauer eingelassen und zwar, wie sich Daisy erinnerte, auf der gegenüberliegenden Seite des Gebäudes. An jener Seite führte ein kleiner Pfad entlang, der schräg durch die Hopfenfelder bis zur Hauptstraße verlief, wo der Bus nach Ashford hielt. Am Straßenrand hinter dem Pfad erhoben sich die kegelförmigen Dächer von zwei Hopfendarren.

Für jemanden, der unbemerkt Briefe abschicken wollte, hätten die Gebäude nicht günstiger stehen können.

Als Daisy samt Gefolge den Laden erreichte, traf gerade aus der anderen Richtung ein großer, breiter Gentleman ein. In braunen Tweedknickerbockern, einem Jagdjackett aus den Zeiten König Edwards und einer Tweedmütze schritt er steif, mit Hilfe eines dicken Spazierstocks in starrer aufrechter Haltung wie ein Kranich stolzierend, auf sie zu. Sein langes Gesicht war vom Wetter gegerbt, seine Nasenspitze war rot und wirkte um so röter, da sich darunter ein borstiger weißer Kavallerieschnauzbart befand. Mit einer leichten Verneigung deutete er Daisy an, daß er ihr den Vortritt gewährte.

»Nein, bitte, nach Ihnen«, sagte Daisy. »Ich muß aufpassen, daß Derek den Hund richtig anbindet. Sie sind Brigadier Lomax, nicht wahr? Wir haben uns am Sonntag nach der Kirche getroffen, glaube ich. Ich bin Daisy Dalrymple, Lady Johns Schwester.« *Und Sie sind ein weiteres Opfer, das Johnnies Meinung nach anonyme Briefe erhält!*

»Sehr erfreut«, brachte er mit barscher Stimme hervor, und ein Finger und der Daumen fuhren in die Westentasche und holten ein Monokel hervor. Dadurch blinzelte er erst Daisy an und dann die Kinder. »Ah, ja, der junge Master Frobisher, nicht wahr?«

»Ja, Sir, und das ist meine Freundin, Miss Fletcher.«

»Guten Tag, Miss Fletcher.« Diesmal schlüpfte seine knorrige Hand in die Hosentasche und zog einen Shilling heraus. »Hier, mein Junge. Kauf der jungen Lady ein paar Süßigkeiten.«

»Meine Güte, vielen Dank, Sir. Können wir uns auch ein Comic-Heft kaufen?«

»Ja, ja, warum nicht.« Nachdem er gegenüber der jüngeren Generation seine Pflicht getan hatte, wandte er sich wieder Daisy zu. »Meine Frau meinte, Sie halten sich für ein paar Tage auf Oakhurst auf, Miss Dalrymple. Meine Tochter und mein

Schwiegersohn sind gerade bei uns und die Verlobte meines Sohnes und deren Bruder ebenso. Ich habe gehört, daß man ein Tennismatch arrangieren will, glaube ich, falls Sie das auch interessiert?«

»Das klingt ganz verlockend«, sagte Daisy höflich. Was Tennis anging, so war sie eine ziemliche Niete. Auch konnte sie sich eine ganze Reihe von Dingen vorstellen, die sie lieber täte, als an einem heißen Nachmittag rumzurennen und den Schläger hin und her zu schwingen. Aber sie hätte dort vielleicht die Möglichkeit, bei einer Limonade im Schatten zu sitzen und mit dem Brigadier zu schwatzen, und wer weiß, was die Magie ihrer unschuldigen Augen ihm entlocken konnte?

»Ich werde Rosa Bescheid geben«, sagte er ziemlich düster, so daß ihr schwante, wie unwahrscheinlich es war, daß er sich auch nur in die Nähe des Tennisplatzes begeben würde. Höflich geleitete er sie durch die Kisten mit Pflaumen, Pfirsichen, Kartoffeln, Zwiebeln, Mohrrüben, Kletterbohnen und Erbsen hindurch bis ins Innere. Dort forderte sie ihn wieder auf, voranzugehen.

»Die Kinder werden eine Ewigkeit brauchen, um ihre Süßigkeiten und die Zeitschrift auszusuchen«, versicherte sie ihm.

Außer Mrs. Burden, einer schmalen Frau mittleren Alters mit raschen, ruckartigen Bewegungen, befand sich niemand im Laden. Die Stimme ihrer Tochter drang aus der Fernsprechvermittlung herüber; sie fragte gerade nach dem gewünschten Anschluß. Daisy gratulierte sich dazu, genau zu dem Zeitpunkt hier aufgetaucht zu sein, zu dem jene Kunden, die das frühe Einkaufen für eine Tugend hielten, schon dagewesen waren, und sich jene, die es immer bis kurz vor die Mittagszeit aufschoben, noch nicht eingestellt hatten. Es war purer Zufall, daß heute im nahen Ashford Markt war; so ergaben sich die besten Voraussetzungen für einen Schwatz mit der Ladenbesitzerin von selbst.

Brigadier Lomax kaufte Pfeifentabak und ein paar Briefmarken, und dann verschwand er wieder. Mrs. Burden gesellte sich zu Daisy in der Ecke des Ladens, wo sie gerade das erspähte, wonach sie gesucht hatte. In den Regalen über den Gummistiefeln und den Turnschuhen, mitten unter den weißen Florgarnstrümpfen, den Babysonnenhüten aus Leinen, Handtüchern, Arbeitskitteln für die Landarbeiter und Socken jeglicher Art befand sich ein Stapel weißer Baumwollshorts mit Elastikbund.

»Heutzutage scheint jeder ans Meer zu fahren«, sagte Mrs. Burden, »zumindest einen Tag im Kremser. Diese hier sind viel praktischer für kleine Mädchen als ein Kleid, wenn es im Sand spielen will.«

»Ja, und im Garten. Ich werde davon zwei Stück nehmen, wenn Sie die richtige Größe da haben. Gibt es keine Hemden? Nun, dann muß sie sich von Derek welche borgen. Belinda, komm doch mal. Wir wollen sehen, ob dir diese paßt.«

Belinda war enttäuscht, als sie die kleine aufgesetzte Tasche sah, die man für die Bedürfnisse der Mädchen für angebracht hielt, andererseits freute sie sich aber auch. Sie rannte zu Derek zurück, der sich nicht entscheiden konnte, ob er den Comic *Beano* oder *Dandy* kaufen sollte. Am Ladentisch, der ganz von einem riesigen gelben Käse und einem kleinen Ständer mit Schuhwichse eingenommen war, bezahlte Daisy die Shorts und ein halbes Dutzend Postkarten.

»Ich brauche auch noch Briefmarken«, sagte sie.

»Dann kommen Sie bitte zum Postschalter rüber, Miss.«

»Wenn man erst mal eine Briefmarke draufgeklebt hat, dann bleibt auf diesen Postkarten nicht viel Platz für die Adresse, nicht wahr?« fragte Daisy geschwätzig. »Eine Freundin von mir hat eine äußerst lange Anschrift, und ich habe immer so meine Schwierigkeiten, die Zeilen unterzukriegen. Ich nehme an, daß Sie beim Sortieren auch Briefe mit höchst unleserlichen Adressen vor sich haben.«

»Einige geben einem große Rätsel auf, Miss, muß ich schon sagen.« Mrs. Burden, die nun vertraulicher plaudern wollte, lehnte sich dazu über den Schalter, wobei sie einen Briefmarkenblock hervorholte. »Anscheinend kümmert es die Absender nicht, ob ihre Briefe jemals dort ankommen, wo sie hin sollen.«

»Ich gebe mir immer Mühe, den Namen der Stadt in Großbuchstaben zu schreiben. Am besten sollte man die ganze Adresse so schreiben. Gehen denn viele solcher Briefe durch Ihre Hände?«

»Nun, Miss, um die Wahrheit zu sagen, so sind es eher die ungebildeten Leute, die alles in Großbuchstaben schreiben, und es leuchtet wohl ein, daß die nicht viele Briefe abschikken.«

»Das nehme ich auch an«, sagte Daisy und versuchte es mit ein paar unschuldiger klingende Fragen. »Wenn sie dann aber doch schreiben, so hilft es Ihnen sicher beim Sortieren, wenn es Großbuchstaben sind.«

»Das könnte man meinen, nicht wahr?« sage Mrs. Burden. »Die Sache ist aber die, daß die Leute sehr oft einen Bleistift dazu benutzen, und deshalb fällt es so schwer, Namen und Orte und so weiter zu entziffern, insbesondere im Schein einer Gaslampe. Das kommt aber nicht so häufig vor. Normalerweise.«

Nun legte Daisy aber los. »Normalerweise?«

»In den letzten Monaten gab es eine regelrechte Flut von solchen Briefen.« Jetzt richtete sie sich wieder auf, und ihre Blicke wanderten zu dem Tisch zurück, an dem sie immer die Post frankierte, als würde dort jemand im Hinterhalt lauern. Sie wirkte verstört, so als würde sie bedauern, etwas ausgeplaudert zu haben, aber auch als wüßte sie nicht, was sie anderes tun sollte, als die Umstände weiter zu erläutern: »Immer ganze Bündel von Briefen und immer von der gleichen Person, wenn man nach dem Aussehen geht.«

»Fällt es Ihnen schwer, die Empfänger zu entziffern? Ich nehme an, daß das leicht ist, wenn sie alle an Leute aus dem Dorf gerichtet sind, an Adressen, die Sie kennen.«

»Nun, das ist tatsächlich so«, gab die Postbeamtin eher zugeknöpft zu.

»Wie eigenartig!« bemerkte Daisy. »Würden Sie nicht auch

meinen, daß derjenige die Leute besuchen könnte, anstatt sein Geld auf diese Weise zu verschwenden? Ist Ihnen jemand aufgefallen, der plötzlich Unmengen von Briefmarken gekauft hat?«

»Nein, Miss.« Mrs. Burden sprach nun recht barsch. »Es geht mich nichts an, wer was kauft, auch sollte ich gar nicht über Postangelegenheiten reden.«

»Das ist meine Schuld«, sagte Daisy mit einem Lächeln. »Ich bin nämlich Schriftstellerin, verstehen Sie, und ich interessiere mich brennend für das, was die Leute so tun und lassen. Hier ist ein Sixpence für meine Briefmarken. Vielen Dank.«

Winifred Burden war kurz zuvor aus der Vermittlung herausgekommen, um die Kinder zu bedienen, die nun auch losgehen wollten. Als Daisy die vielen Süßigkeiten bemerkte, die sie sich für einen Shilling gekauft hatten, war sie ganz entsetzt.

»Wehe, euch wird schlecht werden, euch beiden«, sagte sie, als sie den Laden verließen, »oder ich werde in Ungnade fallen. Hebt euch ein paar für später auf.«

»Möchtest du einen Klecks Brausepulver, Tante Daisy? Ich habe drei Tüten gekauft.«

»Nein, danke!«

»Seht mal!« rief Belinda, die gleich auf Tinker Bell zugestürzt war, um ihn fest zu umarmen. »Tinker hat die Leine durchgebissen, ist aber an der gleichen Stelle sitzengeblieben, als wäre er angebunden! Ist er nicht gut und schlau?«

»Ich habe dir doch gesagt, daß er keine Leine braucht«, sagte Derek selbstgefällig. »Hier, Tink, hier ist eine Aniskugel.«

Tinker zerbiß die Aniskugel und folgte ihnen auf die Straße hinaus, wobei er mit der Nase dicht an Dereks Papiertüte klebte.

Daisy war recht zufrieden mit sich. Namen herauszubekommen hatte sie sich sowieso nicht erhofft, aber zumindest konnte sie sich ziemlich sicher sein, daß Johnnie nicht das einzige Opfer des heimtückischen Briefeschreibers war. Damit fiel Mr. Paramount als Verdächtiger aus, dachte sie mit Erleichterung, als sie sich den Toren von Oakhurst näherten. Sein Groll richtete sich einzig gegen seinen besitzergreifenden Neffen; also mußte sie sich nicht in die Höhle des Löwen wagen.

Einen Verdächtigen würde Alec natürlich nicht so leicht von der Liste streichen. Der alte Mann verließ nie das Haus, und sie hatte nicht gehört, daß er je Besucher empfing, allerdings könnte seine Wirtschafterin ihn immer mit dem ganzen Dorfklatsch versorgen. Am Ende war allgemeine Menschenverachtung ein ausreichendes Motiv für die anderen Briefe, oder sollten sie nur dazu dienen, seine eigentliche Absicht in bezug auf Lord John zu verschleiern?

Alec hatte recht – war erst einmal jemand auf der Liste, so fiel es schwer, ihn mit absoluter Gewißheit wieder davon zu streichen.

Jetzt erreichten sie das Ende der Auffahrt. Daisy blickte auf die Kirchturmuhr: zehn vor elf. Sie gab Belinda die Shorts. »Hier, lauf und zieh dir gleich ein Paar Hosen an«, sagte sie, »ehe du das Kleid schmutzig machst. Derek, bitte sag Nanny, sie soll Bel freundlicherweise ein paar deiner Hemden leihen. Nun ab nach Hause. Ich gehe jetzt zum zweiten Frühstück zu Mrs. LeBeau.«

Die Tür wurde von einem hübschen, nicht mehr jungen Dienstmädchen mit weißer Haube geöffnet. Gleich beim ersten Wort wußte Daisy, daß sie nicht aus dieser Gegend stammte.

»Bitte kommen Sie weiter, Miss. Madam ist in der Laube.«

Was Daisy von dem Haus sah, als sie hindurchging, hinterließ den angenehmen Eindruck von Licht und Luft. Der hintere Garten, der leicht anstieg, war auf drei Ebenen terrassenförmig angelegt. Die unterste Ebene war gepflastert. Die zweite bildete ein Rosengarten mit einer schattigen, rosenbewachsenen Laube, so wie sie Dickens beschrieben hat – Lauben, die von Menschen als Unterschlupf erbaut wurden und eigentlich nur den Spinnen zugute kamen. Daisy vermutete, daß man diese hier gefegt und alle achtbeinigen Räuber beseitigt hatte, ehe es sich die elegante Besitzerin dort bequem machte.

Mrs. LeBeau erwartete sie auf der obersten Stufe. Ihr dunkles Haar, das locker zu einem Dutt zusammengesteckt war, leuchtete in der Sonne. »Ich hoffe, Sie haben nichts dagegen, den Kaffee im Freien einzunehmen«, sagte sie. »Wir könnten aber auch ganz schnell reingehen, wenn …«

»Nein, nein, es ist wunderschön hier draußen.«

»Ich liebe Rosen, wie Sie vielleicht schon erraten haben! Ich habe einige Jahre in den unwirtlicheren Gegenden von Südafrika verbracht. Am Kap wachsen die Rosen wunderbar, aber dort, wo wir waren, waren jene, die sich hielten, stets mit Staub bedeckt. Ich habe immer von englischen Rosengärten geträumt.«

»Ich habe eine Freundin, die in Süditalien lebte und sich immer nichts sehnlicher als Osterglocken gewünscht hat«, sagte Daisy und setzte sich auf einen der weißgestrichenen, mit Kissen gepolsterten Eisenstühle in der Laube. »Wie sind Sie nach Südafrika gelangt?«

»Ganz einfach. Ich habe einen Großwildjäger geheiratet«, sagte Mrs. LeBeau trocken, »schrecklich gutaussehend und verwegen, aber ohne einen Penny. Wir sind beide durchgebrannt, und meine Familie hat mir daraufhin alles, selbst den sprichwörtlichen Heller, verweigert. Alles, was Perry konnte, war Löwen und Büffel zu schießen, also wurde er Wildführer, verschwand wochenlang im Buschland und ließ mich in staubigen kleinen Dörfern voller staubiger kleiner Holländer zurück. Mittellos, wie wir waren, blieb uns nichts anderes übrig.«

»Vermutlich nicht.« Daisy blickte etwas zweifelnd auf den fachmännisch kultivierten Garten und das bezaubernde Haus im Queen-Anne-Stil, das sich in einem ausgezeichneten Zustand befand.

Mrs. LeBeau lachte. »Sie wundern sich, wie ich all das hier geschafft habe. Pures Glück! Eine Gesellschaft von Goldsuchern, die auf Safari gehen wollten, heuerte Perry an. Nach der Jagd ging er mit ihnen nach Witwatersrand, wo sie praktisch in eine Goldader fielen. Ich vermute, daß sie bei einem Trinkgelage einen Anteil davon Perry überschrieben. Letzten Endes hatte das Ganze zur Folge, daß sich eines Tages ein Büffel für das ganze Abschlachten an Perry rächte, und ich kehrte heim und hatte auf einmal ein ordentliches Einkommen.«

»Was für ein Glück!« sagte Daisy nicht ohne einen Hauch von Neid. Doch wenn sie nicht für ihren Unterhalt hätte arbeiten müssen, hätte sie nie Alec kennengelernt. »O Gott, ich meinte damit nicht den Verlust ihres Gatten. Es tut mir leid!«

»Oh, was das betrifft, so hatte der arme alte Perry zwar seine Vorzüge, aber als Gefährte fürs Leben ... Nun, im nachhinein kann ich sagen, daß meine Eltern mit ihrer Ablehnung nicht ganz unrecht hatten. Ganz sicher habe ich nicht den Wunsch, eine zweite Ehe zu wagen. Ah, da kommt unser Kaffee. Danke, Alice.«

Das Mädchen stellte das Wedgewood-Service ab und setzte einen Teller mit Mürbegebäck von ihrem Tablett auf den schmiedeeisernen Tisch. Mrs. LeBeau verteilte Kaffee und Gebäck.

»Köstliche Kekse«, sagte Daisy, nachdem sie hineingebissen hatte.

»Meine Köchin und Wirtschafterin stammt aus Schottland.«

»Und Ihr Dienstmädchen ist aus London, nicht wahr? Auf alle Fälle ist sie nicht von hier.«

»Ich habe in London eine Wohnung, wo ich einen Großteil meiner Zeit verbringe. Und ich lege keinen Wert auf geschwätzige Angestellte«, gab Mrs. LeBeau mit schmerzlichem Lächeln zu. »Es gibt schon genug Gerede auch ohne ein Dienstmädchen, das zweimal die Woche nach Hause geht und ihrer Familie von meinem Tun und Treiben berichtet. Sie leben in London, nicht wahr? Lady John hat etwas von Chelsea erwähnt, glaube ich.«

Daisy nahm den Themawechsel hin, zumindest im Moment. Sie sprachen über London und Daisys Arbeit. Mrs. LeBeau achtete sorgfältig darauf, daß die Unterhaltung nicht auf ihre eigenen Angelegenheiten abschweifte, bis Daisy schließlich ihren Besuch nicht länger, als es schicklich war, ausdehnen konnte.

Eine schreckliche Zeitverschwendung nach einem so vielversprechenden Anfang, dachte sie, als sie zusammen die Stufen hinabgingen und das Haus betraten. Die Polizei hatte den großen Vorteil, ihre Fragen direkt stellen zu können, ohne im dunkeln herumzutappen.

Auf dem Weg zur Vordertür nahm Mrs. LeBeau einen kleinen Stapel Briefe von dem Tisch im Vestibül hoch. Sie öffnete die Tür und verabschiedete sich von ihrer Besucherin. Daisy war bereits auf halbem Wege zur Gartenpforte, als sie hinter sich einen aufgebrachten Aufschrei hörte.

»O nein, nicht schon wieder einen von diesen scheußlichen Dingern!«

Mrs. LeBeau lehnte sich gegen den Türpfeiler und starrte mit einer Mischung von Angewidertsein und schlechter Vorahnung auf einen der Briefumschläge in ihrer Hand. Aufgemuntert eilte Daisy zurück.

»Ist etwas nicht in Ordnung? Kann ich irgendwie behilfich sein?«

»Nein, nein, es ist nur …« Mrs. LeBeau verstummte und blickte Daisy forschend an, die ihr Bestes gab, um unwissend und mitfühlend zu wirken. »Es wäre eigentlich ganz befreiend, jemandem davon zu erzählen, aber ich möchte Sie nicht schockieren.«

»Ich glaube nicht, daß mich irgend etwas furchtbar schockieren könnte! Ich lebe doch in Chelsea, dem Boheme-viertel, wie Sie wissen, und außerdem habe ich bereits in ein oder zwei Kriminalfällen der Polizei auf die Sprünge geholfen …«

»Ich möchte auf keinen Fall, daß die Polizei davon erfährt«, sagte die als »flatterhaftes Weib gebrandmarkte« erschrocken.

»Natürlich nicht. Darf ich raten? Es ist ein anonymer Brief, nicht wahr? Zufällig weiß ich, daß Sie nicht die einzige sind, die dergleichen erhält.«

»Nein?« Mrs. LeBeaus Gesicht hellte sich auf. »Vielleicht ist es dumm, aber jetzt fühle ich mich ein wenig besser. Kommen Sie wieder herein, wenn Sie wollen.«

Sie ging ins Empfangszimmer voran, das in hellblauen und grauen Farbtönen gehalten war, hier und da einen Hauch von Pfirsich hatte und mit Vasen üppiger Rosen vollgestellt war. Ein modernes bequemes Sofa und komfortable Sessel in den gleichen Farbtönen paßten gut dazu. Die anderen Möbelstücke besaßen die schlichten, eleganten Linien der traditionellen Ausstattung von Sheraton und Heppelwhite. Ob sie nun alt oder nur Nachbildungen waren, konnte Daisy nicht beurteilen. Es gab zwei volle Bücherregale, ein Grammophon mit einem Stapel Schallplatten und einen teuren Rundfunkempfänger.

»Was für ein entzückender Raum!« Ein Gemälde über dem Kaminsims zog ihre Aufmerksamkeit auf sich, und sie ging hinüber, um es genauer zu betrachten. Ein gewundener Dornenbaum stand am Rand, von der Sonne ausgedörrte Gräser waren im Vordergrund abgebildet, und eine Kette von dunklen felsigen Bergen ragte dahinter in den dunkelblauen Himmel. »Und was für ein interessantes Gemälde.«

»Der Witwatersrand, ›woher meine Hilfe kam‹, wenn Sie mir die Blasphemie meiner Anleihe an die Psalmen verzeihen wollen.«

»Ich bin nicht sehr religiös. Haben Sie das gemalt?« fragte Daisy, die die Initialen ›W. L‹. in der Ecke bemerkte.

»Ja, ich mußte mich irgendwie beschäftigen. Meine Freunde nehmen die Unzulänglichkeiten daran in Kauf, und meine Feinde werden nicht in mein Haus gebeten. Ich habe Feinde, wissen Sie, hier im Dorf.« Von dem kleinen Schreibtisch in einer Ecke nahm sie einen Brieföffner. Sie ließ sich in einen Sessel vor den geöffneten französischen Fenstern sinken, schlitzte den Umschlag auf und holte ein Blatt Papier heraus. »Ich dachte, daß diese Verleumdungen von einem von ihnen stammten, aber wenn andere Leute auch anonyme Briefe erhalten, dann riecht das eher nach allgemeiner Boshaftigkeit.«

Daisy nahm sich den anderen Sessel. »Ich weiß zumindest von zwei weiteren Empfängern«, sagte sie, wobei sie ein wenig übertrieb, da sie beim Brigadier nicht gewiß sein konnte. »Ich bin mir ziemlich sicher, daß es noch mehr gibt. Darf ich vielleicht den Umschlag sehen?«

Die Handschrift glich genau der von Johnnies Briefen. Der Stempel war vom gleichen Tag früh am Morgen. Als Mrs. Burden über ihren Tresen geblickt hatte, mußten sich dieser und alle anderen ähnlichen Umschläge gerade in der Tasche des Postboten befunden haben.

»Ich will nicht indiskret sein und fragen, wer noch schikaniert wird«, sagte Mrs. LeBeau mit dem noch zusammengefalteten Brief in der Hand, »auch wenn Ihre Anwesenheit und Ihre Kenntnis mich zu bestimmten Annahmen veranlassen. Ich hoffe, Sie erwarten nicht, das hier zu lesen.«

»Nein«, sagte Daisy widerwillig. »Haben Sie alle gelesen?«

»Ja. Es steht in allen das gleiche, in den unterschiedlichsten Formen von Gemeinheit ausgedrückt. Dieser wandert sofort dahin, wo die anderen auch gelandet sind – in den Müll.«

»Verzeihen Sie, aber darf ich fragen, warum Sie die scheußlichen Dinger noch lesen, wenn Sie ziemlich genau wissen, was drinsteht?«

»Nun, meine liebe Miss Dalrymple, ich fürchte, daß früher oder später eine Geldforderung gestellt wird im Gegenzug für ein Schweigen, und wenn ich auf die Erpressung nicht eingehe ... Mein Ruf mag schon jetzt in Rotherden Schaden genommen haben, aber ich werde immer noch in ehrbaren Häusern empfangen. Es wäre schmerzlich, das zu verlieren. Und ich hasse es, umziehen zu müssen. Aber am meisten liegt mir am Herzen, daß außerhalb dieser Gemeinde niemand etwas davon erfährt, sonst könnte noch jemand anderes ernsthaft geschädigt werden.«

»Sie meinen ...?« wagte Daisy zu fragen.

»Mein Liebhaber«, sagte die lustige Witwe leise. »Trotz aller Schlußfolgerungen, die Sie vielleicht aus allem, was Ihnen zu Ohren gekommen ist, gezogen haben, so habe ich nicht ungezügelt viele Liebschaften, sondern ein zufriedenstellendes Arrangement mit einem Gentleman, den ich sehr mag. Seine Frau hat eine Affäre nach der anderen. Zufällig weiß sie von uns und amüsiert sich ein wenig über unsere Treue zueinander. Seine Position ist derart, daß ihn eine Scheidung mehr ruinieren würde als die Bekanntgabe einer unschicklichen Liebesbeziehung.«

»Ich verstehe. Weiß er von den Briefen?«

»Nein. Ich habe auch nicht die Absicht, ihn damit zu behelligen.«

Daisy nickte. »Ich danke Ihnen für Ihre Offenheit. Ich werde im Gegenzug dazu auch offen sein. Man hat mich gebeten, persönlich herauszufinden, wer diese Monstrositäten in die Welt setzt. Ich weiß nicht, ob ich Aussicht auf Erfolg habe, aber je mehr Informationen mir vorliegen, desto besser natürlich.«

»Lieber Sie als die Polizei«, sagte Mrs. LeBeau unschlüssig. »Aber wenn Sie Erfolg haben, was dann?«

»Ehrlich gesagt, so weit habe ich noch nicht gedacht. Ich nehme an, das läge an J. – an jener Person, die mich gebeten hat, Nachforschungen anzustellen. Er ist ebensowenig wie Sie auf Öffentlichkeit erpicht. Auch sehe ich keinen Anlaß, ihm mitzuteilen, daß Sie auch ein Opfer sind.«

»Zweifellos wird er es schon vermuten. Es sei denn, er verdächtigt mich, die Verfasserin zu sein?«

»Nein, er hat mir gesagt, daß er nicht glaubt, daß Sie dieses Gift verspritzen.«

»Gift!« Mrs. LeBeau schauderte. »Was für ein furchtbares Wort, aber schrecklich passend. Mit Gift geschriebene Briefe. Wollen wir hoffen, das nicht noch Schlimmeres passiert.«

»Sie meinen, daß er oder sie zur Erpressung übergeht?« wollte Daisy wissen.

»Genau. Aber ich dachte eher, daß eines der Opfer den Verfasser vielleicht noch vor Ihnen aufspüren und dann gewaltsamere Schritte unternehmen könnte, um den Giftverspritzer zum Schweigen zu bringen.«

5

Als Brigadier Lomax von seinem Einkauf nach Hause zurückkehrte, nahm er die Vormittagspost vom Silbertablett auf dem Tisch in der Eingangshalle an sich. Wie gewöhnlich murmelte er vor sich hin, daß sie reichlich spät gekommen sei: Rotherden lag am Ende der ländlichen Poststrecke. Er nahm die Briefe mit und ging ins Waffenzimmer. Da das Haus voller junger Leute und ihrem Anhang war, war dies der einzige Platz, wo er einigermaßen sicher sein konnte, von Besuchern unbehelligt zu bleiben.

Er warf die Briefe auf den Tisch. Aus den Taschen holte er seinen Tabaksbeutel und den feinen Tabak hervor, den er soeben gekauft hatte und nun in den Beutel stopfte. Die Sorte Gold Flake mußte erst einmal genügen, bis seine richtige Marke von Fribourg und Treyer aus London eintreffen würde.

Verdammt, Rosa hätte die Bestellung eher aufgeben sollen! Nur weil er vergessen hatte, ihr mitzuteilen, daß ihm der Tabak bald ausgehen würde …

Nun nahm er seine Lieblingspfeife aus dem Wandregal, stopfte sie und zündete ein Streichholz an. Als er die Flamme an die Pfeife hielt, zitterte seine Hand. Was er brauchte, war ein kräftiges Schlückchen, aber die Sonne stand immer noch zu hoch, und es war zu früh, sich einen zu genehmigen.

Beim dritten Streichholz fing der Tabak Feuer. Die Pfeife paffend, wandte sich der Brigadier der Post zu.

Rosa und die Kinder hatten schon alle an sie adressierten Briefe mitgenommen. In früheren Zeiten, als ein Mann noch der Herr in seinem Hause war, hätte es niemand gewagt, die Post anzurühren, ehe sie nicht der *pater familias* durchgesehen hatte. Es war alles nicht mehr so wie früher.

Als er den Stapel prüfte, hielt seine leberfleckige Hand – war dies wirklich seine, diese zitternde Hand eines alten Mannes? – bei einem billigen weißen Umschlag inne, auf dem die Adresse in groben, mit Bleistift geschriebenen Buchstaben stand. Noch einer von diesen verfluchten Dingern! Hastig öffnete er den Umschlag, wobei er den Brief etwas einriß.

DU WIEDERLICHER ALTER SÄUFER, AM SONNTAG IN DER KIRCHE HAST DU NACH WHISKY GESTUNKEN. IN DEN NÄCHSTEN TAGEN WIRST DU NOCH DEN TELLER FÜR DIE KOLLEKDE FALLEN LASSEN. WENN DU BETRUNKEN BIST, BIST DU SO SCHWEINISCH. JEDER WEISS, DASS DU DEINE FRAU GESCHLAGEN HAST. TU BUSSE!

»Pah!« Brigadier Lomax riß Brief und Umschlag in kleine Fetzen und vergrub ihn zuunterst im Papierkorb.

Er fragte sich besorgt, ob es wirklich stimmte, daß jeder wußte, Rosa war von ihm geschlagen worden. Mit ihrem läppischen Geflenne brachte sie ihn wirklich zur Weißglut. Brauchte er denn tatsächlich eine neue Nachtmütze? Das war doch seine Entscheidung. Verdammt, es war das Vorrecht eines Mannes, sein Weibervolk in Schach zu halten, aber man wollte doch nicht, daß alle darüber sprachen.

Außerdem hatte er sich entschuldigt, nicht wahr? Sie hatte wirklich keinen Grund, zu Osborne zu rennen und ihm davon zu berichten, zum Teufel auch! Jemand mußte sie belauscht haben, vielleicht die zudringliche Ehefrau des Pfarrers, die stets Augen und Ohren offenhielt, oder ihr Dienstmädchen oder eine dieser jämmerlichen bigotten alten Frauen, die nichts Besseres zu tun hatten, als immer an den Geistlichen zu kleben. Das war die Sorte von Leuten, die anonyme Briefe schrieb, Donnerwetter!

Wenn er doch nur den verdammten Scharlatan dingfest machen könnte ...

Trotzig griff er nach dem Flaschenhalter, goß sich eine

ordentliche Menge Scotch ein und leerte das Glas in einem Zug. Dann trat er zum Waffenschrank und nahm sich eine doppelläufige Schrotflinte herunter. Mit wieder ruhigen Händen lud er sie, stopfte sich mehrere Patronen in die Tasche und ging etwas staksig durch die französischen Fenstertüren hinaus.

Sam Basin fuhr auf seinem Wooler-Motorrad von Ashford nach Hause zum Mittagessen. Er stellte es an seinem Platz ab und nahm einen sauberen Lappen aus der Tasche, um damit liebevoll den Staub von den hellgelben Schutzblechen und dem Benzintank abzuwischen.

Was für ein Mordsding! Glänzte immer noch genauso wie an dem Tag, als er es gekauft hatte. Und es lief wie geschmiert, ganz leicht, dafür sorgte er.

Er tätschelte den Tank und ging ins Haus hinein. Seine Mutter hatte schon das Essen fertig, einen leckeren Auflauf aus Hackfleisch und Kartoffelbrei, oben schön knusprig, innen drin glühend heiß, und jede Menge Soße. Armer alter Vater, mußte draußen in den Hopfenfeldern mit Weißbrot und Käse vorliebnehmen. Es würde ihm nie im Traum einfallen, als Landarbeiter zu enden – keine Sorge!

Mit den Ellbogen auf dem Küchentisch stopfte er alles hungrig in sich hinein, während seine Mutter herumwirtschaftete, um Tee zu machen. Dann goß sie diesen in die große bauchige Tasse und nahm ein Stück Pflaumenkuchen vom Herd.

»Mensch, Mutter, du verwöhnst einen mächtig.«

»Kann doch den Ofen nutzen, wenn er noch heiß ist«, sagte sie. »Willst du jetzt ein Stück?«

»Nee, heb's für den Nachmittagstee auf.« Sam trank seinen Tee aus, wischte sich den Mund mit dem Handrücken ab und stand auf. »Ich muß zurück.«

»Hier, das ich das bloß nicht vergesse, da ist ein Brief für dich gekommen. Hat sich wohl ein Mädchen in der Stadt geangelt, unser Sam?«

»Nee, ich hab bessere Sachen mit meinem Geld vor, als Mädchen ins Kino zu schleppen. Gib schon her.«

Er blickte auf den Umschlag, da lag ihm auf einmal der Auflauf schwer im Magen. Wieder einer von diesen verfluchten Dingern! Nun, diesen würde er verdammt noch mal nicht lesen. Stand nicht in allen das gleiche drin, oder?

Nun gut, ein bißchen Betrug, ein paar Jobs nebenbei. Was könnte es schon schaden, wenn er den Leuten für die Reparaturen weniger Geld auf die Rechnung geschrieben und sich den Rest mal hier mal da eingesteckt hatte, während der Chef drüben in Hythe in der neuen Werkstatt war. Wyndham war ein ausgebuffter Kapitalist, er würde die paar Moneten nie vermissen.

Aber Mr. Wyndham würde die Sache anders sehen, wenn er Wind davon bekam. Er könnte sogar die Bullen rufen. Zumindest würde es für Sam bedeuten, wieder auf die Hopfenfelder zurück zu müssen.

Welcher verfluchte Idiot wollte ihn da wohl aufs Kreuz legen, indem er diese Geschichten enthüllte? Oder war der Bursche so dumm, über das Geschäft, das er gemacht hatte, alles rauszuposaunen, und jemand anderes hatte die Briefe verfaßt? Wenn Sam demjenigen auf die Spur kam, würde er ihm zeigen, wo's langging.

Mit einem verbitterten Murren stopfte er sich den Umschlag in die Tasche und stampfte hinaus. Langsam brachte er die Wooler auf Touren und sauste dann mit dröhnendem Motor über die Dorfstraße davon.

Lautlos flüsterte Piers Catterick vor sich hin, während seine Finger über die Tasten flogen. Die Wörter sprudelten nur so aus ihm hervor, und der Manuskriptstapel neben der Schreibmaschine wuchs sichtlich an.

Wenn es nicht so lief, dann fürchtete er, hier in diesem ländlichen Paradies verrückt zu werden. Lief es dagegen gut, dann wußte er, daß es richtig gewesen war, der Stadt den Rücken zu kehren. Wie sollte man sich auch in einem Einzimmer-Apartment in Bloomsbury Romane über schmutzige, erotische Phantasien ausdenken und sie zu Papier bringen? Zumindest hatte er nie Probleme damit, die Dinge tüchtig anzuheizen – der Trick bestand darin, die Gratwanderung ganz im Sinne von Lord Chamberlain, dem Zensor, zu unternehmen. Es hatte keinen Sinn, wenn die eigenen Bücher verboten wurden, so wie es beim *Regenbogen* von D.H. Lawrence der Fall gewesen war. Das Exil fügte seinen Werken ohne viel Zutun eine authentische ländliche Atmosphäre hinzu, was den schon jetzt beachtlichen Buchverkauf noch steigern würde.

Wie nannte doch Lomax diese schwarzweißen Vögel? Elstern, das war es. Und den Reim: »… Drei für ein Mädchen, vier für einen Jungen …«, den könnte er irgendwo mit einbringen, eine nette kleine Prise von primitivem Aberglauben.

Komischer alter Vogel, der Brigadier. Er war ziemlich schokkiert, als er erfuhr, welche Art von Büchern Piers schrieb. Schließlich hatte irgendein Eiferer versucht, Lomax dazu zu bringen, seinen literarischen Mieter rauszuschmeißen, doch der hatte sich dagegen stark gemacht.

Piers merkte, wie er aus dem Fenster auf die Schornsteinkappen des Hauses von Brigadier Lomax starrte, das man durch die Bäume hindurch betrachten konnte. Ulmen. Sei genau in deinen Beschreibungen.

Als er sich wieder der Schreibmaschine zuwandte, las er seinen letzten Absatz noch einmal durch und nahm den Bleistift zur Hand. Saatkrähen in den Ulmen, keine Amseln in den Bäumen. Schädlinge, sagte Lomax. Jene Schüsse in der Ferne, die Piers von der Arbeit abgelenkt hatten, konnten vom Brigadier stammen, der Krähen oder anderes nutzloses Getier loswerden wollte. Ehe er aufs Land gezogen war, hatte Piers nie bemerkt, wie viele Tiere hier ständig abgeschlachtet wurden, auch außerhalb der Jagdsaison. Hasen, Otter, Dachse – alle wurden im Namen des Sports getötet.

Sein längliches, blasses Gesicht wirkte angewidert, dann erhob sich sein langer, schlaksiger Körper vom Stuhl. Er hatte den Faden verloren. Zeit zum Mittagessen. Er nahm einen Stapel von verworfenen Manuskriptseiten hoch, um sie nach unten in den Papierkorb zu bringen. Beim Hinunterlaufen dachte er zum Glück daran, den Kopf einzuziehen, um nicht an den tiefen Balken zu stoßen.

Mehrere Briefe waren vor einer Stunde durch den Briefschlitz gesteckt worden. Mit dem Gefühl, sich bewußt im Zaum gehalten zu haben, indem er sie so lange hatte liegenlassen, während er an der Schreibmaschine gearbeitet hatte, nahm Piers sie nun vom Fußabtreter hoch. Eine erfreuliche Anzahl von Freunden schrieb ihm regelmäßig lange, selbstbewußte literarische Episteln, wobei sie mit einer eventuellen Veröffentlichung in der Zukunft liebäugelten. Edgbaston und Jill drohten damit, für ein paar Tage vorbeizukommen. O Gott, sie würden schon diesen Vormittag eintreffen! Er konnte sie nicht bei sich unterbringen. Sie müßten im Gasthof *Hop-Picker* übernachten. Dann etwas von seinem Verleger, und ...

»Zur Hölle, nicht schon wieder eine von diesen scheußlichen Schmierereien! Verdammt«, fluchte er, als er mit dem Brieföffner den Umschlag aufriß.

Ja, wieder das gleiche Zeug, »... SCHMUTZIGER ... PERVÄRSER JUNGER MANN ... DIE GESELLSCHAFT ZU VERDERBEN ...«

Er las nicht weiter, sondern ließ den Brief und den Umschlag in den Papierkorb fallen.

Wer schikanierte ihn nur? Irgendein Prüder aus dem dunklen viktorianischen Zeitalter, der nichts von der Notwendigkeit verstand, daß die moderne Literatur ihren Horizont erweitern mußte – der dafür aber in seinen Denunziationen eine ziemlich schmutzige Sprache benutzte. Vielleicht war es jene Person, die laut Brigadier Lomax versucht hatte, seinen Vermieter zu überreden, ihn aus dem Haus zu jagen?

Piers zitterte auf einmal vor Zorn. Dieses Gefühl war ihm bisher unbekannt. Seine Kreise waren stolz darauf, eine kühle, intellektuelle Sicht auf das Leben zu haben; die Leidenschaften hob man sich für die fiktiven Charaktere in den Büchern auf. Eine schlechte Buchbesprechung etwa bedeutete nur, daß der Kritiker eifersüchtig oder irregeführt war – sie war es nicht wert, daß man sich deswegen aufregte oder gar in Rage geriet.

Aber die Briefe machten Piers wütend und ärgerten ihn. Auch wenn er keinen Moment lang bereute oder bedauerte, was er schrieb, so wühlte ihn deren boshafter und widerlicher Ton zutiefst auf, und – das war das schlimmste – sie sorgten dafür, daß er sich nur noch schwer auf seine Arbeit konzentrieren konnte. Wer zum Teufel schrieb diese gräßlichen Dinge und verwehrte der wartenden Leserschaft ein weiteres Meisterstück aus seiner Feder? Er würde ihm oder ihr gern den rückschrittlichen Hals umdrehen.

Mord ... der Gedanke blitzte einen Moment auf. Vielleicht sollte er einen gepfefferten Mord einbauen, ein Verbrechen aus Leidenschaft. Dabei müßte man ja nicht auf das Niveau eines Krimis herabsinken, der immer mit der Plattheit eines Geständnisses und einer Festnahme endete.

Sein Antiheld würde die prüde alte Jungfer umlegen, die verhindern wollte, daß er die üppige Melkerin verführte, entschloß sich Piers. Nur wie sollte er die schreckliche Tat vollbringen, ohne erwischt zu werden?

Der übliche Kundenstrom vor der Mittagszeit ebbte ab. Mrs. Burden sagte zu ihrer dicken, bläßlichen Tochter: »Paß du bitte eine Minute im Laden auf, Win, ich gehe mal hinten raus.«

»Aber ich werde doch in der Vermittlung ständig verlangt«, erwiderte Winifred mürrisch.

»Damit bist du doch nicht voll ausgelastet, bei so wenigen Telephonapparaten im Dorf! Wenn jemand anruft, dann mußt du natürlich vermitteln, aber nebenbei kannst du den Laden im Auge haben.«

Ohne auf Antwort zu warten, verschwand Mrs. Burden durch die Hintertür. »Übellaunige, anämische Mädchen benötigen ...«, fing die Reklame an. Es folgte etwas über blasse, gereizte, mürrische Mädchen, die nicht mit der Mutter zurechtkamen. Klang genau nach Win. Dr. Williams rosa Pillen, das war es. Die müßte sie sich besorgen und sie in Winifreds abendlichen Kakaotrunk mischen, wenn sie sie nicht von sich aus einnehmen wollte.

Aber eigentlich hatte sie ernstere Sorgen als eine griesgrämige Tochter.

In dem an den Laden angebauten Toilettenhäuschen klinkte sie die Tür fest ein und schob den Riegel ordentlich zu. Aus der Tasche ihres leichten rosafarbenen Leinenkittels, den sie im Laden trug, um ihr Kleid zu schonen, holte sie einen billigen weißen Umschlag hervor.

Worauf wollte die Tante von dem jungen Master Derek nur hinaus mit all ihren Fragen? Hatte sie das alles wirklich wissen wollen, weil sie Schriftstellerin war, oder war sie einer Sache auf der Spur? Mehrere Umschläge wie dieser waren an Lord John gegangen. Was immer Schreckliches darin stehen mochte, er hätte es sicher seiner Schwägerin nie erzählt, aber vielleicht hatte er aus Versehen ein paar Worte darüber fallenlassen.

Hatte sie Miss Dalrymple zu der Vermutung Anlaß gegeben, daß sie auch zu dem Kreis gehörte, der solch üble Post erhielt? Einen kurzen Augenblick lang war sie drauf und dran gewesen, es zuzugeben, aber sie hatte sich zusammengerissen. Wenn das jemand herausfand …

Es waren schwere Zeiten, und sich seinen Lebensunterhalt zu verdienen war noch schwerer. Ihr Mann, Alfie, trug dazu nur ein Geringes bei; der war so gern Sergeant, daß er in der Armee geblieben war, als die Ehemänner aller anderen Frauen im Dorf längst wieder heimgekehrt waren. Äußerst selten schickte er mal eine kleine Unterstützung nach Hause.

Was war schon dabei, wenn sie einmal vergaß, den Daumen von der Waage zu nehmen, und wenn sie ab und zu ein paar Gramm weniger Käse einwickelte. Sie wog gerade immer so viel zu wenig ab, daß es nicht weiter auffiel. Die Willoughby-Jones' waren ja auch nicht gerade großartige Kunden, sie ließen sich all ihre Lebensmittel aus Ashford anliefern.

Doch wie konnte Mrs. Willoughby-Jones denn so sicher

sein, daß sich nicht ihr Hausmädchen eine Scheibe vom Käse abgeschnitten hatte, ehe sie daheim das Stück gewogen hatte und dann petzend zu ihrer Herrin gerannt war? Mrs. Willoughby-Jones hatte die Stirn, in den Laden zu kommen und wegen einem halben Bissen Cheddar ein Faß aufzumachen. Zum Glück war sonst niemand anwesend gewesen, aber der alte Drachen hatte es womöglich allen erzählt.

Nicht daß Mrs. Burden sich nicht verteidigt hatte. Sie erklärte, daß sie immer erst eine Ecke abschnitt und sie dann abwog. Sie hatte ein ziemlich gutes Auge. Wenn sie also vergessen hatte zu erwähnen, daß das Stück etwas weniger wog – nun, es war häufig mehr, und das Gewese, das die Leute machten, wenn man ihnen das anrechnen wollte!

Schrieb nun Mrs. Willoughby-Jones diese Briefe, die einem so durch Mark und Bein gingen? Oder war es jemand anderes? Die alte Hexe hatte selber zwei oder drei erhalten, wenn auch nicht heute, aber das konnte eine Finte sein, um rachedurstige Opfer auf die falsche Fährte zu bringen. In dem spärlichen Licht, das durch die hohen Fensterschlitze fiel, starrte Mrs. Burden auf die mit Bleistift geschriebene Adresse. Von den meisten Leuten im Dorf kannte sie die Handschrift, doch diese war keinem zuzuordnen.

Ohne den Brief zu öffnen, zerriß sie das Kuvert samt Inhalt. Die kleinen Schnipsel fielen flatternd ins Toilettenbecken. Sie mußte sich bücken, um ein paar Fetzen aufzuheben, die daneben gefallen waren.

Sie zog an der Kette und sah zu, wie die gräßlichen Wörter im Wasser kreisten und verschwanden. Wenn sie doch nur den Verfasser so leicht fortspülen könnte!

Wenn sie wüßte, wer dahintersteckte, dachte sie verbittert, wenn sie sich nur sicher sein konnte, dann würde jemand in seinem nächsten Zuckerpaket Rattengift finden!

Die Briefe kamen immer zu mehreren, wie Mrs. Burden gesagt hatte. Mrs. LeBeau hatte einen mit der Vormittagspost erhalten. Johnnie dann auch?

Daisy spazierte die Auffahrt hoch, langsam, da es den Hügel hinaufging und es mittags recht heiß geworden war. Ein wenig hoffte sie, daß Johnnie dieses Mal verschont geblieben wäre. Ganz gleich, war eine neue Drohung aufgetaucht, so könnte sie ihr vielleicht genaueren Aufschluß über die Identität des Absenders geben.

Sie fragte sich, ob Mrs. Burden erraten hatte, daß die so schlecht beschrifteten Kuverts das Werk eines anonymen Verfassers waren. Ein wenig merkwürdig hatte sie sich schon verhalten. Vielleicht war sie nur peinlich berührt gewesen, da man sie als gewissenhafte Postbeamtin dabei erwischt hatte, mehr über das vertrauliche Geschäft der Königlichen Post ausgeplaudert zu haben, als sie durfte.

Oder war Mrs. Burden auch ein Opfer? In diesem Fall müßte sie doch die Umschläge erkennen; folglich würde sie genau wissen, wer die anderen Opfer waren.

Vielleicht war sie selbst die Briefeschreiberin, dachte Daisy in plötzlicher Erregung. Die Postbeamtin hatte die beste Position, um sowohl mit dem Dorfgeschwätz vertraut zu sein – ihre Tochter könnte sogar die Telephonate abhören und eventuell davon berichten – und die Briefe in die Post zu stecken, ohne Furcht, entdeckt zu werden. Doch sicher hätte sie dann ihre Zunge mehr im Zaum gehalten. Es war eher wahrscheinlich, daß sie zu den Opfern gehörte, wobei sie bessere Möglichkeiten als die anderen hatte, den Täter aufzuspüren.

Dennoch mußte sie der Liste der Verdächtigen hinzugefügt werden, die nun langsam unübersichtlich lang wurde.

Vor ihrem Teebesuch im Pfarrhaus würde sie gern den alten Gentleman im Gärtnerhaus von der Liste streichen, sagte sich Daisy mit einem Seufzer. Sie wollte einen Versuch wagen, obwohl sie angesichts ihrer Beziehung zu seinem verhaßten Neffen eher daran zweifelte, daß Mr. Paramount sie über die Türschwelle ließ.

Johnny war an diesem Tag nicht zu Hause, denn er vertrat einen kranken Kollegen als Friedensrichter. Er nahm seine Pflichten sehr ernst, ganz gleich, was der Briefeschreiber von seinen Qualitäten hielt. Er hatte das Haus verlassen, genau wie Daisy, noch ehe die Vormittagspost mit Verspätung eingetroffen war. Als sie in die kühle Eingangshalle trat, sah sie dort einen Stapel Briefe, der neben der Vase mit den Dahlien auf dem Tisch lag.

Belinda stand neben dem Tisch; sie hatte Shorts und ein gelbes, kurzärmeliges Hemd an. Sie drehte sich zu Daisy um, als sie hereinkam.

»Da, der hier ist für dich«, sagte sie und überreichte ihr ein gefaltetes Blatt, auf dem in schönen Buchstaben »Miss Dalrymple« gedruckt stand. Daisy öffnete es und sah, daß der Butler eine telephonische Nachricht von Lucy aufgeschrieben hatte. »Aber keinen von Daddy«, fuhr Bel fort. »Er hatte versprochen zu schreiben. Meinst du, er kann in Onkel Johns Stapel geraten sein? Ich wollte da nicht nachschauen.«

»Wir sind doch erst gestern hier angekommen! Dennoch werde ich mal heimlich nachsehen. Ist schon recht, daß du das nicht getan hast.« Damit hatte Daisy die perfekte Ausrede, Johnnies Post zu untersuchen. Sie blätterte die Briefe durch: blaue, braune, weiße – aber keine billigen mit in Bleistift geschriebenen Großbuchstaben, auch nichts in Alecs hübscher Handschrift. Doppelt enttäuscht, schob sie den Stapel zurecht. »Nein, ich nehme an, daß wir morgen einen bekommen, Liebes. In diesen Shorts siehst du sehr hübsch aus. Wo ist Derek eigentlich?«

»Er ist nach oben gegangen, um sein Katapult zu holen. Er sagte, daß er mich mal damit schießen läßt. Aber es ist an einem geheimen Ort versteckt, den ich nicht wissen darf, also warte ich hier. Da kommt er schon.«

Die letzten Worte waren unnötig, Derek und Tinker Bell stürmten über den Flur und dann die Treppen hinunter. Sie nahmen Belinda im Vorbeigehen mit und verschwanden durch die Eingangstür.

Als Daisy nach draußen ging, fing sie an, die lange Notiz über Lucys Telephonat zu lesen. Auf der Terrasse stieß sie auf ihre Schwester, die sich mit einem jüngeren, muskulösen

Gentleman in einem schicken Tweedanzug unterhielt. Als er ihre Schritte hörte, stand er auf.

»Daisy, ich glaube, du hast Dr. Padgett noch nicht kennengelernt. Freundlicherweise schaut er einmal die Woche vorbei, um sicherzugehen, daß ich seine Anordnungen befolge. Meine Schwester, Daisy Dalrymple, Doktor.«

»Guten Tag, Dr. Padgett.« Daisy mochte sein offenes Gesicht und sein bezauberndes Lächeln. »Ich hoffe, daß sich Violet an Ihre Anweisungen hält.«

»O ja, Lady John ist eine ausgezeichnete Patientin – eigentlich überhaupt keine richtige Patientin, sie ist so gesund. Ich bin unter falschem Vorwand hier. Meine Frau fährt jeden Dienstag in die Stadt, und da ich normalerweise zwischen meinen Hausbesuchen ein wenig Zeit habe, so kann ich, wo es sich ergibt, eine gute Mahlzeit schnorren.«

Daisy lachte.

»Kein Scherz«, sagte er mit komischem Gesichtsausdruck. »Heute hat meine Köchin ihren freien Tag.«

»Dr. Padgett wird mit uns speisen, Daisy«, sagte Violet und lächelte. »Da er Aussicht auf deine Gesellschaft später bei Tisch hat, so nehme ich an, daß er nichts dagegen hat, wenn du jetzt deine Nachricht liest. Weil Lucy angerufen hat, vermute ich, muß es etwas Wichtiges sein.«

»Wenn Sie mich entschuldigen«, sagte Daisy höflich. »Es ist eine Nachricht von meinem amerikanischen Verleger.«

»Verleger?« erkundigte sich der Arzt überrascht. »Sie schreiben, Miss Dalrymple?«

»Um die Rechnungen zu bezahlen; das macht mehr Spaß, als Gräben auszuheben«, entgegnete sie scharf.

»Wollen Sie sagen, daß Sie sich Ihren Lebensunterhalt selbst verdienen?« Seine Stimme klang mißbilligend.

Daisy unterdrückte einen Seufzer. »Ja, das tue ich. Wenn es Ihnen also nichts ausmacht, falls es dringend ist ...« Sie machte ein paar Schritte beiseite, lehnte sich mit dem Rücken zur Terrasse an die Steinbalustrade und las die Nachricht zu Ende. Darin stand der recht lange Text eines Telegramms von Mr.

Thorwald, den Lucy per Telephon durchgegeben hatte. »Oh, verflixt!«

»Worum geht es, Daisy?«

»Er möchte sofort eine komplette Biographie vom Duke of Gloucester, die zusammen mit meinem Artikel über die Regatta von Henley erscheinen soll. Ich habe dir doch erzählt, daß ich ihm dort begegnet bin.«

»Sie sind Prince Henry begegnet?« Dr. Padgett war ganz aus dem Häuschen.

»Ja, aber das einzige, was ich über ihn weiß, ist, daß er Soldat ist. Mr. Thorwald will ein bißchen mehr als das, und er besteht darauf, daß ich ihm alles rüberkable! Zumindest kündigt er an, daß er alle Kosten übernimmt. Nun werde ich ein wenig telephonieren müssen, Vi.«

»Nach dem Mittagessen«, sagte Violet bestimmt. »Eine Stunde wird keine Rolle spielen. Setz dich und entspann dich, meine Liebe.«

Daisy gehorchte, aber nach dem Essen ging sie nur kurz mit ihnen auf die Terrasse, um sich eine Tasse Kaffee zu holen, die sie in die Bibliothek mitnehmen wollte. Derek und Belinda waren schon draußen und spielten leise nach ihrer Kindermahlzeit Dame miteinander, Tinker lag zu ihren Füßen, und Peter hielt oben sein Mittagsschläfchen.

Tinker kam auf sie zu, um sie zu begrüßen, wobei er hingebungsvoll an Vis und Daisys Händen leckte. Daisy fiel auf, daß der Doktor rasch seine Hände auf dem Rücken verschwinden ließ, als der Hund auf ihn zukam, vielleicht aus Gründen der Hygiene. Dann dachte sie aber, daß er wie jemand aussah, der Hunde nicht besonders mochte. Wieder ein Kratzer mehr an seinem charmanten Image!

Daisy benutzte das Telephon in der Bibliothek und bat Mrs. Burdens Tochter am anderen Ende, ihre eigene Nummer in Chelsea zu vermitteln. Lucy, als Enkelin eines Earls, war viel mehr auf ihren aristokratischen Hintergrund bedacht als Daisy, obwohl sie sich ebenfalls ihren Lebensunterhalt selbst verdiente. Wenn sie zu Hause war, so konnte sie ihr wahrscheinlich genügend Informationen über Seine Königliche Hoheit geben, um die nötigen drei oder vier Absätze auszufüllen.

Ungewöhnlich schnell wurde die Fernverbindung hergestellt, und Lucys klare Sopranstimme fragte: »Hallo?«

»Schätzchen, ich bin's, Daisy.«

»Schätzchen! Hast du die Nachricht erhalten? Oh, außerdem hat vor einer halben Stunde dein Polizist angerufen.«

»Alec hat *dich* angerufen? Was ist passiert?« fragte Daisy besorgt.

»Er vermißt einen Hemdknopf und fragte an, ob er ihn vielleicht hier verloren hat. Ich habe dein Zimmer durchsucht, und siehe da ...«

»Alec hat mein Zimmer nie betreten!« sagte Daisy mit Nachdruck.

»Nun bleib mal ganz ruhig, Schätzchen«, hörte sie Lucy amüsiert sagen. »Dein Arbeitszimmer, nicht dein Schlafzimmer. Und doch muß ich mich fragen, was da vorgefallen ist, damit ein Knopf vom Hemd abspringt.« Sie machte eine herausfordernde Pause.

»Nichts! In meinem Arbeitszimmer ist kein Platz für etwas, das ›vorfallen‹ könnte. Ist egal, Lucy, ich möchte Johnnies Telephonrechnung nicht in die Höhe treiben. Sag mir mal, was du über den Duke of Gloucester weißt.«

Wie erwartet hatte Lucy jede Menge internes Material parat. Daisy machte sich in ihrer eigenen Version von Pitmans Kurzschrift Notizen.

»Danke, Schätzchen, das ist reichlich. Ich muß ja kein Buch über ihn schreiben, Gott sei Dank.«

»Auch gut. Er ist noch zu jung und – darf ich es sagen – zu einfältig für eine Biographie. *Lèse majesté!*«

»Das werde ich nicht schreiben. Dann mach's gut, Lucy.«

»Mach's besser, Liebes. Oh, ich hätte es beinah vergessen, Alec erwähnte, daß er dich heute abend anrufen will.«

»Toll!« sagte Daisy und hängte den Hörer ein. Einen Augenblick saß sie glücklich da und dachte darüber nach, wie schön es wäre, am Abend mit Alec zu reden. Es war erstaunlich, wie sehr sie ihn vermißte, obwohl er nur sechzig Meilen weit weg war, allerdings hätte sie ihn sehr wahrscheinlich auch nicht getroffen, wenn sie in London geblieben wäre. Der Tagesablauf eines Kriminalbeamten der hauptstädtischen Polizei war unvorhersehbar, um es gelinde auszudrücken.

Sie lief in ihr Zimmer hinauf, um die Notizen in ein paar druckreife Absätze umzuwandeln, wobei sie die tragbare Schreibmaschine benutzte, die sie jetzt als ständige Leihgabe ihres englischen Verlegers bei sich hatte. Dann wollte sie Belinda und Derek auffordern, zur Post mitzukommen, um den Artikel aufzugeben. Das Risiko, ein solch langes Telegramm mündlich durchzusagen, war ihr zu groß, da etwas verwechselt oder gar ausgelassen werden konnte, noch ehe der Text über den Atlantik ging.

Die Kinder waren mit dem Hund losgezogen, um im Bach einen Damm zu errichten. »Weil nämlich jetzt«, so erklärte ihr Violet leicht amüsiert, »wo Belinda diese bequemen Shorts hat, es doch ganz gut wäre, sie zu benutzen, damit sie nicht umsonst gekauft wurden.«

»Das sagt wohl Derek?« Daisy lachte. »Ich muß zur Post und bin vielleicht erst nach meinem Tee im Pfarrhaus zurück, kommt ganz drauf an, wie lange es dauert.«

»Ich wollte gerade gehen«, sagte Dr. Padgett. »Darf ich Sie mitnehmen, Miss Dalrymple? Zum Laufen ist es viel zu heiß.«

Daisy nahm die Einladung an. Sie gingen durch das Haus bis zur Autoauffahrt an der Vorderseite, wo sein dunkelblauer Humber seitlich im Schatten einer Platane parkte. Nicht gerade ein in der Haltung kostengünstiges Auto; seine Praxis mußte einiges abwerfen.

»Soll ich das Verdeck runterklappen?« fragte der Doktor, als er Daisy die Wagentür öffnete. »Das dauert nicht einmal eine Minute. Heute vormittag bin ich über Landstraßen gefahren, und der Staub wirbelte hoch, doch auf dem Stück bis ins Dorf werden Sie für Ihren Tee im Pfarrhaus nicht gleich vom Wind zerzaust werden.«

»Ja, bitte«, sagte Daisy. »Ich werde Ihre Tasche nach hinten räumen, darf ich?«

»Tut mir leid, ich hatte sie ganz vergessen. Ja, werfen Sie sie einfach nach hinten – vorsichtig, bitte!«

Die schwarze Arzttasche hatte auf einem Bündel von Papieren gelegen. Als Daisy den Stapel hochnahm, um ihn hinten zu verstauen, rutschten ein paar Umschläge heraus. Einer von ihnen sah unangenehm bekannt aus. Im Schock des Wiedererkennens starrte Daisy auf die mit Bleistift geschriebene Adresse: DR. R. S. PADGETT, OLD WELL HOUSE, ROTHERDEN, KENT.

Zuerst wollte sie den Arzt damit konfrontieren. Als sie die Hand danach ausstreckte, öffnete sie schon den Mund, um etwas zu sagen, doch ein zweiter Gedanke fuhr ihr wie ein Blitz durch den Kopf.

Was hatte der Doktor für ein Sündenregister aufzuweisen, das ihn zur Zielscheibe machte?

Ein Mediziner befand sich in einer eigenartig sensiblen Position. Schon der kleinste Hauch eines Skandals konnte dafür sorgen, daß die Patienten in Scharen ausblieben. Eine verpfuschte Diagnose, ein falsch verordnetes Medikament, selbst das Gerücht über eine Affäre mit einer Patientin konnten seine Existenz zerstören. Angesichts eines möglichen Ruins wäre Dr. Padgett Daisys Entdeckung, daß er das Opfer eines anonymen Briefeschreibers war, sicher kaum recht.

Vielleicht war es noch viel schlimmer als eine Affäre oder ein verhängnisvoller Fehler. Vielleicht hatte er eine illegale Abtreibung vorgenommen; vielleicht war eine dankbare alte Dame, die ihm Geld hinterlassen hatte, unter mysteriösen Umständen vom Diesseits ins Jenseits befördert worden. Die Ärzte kannten nicht nachzuweisende Methoden, Leute um die Ecke zu bringen. In dieser unschuldig wirkenden schwarzen Tasche …

Das Verdeck wurde zurückgeschlagen, so daß Daisy nun in Dr. Padgetts Blickbereich war. Hastig schob sie den vielsagenden Umschlag unter den Rest der Papiere und klemmte alles unter die schwarze Ledertasche auf dem Rücksitz.

Hatte er gesehen, wie sie den Brief angestarrt hatte? Sicher waren nur wenige Sekunden vergangen, seit er das Verdeck an der Vorderseite gelöst hatte.

»So, nun haben wir wenigstens etwas Luft«, sagte er mit seinem typischen Lächeln.

Ganz still für sich wurde sie an Hamlets Spruch erinnert: »Daß einer lächeln kann, und immer lächeln, und doch ein Schurke sein mag.«

»Ich kann mich nicht erinnern, wann wir zuletzt solch einen heißen Sommer hatten«, sagte sie, als sich der Arzt neben sie setzte und den Anlasser drückte. Ganz angestrengt darauf bedacht, daß sie ihn von ihrer nervösen Besorgtheit ablenken mußte, schnitt sie das erste Thema an, das ihr einfiel. »Violet scheint die Hitze eher wohltuend zu finden, glaube ich. Ist sie wirklich so gesund wie ein Pferd? Johnnie scheint um seine Frau ziemlich besorgt zu sein. Ich habe Bekannte, die während der Schwangerschaft tanzen und Tennis spielen, alles, nur nicht reiten.«

»Lady John hatte seit Peters Geburt zwei Fehlgeburten.«

»Oh, arme Vi! Das wußte ich nicht.«

»Und ich hätte es Ihnen nicht erzählen sollen. Aber es wäre gut, wenn Sie darauf achteten, daß sie sich nicht allzu großen Strapazen aussetzt. Ich hoffe, Sie werden nichts davon sagen.«

»Nicht im Traum«, erwiderte Daisy inbrünstig.

6

Es nahm einige Zeit in Anspruch, den Artikel Mr. Thorwald telegraphisch zu übermitteln. Mrs. Burden holte praktisch das letzte aus sich heraus, um behilflich zu sein. Als sie es aber nicht fertigbrachte, die Kosten für ein Telegramm nach Übersee herauszufinden, wurde sie ganz nervös.

»Es tut mir leid, Miss Dalrymple«, sagte sie und durchwühlte hektisch die Schublade. »Danach wird nie groß gefragt – ich wüßte nicht, daß das jemals von mir verlangt wurde –, aber ich weiß, daß die Liste irgendwo sein muß.«

Daisy hatte nicht den Mut, sie durch weitere Fragen über die anonymen Briefe noch mehr aufzuregen. Außerdem war ihr bisher keine Möglichkeit eingefallen, wie sie indirekt herausfinden konnte, wer alles derartige Sendungen erhalten hatte, ganz zu schweigen davon, ob die Postbeamtin selbst zu den Opfern zählte. Würde sie sich direkt danach erkundigen, hätte sie kaum Aussichten, eine brauchbare Antwort zu erhalten, zumal zu deutlich auf der Hand lag, daß sie ein Interesse daran hatte. Das könnte verheerende Folgen haben, wenn Mrs. Burden tatsächlich die Verfasserin sein sollte.

Es war unglaublich frustrierend, die Leute nicht zielgerichtet befragen zu können. Alec oder Sergeant Tring würden in kürzester Zeit die Wahrheit ans Tageslicht befördern, da war sich Daisy sicher. Selbst der Constable des Dorfes durfte Befragungen vornehmen. Doch niemand hatte die Polizei bisher vom Umlauf jener üblen Briefe in Kenntnis gesetzt. Offensichtlich wollten alle Opfer genausowenig riskieren, ihr Geheimnis preiszugeben, wie Johnnie und Mrs. LeBeau.

Das legte aber nahe, daß sie alle ein Geheimnis hüteten. Der Briefeschreiber versprühte nicht ins Blaue hinein sein Gift, sondern verabreichte es sorgfältig ausgesuchten Subjekten. Irgend jemand verfügte über eine ausgezeichnete Informationsquelle – auch wenn sie in Johnnies Fall recht veraltet war.

Es war doch so, oder?

»Oh, da ist sie ja«, sagte Mrs. Burden erleichtert, als sie, hinter den Paketreihen versteckt, ein Blatt Papier ausgrub. »Jetzt finde ich es ganz schnell, Miss Dalrymple. Ich werde in einer Minute wieder zurück sein, Miss Hendricks.«

Während Mrs. Burden verzweifelt herumsuchte und Daisy vor sich hin grübelte, hatten mehrere Kunden den Laden betreten. Winifred Burden war aus ihrem abgetrennten Raum nach vorn getrottet, um die erste Kundin zu bedienen, die Küchenmagd irgendeines Hauses, mit einer langen Einkaufsliste in der Hand. Am Ladentisch stand eine blasse, dünne Frau in einem schlecht geschnittenen flaschengrünen Kostüm, die ihre Geldbörse umklammerte.

Vom anderen Ende des Ladens drang eine wütende Stimme nach vorn: »Ich bin dran!« Ein gutgekleidete Frau mit strengen Gesichtszügen drängte sich nach vorn. »Ich warte schon sehr lange. Ich verstehe nicht, warum Sie kein Mädchen einstellen, Mrs. Burden. Ich bin mir sicher, daß Sie sich das leisten können, bei den Preisen, die Sie nehmen.«

Mrs. Burden zitterte vor Wut und vergrub ihre Nase in der Gebührenliste.

»Dorfgeschäfte müssen teurer sein als die in der Stadt«, mischte sich die vierte Kundin friedlich ein. Eine korpulente Frau mit mehreren Kinnansätzen und einer reizenden rosigen Gesichtsfarbe. Sie hatte große, beinahe kuhbraune Augen, aber ein für Kühe eher untypisches Zwinkern. Ihr Kleid war einem Zelt aus Baumwollcrêpe ähnlich, mit fröhlichen Streifen in Kirschrot und Weiß, offensichtlich zum alleinigen Zwecke der Bequemlichkeit entworfen. »Da muß man zusätzliche Transportkosten zahlen, Mrs. Willoughby-Jones«, fuhr sie mit ihrer tiefen Stimme fort, »außerdem hat man weniger Kunden, mit denen man fest rechnen kann.«

»Ach, Unsinn, Mrs. Molesworth, das ist pure Geldschneiderei«, fuhr Mrs. Willoughby-Jones sie an. »Ich weiß eigentlich nicht, warum ich mich damit abfinde.«

»Weil Mr. Willoughby-Jones mit Ihrem Auto ins Büro fährt und ein Gang in Mrs. Burdens Geschäft viel angenehmer ist, als den Bus nach Ashford zu nehmen.« Mrs. Molesworth lächelte warmherzig die unterwürfige Ladeninhaberin an. »Ich weiß nicht, was wir ohne sie tun würden.«

»Ich wünschte, ich hätte ein Auto«, beschwerte sich Miss Hendricks mit unzufriedener Stimme, »aber natürlich könnte ich es mir nie leisten, einen Chauffeur einzustellen.«

»Wenn Sie sich ein Auto leisten können, so sollten Sie auch lernen, wie man es selbst chauffieren kann«, schlug Mrs. Molesworth freundlich vor.

»Oh, das könnte ich nicht! Und Sie haben recht, ich kann es mir sowieso nicht leisten, mir ein Auto zu kaufen.«

»Dann kaufen Sie sich ein Fahrrad.«

»Ich fürchte, ich habe nicht genug Kraft«, seufzte Miss Hendricks.

»Jetzt tun Sie nicht so«, wurde sie von Mrs. Willoughby-Jones ermahnt.

Miss Hendricks warf den Kopf zurück, ihre blassen Wangen wurden rot. »Ich versichere Ihnen, Mrs. Willoughby-Jones, daß ich zutiefst bedauere, eine so zerbrechliche Natur zu haben, und jene beneide, die sich einer guten Konstitution erfreuen.«

»Unsinn! Das ist nur eine Sache des Kopfes, und wenn Sie nur ein bißchen …«

»Jetzt kann ich Ihnen weiterhelfen, Madam«, mischte sich Mrs. Burden ein, da sie Daisy abgefertigt hatte und nun zum Ladentisch hinübergegangen war.

»Das wird aber auch Zeit!« stellte Mrs. Willoughby-Jones fest.

Daisy lungerte weiter am Postschalter herum und tat so, als würde sie eine offizielle Nachricht über den Luftpostverkehr nach Paris lesen. Wie lange würde es noch dauern, bis auch Luftpost nach Amerika gang und gäbe wäre? fragte sie sich beiläufig, denn ihre Aufmerksamkeit galt ganz und gar den gedämpften Stimmen hinter ihr.

»Ich bin sicher, daß ich zuerst da war«, murmelte Miss Hendricks zu Mrs. Molesworth. »Ich bin wirklich kein Mensch, der sich unentwegt beschwert, aber mir schenkt man nie viel Aufmerksamkeit. Ich muß sagen, Mrs. Willoughby-Jones war wirklich unverschämt!«

»Mir gegenüber auch«, besänftigte Mrs. Molesworth sie. »Am besten, man schenkt *ihr* keine Aufmerksamkeit.«

»Ich glaube schon, daß sie absichtlich Streit sucht.«

»Für ein bißchen Aufregung tut sie alles. Denken Sie nur, wie langweilig ihr Leben sein muß, verheiratet mit einem trägen Trottel wie Willoughby-Jones.«

»Ich habe auch ein langweiliges Leben«, sagte Miss Hendricks mutig, »aber ich suche deswegen keinen Streit.«

Mrs. Molesworth's Gelächter drang durch den ganzen Laden. »Nein, Gott sei Dank.«

»Eines Tages wird sie jemanden angreifen, der zurückschlägt. Ich glaube, wir sollten Mr. Osborne einschalten, damit er mit ihr redet.«

»Der arme Pfarrer! Ich fürchte, daß er wahrscheinlich viel Zeit damit zubringt, um seinen Gemeindemitgliedern zuzuhören, die nichts anderes im Sinn haben, als sich übereinander zu beschweren.«

»Nun, wenn Sie so darüber denken«, sagte Miss Hendricks mit beleidigter Stimme, »dann tut es mir leid, ein Wort darüber verloren zu haben, ganz sicher.«

Daisy drehte sich um und sah, wie Mrs. Molesworth, um Verzeihung bittend, den Kopf schüttelte, während sich Miss Hendricks mit erhobener Nase abwandte. Mit einem entschuldigenden Lächeln bahnte sich Daisy den Weg zwischen der beleibten Frau und einer Pyramide aus Büchsensuppe hindurch.

Noch zwei weitere Bösewichter, dachte sie, als sie das Geschäft verließ. Mrs. Molesworth, »die-in-der-Welt-ach-so-tief-gesunken ist« oder nicht, war viel zu gutmütig, um solch böse Briefe zu schreiben. Miss Hendricks jedoch war die Sorte von frustrierter Jungfer, die Johnnie ganz automatisch verdächtigte, während man es Mrs. Willoughby-Jones auch zutrauen könnte, weil sie gern ein bißchen Staub aufwirbelte. Doch dann wiederum hätte sie sie höchstwahrscheinlich auch mit ihrer Untschrift versehen, hatte sie doch keinerlei Scheu, anderen Leuten ihre Beleidigungen ins Gesicht zu sagen.

Zwei weitere *weibliche* Verdächtige. Es wäre zu verrückt, wenn Johnnie recht haben sollte! Daisy beschloß, Mr. Paramount zu besuchen.

Während ihrer Besorgung im Laden hatte sich die angenehme Nachmittagsbrise in einen stürmischen Wind verwandelt, der von der Dorfstraße große Staubwolken hochtrieb. Zwischen den Windstößen war die Luft noch schwüler als zuvor. Ein dünner Wolkenschleier färbte den blauen Himmel dunkler.

»Guten Tach, Miss«, sagte eine der beiden Frauen mit Einkaufsnetzen, die schwatzend an der Tür standen. Sie machten einen Schritt zur Seite, wobei sie freundlich mit dem Kopf nickten, damit Daisy vorbei konnte. »Morgen gibt's Regen, würde mich nich wundern, und den können wir gebrauchen.«

Daisy erkannte ein früheres Dienstmädchen von Oakhurst wieder, die geheiratet und gekündigt hatte. »Guten Tag«, erwiderte sie lächelnd. »Ich hoffe nur, daß es nicht losgeht, ehe ich wieder zu Hause bin.«

»Keine Sorge, Miss.« Als sie sich wieder ihrer älteren Gesprächspartnerin zuwandte und Daisy sich auf den Weg machte, fragte sie: »Also, was haben Sie gesagt, Mrs. Basin, über Ihren Sam?«

»Hat 'nen Brief bekommen, ja, und geriet ganz aus dem Häuschen deswegen, ohne das er ihn geöffnet hat. Sah auch nich wie eine Rechnung aus, aber ich weiß nich ...«

Als Daisy langsam außer Hörweite gelangte – bedauerlicherweise –, fragte sie sich, ob Sam Basin ein weiteres Opfer war. Was hatte der wohl auf dem Kerbholz, um sich die Boshaftigkeit des Briefeschreibers zuzuziehen? Derek hatte ihr erzählt, daß der junge Mann in einer Werkstatt in Ashford arbeitete und ein Motorrad besaß. Vielleicht hatte er sich im Straßenverkehr rücksichtslos verhalten, aber wenn er damit schon öfter aufgefallen war, so war es kein Geheimnis mehr, mit dem man ihm drohen konnte.

Für den Moment vergaß sie den jungen Basin und konzentrierte sich darauf, einen Vorwand zu finden, an Mr. Paramount heranzukommen. Eine Einladung zum Lunch im Herrenhaus wäre gut. In dem höchst unwahrscheinlichen Fall, daß er annehmen würde, könnte Vi Daisy nicht im Stich lassen und ihr das abschlagen.

An der blauen Vordertür des Gärtnerhauses prangte ein Türklopfer in Form eines schwarzen gußeisernen Eichenbaumes. Daisy klopfte zweimal und horchte auf Schritte.

Drinnen herrschte Stille. Sie streckte den Arm aus, um sich noch einmal bemerkbar zu machen. Doch ehe sie den Klopfer berührte, flog die Tür schon auf.

»Psst, bitte! Er ist gerade eingenickt.« Die mahnenden Worte kamen von einer winzigen Frau mit dem kleinen, spitzen Gesicht und dem zuckenden Näschen einer Haselmaus. Sie trug eine butterblumengelbe Schürze und Hausschuhe und schwang einen Wischmob hin und her. »Verzeihen Sie, Miss, bin ich mir sicher«, fügte sie hinzu, denn mit einem Blick hatte sie den gehobenen Stand der Besucherin eingeschätzt.

»Nein, mir tut es leid, ich will Mr. Paramount nicht stören. Ich hatte gehofft, mit ihm ein paar Worte wechseln zu können. Ich bin Lady Johns Schwester, Miss Dalrymple. Und Sie sind …?«

»Wotherspoon is mein Name. Mrs. Ich bin jeden Vormittag bei Mr.Paramount, aber am Dienstag, wenn Mr. Popper frei hat, bleib ich immer den ganzen Tag über. Sein Diener is das. Kommen Se doch besser rein, Miss, wenn's Ihnen nix ausmacht, in der Küche zu warten, denn er könnte jederzeit wieder wach werden und nach seinem Tee läuten, und ich könnt ihn fragen, ob er Se sehen will.«

»Gegen die Küche habe ich nichts einzuwenden«, versicherte ihr Daisy und trat ein.

Wie es aussah, mußte das Parterre zu ebener Erde einmal ein einziger riesiger Raum gewesen sein. Jetzt trennten ein paar Wände die enge, fensterlose Diele von Mr. Paramounts Zimmer zur einen Seite, vor dem Mrs. Wotherspoon einen Finger an die Lippen legte, und von der Küche auf der anderen Seite.

Für einen alten Mann mußte der Abstieg von seinem einstigen Leben in einem herrschaftlichen Haus entsetzlich gewesen sein. Daisy erinnerte sich daran, daß Johnnie seinen Onkel aufgefordert hatte, vielmehr daß er erwartet hatte, er würde weiter bei der Familie wohnen. Dennoch hatte sie Verständnis für Mr. Paramounts Abneigung, dort nach dem Tod seines Bruders in Abhängigkeit seines Neffen zu bleiben. Solche Gefühle hegte sie schließlich auch gegenüber ihrem Vetter Edgar, und sie hatte nie erwartet, Fairacres zu erben.

Doch beschuldigte sie Edgar keineswegs, noch tat sie ihn in Acht und Bann – wie es Mr. Paramount mit Johnnie und Vi machte. »Ich komme mit einer Einladung«, sagte sie, als sie Mrs. Wotherspoon in die kleine, aber gut ausgestattete und saubere Küche folgte. Sie sah aus, als wäre sie beim Einzug des alten Herrn modernisiert worden, verfügte nun über einen Gasherd und einen Heißwasserboiler. »Lady John würde gern Mr. Paramount diese Woche zum Lunch bitten.«

»Gesegnet sei se, aber er geht nirgend nich hin, Miss. Setzen Se sich hin, bitte. Nehmen Se'n Glas Limonade? Is selbstgemacht, nich das Zeug aus den Flaschen.«

»Danke, sehr gern. Mr. Paramount verläßt nie das Haus?« fragte Daisy, als sich die Aufwartefrau zur Speisekammer drehte.

»Er läuft kaum noch rum, Miss.« Mrs. Wotherspoon kam mit einem gutgekühlten irdenen Henkelkrug wieder heraus, der von außen mit Wassertropfen beschlagen war. »Ich nehme nich an, daß Seine Lordschaft ein Auto schickt?« Als sie sich mit dem Krug in Händen gegen das Spülbecken lehnte, blickte sie Daisy eher besorgt an.

»Aber natürlich.«

»Und ein paar Männer, um ihn zu tragen? Auch wenn nich

mehr als einer nötig wäre, so klein und schwach wie er geworden is. Aber er würde nich gehen, Miss, auch wenn er ihnen weiter Briefe schreibt.«

Daisy horchte auf. »Briefe?«

»An den Anwalt, Miss, und ans Gericht und Mr. Nesbitt, das is unser Vertreter im Parlament von hier, und selbst an die Zeitungen, die seit Jahren nix gedruckt haben, soviel ich weiß. Zwei- oder dreimal die Woche geht Mr. Popper zur Post mit 'nem ganzen Bündel, haha, 'n kleiner Scherz. Nee, niemand außer dem Anwalt antwortet ihm, aber der alte Herr schreibt trotzdem weiter, und hofft, daß er das Haus zurückkriegt. Die Wahrheit is, er is ein einsamer, verbitterte alter Gentleman.« Dieser Satz kam so heraus, als hätte sie ihn irgendwo gehört und sich eingeprägt.

»Es tut mir leid, das zu hören«, sagte Daisy freundlich, die von ihrer offensichtlichen Besorgtheit gerührt war.

»Ja, nun, ich bemüh mich, ihn ein bißchen zu unterhalten. Wenn ich sein Zimmer saubermache, dann tratschen wir 'n bißchen. Er is immer noch mächtig interessiert an den Dingen, die im Dorf geschehn. So is es, und das verschafft ihm 'ne kleine Pause vom Federhalter. Seine Hand wird müde. Zittert ganz schrecklich manchmal, und die Tinte is überall verkippt, und Se sollt'n mal die Wäscherin hören, wie se sich beschwert. Ich mach nich die Wäsche«, erklärte Mrs. Wotherspoon, die plötzlich ganz ernsthaft an ihre Würde erinnert worden war.

»Sie können nichts dafür. Hat Mr. Paramount mal darüber nachgedacht, mit einem Bleistift zu schreiben?«

»Oh, das macht er, Miss, wenn er, wie er's nennt, einen groben Entwurf anfertigt, was auch immer, solange die Briefe noch hier im Haus sind. Die Menge Papier, die in diesem Haus weggeschmissen wird, is 'n Skandal. ›Nun, Mrs. W.‹, sagt er immer zu mir, ›ich hätte ebensogut ein Buch verfassen können, wenn ich bedenke, was mir mein ganzes Schreiben genützt hat.‹ Aber er wird nich aufgeben, nee, auch wenn sich nix daran ändert.«

Mit dieser eigentümlichen, aber triumphierenden Erklärung

reichte Mrs. Wotherspoon ihrer Besucherin ein Glas Limonade, verschränkte die Arme und beobachtete mit unerbittlicher Zufriedenheit, wie sie es leerte.

»Ich danke Ihnen, das war sehr köstlich und höchst erfrischend.« Daisy stellte das Glas auf dem Tisch ab und erhob sich. »Nun, ich glaube, es hat keinen Zweck, länger zu warten, um Mr. Paramount zu sprechen. Es klingt nicht danach, als würde er sich von meiner Schwester und Lord John erweichen lassen.«

Traurig schüttelte Mrs. Wotherspoon den Kopf. »Verbittert is er, so wie ich's gesagt hab. Ich erzähle ihm trotzdem, daß Se vorbeigeschaut haben, Miss, vielleicht erweicht das sein Herz.« Sie führte Daisy hinaus.

Es war immer noch zu früh, um im Pfarrhaus zu erscheinen, aber Daisy wollte nicht noch einmal den Hügel zum Herrenhaus hinaufstapfen und wieder zurückgehen. Sie überquerte die Wiese, mit der Absicht, ein paar Minuten in der Kühle der alten steinernen Kirche zu verweilen.

Gewiß war Mr. Paramount ein Verdächtiger, sinnierte sie, als sie das Friedhofstor passierte. Er war sehr verbittert, er war in den Dorfklatsch eingeweiht, und er schrieb Briefe zu Dutzenden. Sein Diener Popper könnte vielleicht die volle Wahrheit kennen, denn der alte Gentleman war möglicherweise froh darüber, seine Sorgen einem einfühlsamen Wesen anvertrauen zu können. Das einfühlsame Wesen zu spielen, das war eine Rolle, in die Daisy ganz leicht schlüpfen konnte. Aber wie …?

»Miss Dalrymple!«

Sie blickte sich um. Der Pfarrer – nein, es war der Professor, der zwischen den Grabsteinen stand und heftig gestikulierte. Seine akademische Robe konnte man leicht für den Talar eines Geistlichen halten. Außerdem saß heute auf seinem Kopf ein Schaufelhut, so wie ihn die viktorianischen Kirchenmänner bevorzugt hatten. Dieser Hut hatte sicher schon seit Jahren ungetragen im Pfarrhaus herumgelegen, und er hatte ihn sich ganz geistesabwesend aufgesetzt. Daisy konnte sich nicht vorstellen, daß sich der schüchterne Osbert Osborne in solch einer auffälligen Kostümierung zeigen würde.

Der Pfarrer trug übrigens außerhalb der Kirche auch keinen Talar; glücklicherweise, denn das hätte ihn beim Klettern aufs Gartentor behindert.

Obwohl Daisy immer noch ein wenig über die beleidigende lateinische Äußerung des Professors verärgert war, lief sie den Weg entlang auf ihn zu. Er aber trat ihr keinen Schritt zur Begrüßung entgegen, sondern blieb an Ort und Stelle stehen, genau gegenüber einem riesigen Engel aus rosafarbenem glatten Granit.

Daisy konnte an dem Engel nichts Faszinierendes entdecken. Er war fast lebensgroß (wenn man dieses Wort auf ein mythisches Wesen anwenden konnte), mit ausgebreiteten Flügeln und einem baskenmützenähnlichen Aufbau auf dem Kopf – vermutlich ein Heiligenschein. Er stand auf einem halbmeter hohen Sockel mit dem Rücken zum Weg und zur Kirche. Sowohl Engel als auch Sockel sahen aus, als hätte das Wetter noch nicht viele Spuren auf ihnen hinterlassen; alles in allem wirkte beides recht neu für einen ländlichen Friedhof.

»Sehen Sie mal!« krähte der Professor ausgelassen. »Das stellt meinen Glauben an die menschliche Natur beinahe wieder her. Ich nehme an, meine junge Dame, daß Sie in der Lage sind, diesen Scherz zu verstehen.«

Was für eine Unverfrorenheit, dachte Daisy, nachdem er ihr unterstellt hatte, daß sie nicht recht Bescheid wußte. »Scherz?« fragte sie. »Für mich ist es nichts als ein äußerst geschmackloses Ding.«

»Ja, wirklich, der Engel ist der Inbegriff viktorianischer Sentimentalität. Doch kommen Sie her und lesen Sie den Spruch – *nil desperandum* – kein Grund zum Verzweifeln: er ist in Englisch, nicht in Latein. Eine regelmäßige Betrachtung desselben ist so gut für meine Verdauung wie meine kleinen Spaziergänge.«

Neugierig verließ Daisy den Weg und gesellte sich zu ihm.

Auch wenn die Vergoldung langsam abblätterte, so konnte man die Lettern, die auf dem Sockel eingraviert waren, gut lesen:

James Absalom Paramount
1815–1886
Das Leben ein Scherz,
Alle Dinge zeigen es.
Einst dachte ich so,
Nun weiß ich es.

»Sehr amüsant«, sagte Daisy höflich, doch sie verstand nicht, warum der gute Professor Osborne belustigt vor sich hin gluckste.

Als er ein Taschentuch aus den Tiefen seines Gewandes herausbefördert hatte, wischte er sich die Augen trocken, lachte jedoch noch weiter. »Verzeihen Sie, meine liebe Miss Dalrymple«, sagte er. »Ich muß sagen, es bedarf weiterer Informationen, um den vollen Witz richtig genießen zu können. Gestatten Sie mir, Sie aufzuklären.«

»Bitte, nur zu.«

»James Paramount – der Vater, glaube ich, von dem jetzigen alten Gentleman des gleichen Namens – war seinerzeit ein fortschrittlicher Mensch gewesen. Er war einer der ersten Engländer, der nach seinem Tod eingeäschert wurde, eine Verfügung, die er in seinem Testament festgelegt hatte, sehr zum Ärger seiner Gattin, die fürchtete, er würde beim Jüngsten Gericht nicht in der Lage sein aufzuerstehen.«

»Du lieber Gott!«

»Ganz im Gegenteil, haha!« gackerte der Professor. »Um fortzufahren: Der Pfründeinhaber seinerzeit, der damalige Pfarrer also, der ähnlich gesinnt war wie sie, lehnte es ab, die Asche innerhalb der Kirchenmauern neben den Generationen von Vorfahren zu bestatten. Paramount, muß ich rasch erklären, wäre ein solches Schicksal ganz gleichgültig gewesen, da er ein Freidenker war. Jedoch erweichten Mrs. Paramounts Bitten den Geistlichen, so daß er eine kleine Urnennische gestattete, die von dem Verstorbenen entworfen worden war und auf dem Friedhof ihren Ort bekommen sollte.«

»Der Sockel?« riet Daisy.

»Genau. Der Spruch, das muß ich kaum hinzufügen, war in Mr. Paramounts Testament festgelegt worden, und er drückt seine Sicht auf das Leben aus.«

»Aber er hätte keinen Engel gewollt.«

»Wie recht Sie haben! Ein paar Jahre respektierte die Witwe seine Wünsche, doch auf lange Sicht wurde sie von dem Gedanken überwältigt, wie unschicklich das Fehlen jeglicher religiöser Gefühle in bezug auf sein Grab war. Sie war der Meinung, daß der Engel den Bestattungsbestimmungen etwas hinzufügte, sie aber nicht änderte, und ließ dieses monströse Ding in der Hoffnung anfertigen, den Allmächtigen zu besänftigen. Bald darauf verschied sie selbst und vertraute dem gnädigen Gott, daß er sie mit ihrem Gatten im Paradies, an das er nicht glaubte, wieder vereinte.«

»Ich frage mich, ob der verstorbene Mr. Paramount nun das Nachleben auch für einen Scherz hält«, sagte Daisy und lächelte.

»Ich wußte es«, rief Professor Osborne ganz entzückt. »Ich wußte, daß Ihnen die Ironie gefallen würde, auch wenn Sie zweifellos in die Kirche gehen.«

»Nur gelegentlich, fürchte ich«, gestand sie. »Meist wenn ich bei Leuten bin, die annehmen, daß man das tun muß.«

»Fürchten Sie? Meine liebe junge Dame, warum fürchten Sie das? Fürchten Sie den Donnerkeil einer zornigen Gottheit? Es ist nur ganz vernünftig, den Gottesdienst für eine gelegentliche soziale Verpflichtung zu halten. Nun, ich besuche den Gottesdienst in der Kapelle meines Colleges häufig. Das wird erwartet, aber *ceteris paribus* – alles übrige gleichgesetzt, wenn Sie es übersetzen wollen – man könnte ebensogut die Riten von Zeus oder Jehova dort zelebrieren. Und noch besser die von Athene/Minerva, der Göttin der Weisheit. Sie wäre es wert, inbrünstig angebetet zu werden, würde sie existieren!«

»Also teilen Sie nicht den Glauben Ihres Bruders, Professor?« fragte Daisy ironisch.

Der Professor brach in schallendes Gelächter aus. Sprachlos vor lauter Lachen mußte er wieder zu seinem Taschentuch greifen, um sich die Tränen wegzuwischen. Zuerst eher geschmeichelt von ihrem erfolgreichen Versuch, ihn zu amüsieren, war Daisy bald verärgert. Er ließ sich viel zu leicht zum Lachen bringen.

Die Kirchturmuhr wurde ihre Rettung, denn sie schlug vier. »Ich werde im Pfarrhaus zum Tee erwartet«, sagte sie. »Kommen Sie auch hin?«

»Ich werde gleich folgen. Bitte nehmen Sie es nicht persönlich, wenn ich sage, daß ich heute nachmittag das Empfangszimmer meiden will, *nam multum loquaces merito omnes ...* Ich werde meinen Tee in Ozzys Arbeitszimmer einnehmen.«

Man mußte kein Lateingelehrter sein, um *loquaces* und *omnes...* zusammenzufügen und damit eine oberflächliche Verallgemeinerung über die Geschwätzigkeit der Frauen anzustellen. Professor Osborne ist selbst ein ganz schöner Schwätzer, dachte Daisy wütend, hatte er doch eine nicht eben sehr unterhaltsame Geschichte mit seinem Gefasel in die Länge gezogen.

Als sie den Weg zum Tor einschlug, der direkt vom Friedhof zum Garten des Pfarrhauses führte, hatte sie wieder Mitgefühl mit Mrs. Osborne. Der Professor mußte ein schwieriger Gast sein. Dem Pfarrer konnte es auch nicht leichtfallen, Gastgeber für einen Bruder zu spielen, der ein unverblümter Atheist war. Doch vielleicht war auch das Gegenteil der Fall – Daisy erinnerte sich an seine Freundschaft zu Amos Gresham, dem atheistischen Pachtbauern.

Mrs. Osborne hatte sich über den Pfarrer und seinen Bruder beschwert, weil sie eine derart gelehrte Konversation betrieben, von der sie kaum ein Wort verstand. Vielleicht stritten sie sich um ihre jeweiligen Ansichten über Religion. Auch wenn der Pfarrer aufgegeben hatte, Gresham zu bekehren, konnte er sich vielleicht verpflichtet fühlen, seinen Bruder wieder in den

Schoß der Kirche zurückzubringen, während der Professor es zweifellos für sehr amüsant hielt, den Glauben eines Geistlichen zu untergraben.

Würde er es auch amüsant finden, anonyme Briefe zu verfassen?

Er beklagte weibliche Redseligkeit: Wieviel von dem Dorfklatsch hatte er während seines Besuchs im Pfarrhaus zur Kenntnis genommen? Wie lange hielt er sich schon dort auf? Wann hatte Johnnie seinen ersten Brief bekommen?

Noch ein weiterer Verdächtiger, stöhnte Daisy still, als sie an die Tür des Pfarrhauses klopfte.

7

Das Dienstmädchen, das auf Daisys Klopfen hin aufmachte, war eine kräftige junge Frau mit einem dicklichen, griesgrämigen Gesicht. Sie wirkte wie jene Art von Hausangestellten, die wahrscheinlich vergaßen, dem Hausherrn den Tee zu servieren, wenn weder die Gattin noch die Uhr sie daran erinnern und antreiben würden. Dora, nicht wahr? Nein, Doris.

»Danke, Doris«, sagte Daisy mit einem Lächeln, als das Mädchen die Tür zum Empfangszimmer öffnete, um sie einzulassen. Man konnte nie wissen, vielleicht würde sie ja irgendwann einmal eine nützliche Informantin sein. Sie schien alt genug, um zumindest in den letzten Kriegmonaten schon im Pfarrhaus angestellt gewesen zu sein, als man Lord John nachspioniert hatte.

Doris verstieß nicht so weit gegen die Etikette – oder gegen ihre eigene mürrische Natur –, um etwa das Lächeln zu erwidern, aber sie warf Daisy einen beinahe höflichen Blick zu. »Miss Dalrymple, Madam«, kündigte sie die Besucherin an.

Der Raum war wie das ganze Haus groß genug, um eine ganze viktorianische Sippe darin unterzubringen. Im Winter war er wahrscheinlich schrecklich zugig, und selbst an diesem Sommertag wirkte er mit seinem dunklen, schweren Mobiliar und der düsteren Tapete recht finster. Der Teetisch war am anderen Ende aufgestellt worden, bei den offenen Fenstern. Es waren bereits vier Damen anwesend.

Eine dünne, welke Frau in Blau erhob sich von ihrem Stuhl und eilte aufgeregt auf Daisy zu, um sie zu begrüßen. »Wie freundlich«, stammelte sie außer Atem. »Ich nehme nicht an, daß Sie sich erinnern …«

Glücklicherweise erinnerte sich Daisy dennoch. »Aber natürlich, Mrs. Lomax«, versicherte sie der Gattin des Brigadiers. »Wie schön, Sie wiederzusehen.«

»Wie freundlich ...«

Hinter dem Teetisch sitzend, mischte sich nun Mrs. Osborne ein. »Mrs. Lomax ist in diesem Jahr unsere Vorsitzende, Miss Dalrymple«, verkündete sie mit ernstem Blick auf jene nervöse Dame, die sich sofort auf ihren Stuhl zurückzog. »Die anderen Mitglieder des Vorstands sind sehr erfreut und befürworten meine Einladung an Sie, morgen vor unseren Mitgliedern zu sprechen.«

Daisy dagegen war eher entrüstet, daß über die Anfrage ihres morgigen Auftritts nicht zuvor alle, die damit zu tun hatten, abgestimmt hatten, ganz gleich wer den Vorsitz führte. Es lag auf der Hand, daß der Vorstand offensichtlich von der Pfarrersfrau gelenkt wurde, wahrscheinlich hatte sie das Einverständnis der anderen einfach vorausgesetzt.

Sie schenkte Daisy eine Tasse Tee ein. »Ceylon, zu Ihren Ehren«, sagte sie mit unbeholfener Munterkeit. »Wie Sie sehen, habe ich mir Ihren Geschmack gemerkt.«

Auch wenn sie in Wirklichkeit lieber indischen Tee trank, täuschte Daisy vor, Oolong allen anderen Sorten vorzuziehen. Sie murmelte etwas Höfliches vor sich hin, nahm ein Stück Ingwerkuchen an – der, nachdem sich der Professor schon daran gütlich getan hatte, wie ihr auffiel, in Scheiben geschnitten gereicht wurde –, und setzte sich.

»Sie kennen Miss Prothero schon, wie ich hörte«, fuhr Mrs. Osborne fort.

»Ich fürchte, ich bin ihr nicht eigentlich vorgestellt worden«, kicherte die alte weißhaarige Dame. Wir werden alle mit dem größten Vergnügen an Ihrem Vortrag teilnehmen.«

»Ich danke Ihnen«, sagte Daisy mit plötzlichen Bedenken. Nachdem sie bei der Annahme der Einladung nur ihr Ziel als Ermittlerin im Hinterkopf gehabt hatte, ohne die leiseste Ahnung, worüber sie sprechen könnte, hoffte sie nun, daß sich niemand nach dem Thema erkundigen würde. Hastig wandte sie sich an das vierte Vorstandsmitglied. »Ich glaube nicht, daß wir uns schon kennengelernt haben?«

»Mrs. Gresham.« Mrs. Osbornes Stimme klang abfällig.

Die Frau des Pächters Gresham? Es war eine dunkle, hübsche Frau, ein paar Jahre älter als Daisy, in einem netten, schlichten marineblauen Kleid. Vielleicht ihr Sonntagskleid – nur daß ihr Mann ein Atheist war, also war der Sonntag wahrscheinlich für sie ein Tag wie jeder andere in der Woche.

»Guten Tag, Miss Dalrymple«, sagte sie gesetzt mit einer sanften Stimme, die einen leichten, aber unverwechselbaren Kenter Akzent trug. »Ich weiß, daß unsere Mitglieder dankbar wären, zur Abwechslung mal etwas anderes zu hören.«

»Ich hoffe, daß es mir gelingt, ihrer aller Interesse zu wecken«, antwortete Daisy und lächelte freundlich.

Mrs. Gresham erwiderte das mit einem eher spöttischen Lächeln. Mit einem halb herausfordernden und halb tadelnden Blick auf die Pfarrersfrau sagte sie: »Da mache ich mir keine Sorgen. Denn für die meisten sind die Treffen nur ein Vorwand, um aus dem Haus zu kommen. Sie würden sogar bei einem Vortrag über Blumenarrangements stillsitzen, eine so pikfeine Beschäftigung, mit der nur wenige das Vergnügen haben, sich zu befassen.«

Daisy lachte. »Na, da bin ich aber erleichtert! Und wie lange soll ich reden?«

Mrs. Osborne riß mit aller Entschiedenheit die Zügel der Konversation wieder an sich. »Eine halbe Stunde ist normal. Wir haben zuerst eine Sitzung, und danach folgt der Tee – aus der ›Thermoskanne‹, fürchte ich; also wenn Sie gegen drei Uhr im Gemeindesaal sein könnten, Miss Dalrymple, dann hätte ich Zeit, Sie vorzustellen und … Sie wollen doch nicht etwa die Vorstellung übernehmen, Mrs. Lomax?«

»O nein, das machen Sie viel besser als ich, Mrs. Osborne«, rief die Frau des Brigadiers mit Bedauern. »Ich habe immer Angst, daß ich etwas verwechsele, wenn ich mir nicht Zeit lassen kann.«

»Da wir gerade von Zeit sprechen«, sagte Mrs. Gresham und

stand auf, »es ist Zeit, daß ich nach Hause gehe, den Tee für meinen Mann machen. Frühes Abendessen oder Supper, wie Sie es wohl nennen würden, Ladies. Sie entschuldigen mich, bitte. Miss Dalrymple, ich freue mich darauf, Sie morgen zu hören.«

»Und ich freue mich darauf, Sie wiederzusehen.«

»Machen Sie sich nicht die Mühe, mich hinauszubegleiten, Mrs. Osborne«, sagte die Frau des Pächters überflüssigerweise, denn Mrs. Osborne machte keine Anstalten, sich zu rühren. »Ich kenne den Weg.«

Bis die Tür hinter ihr wieder zu war, herrschte Schweigen.

»Impertinente Person!« schnaubte die Pfarrersfrau.

»Über ihren Stand hinaus gebildet.« Miss Prothero nickte weise. »Das geht nie gut.«

»Wir haben sie aufgefordert, dem Vorstand beizutreten«, erklärte nun Mrs. Osborne Daisy, »weil der Frauenverein schließlich für die Erbauung von Personen jener Klasse gegründet wurde.«

»Und er ist nicht an die Kirche angebunden«, warf Miss Prothero ein. »Mrs. Gresham geht nicht in die Kirche.«

»Nicht einmal in eines der nonkomformistischen Gotteshäuser«, sagte Mrs. Lomax, abschätzig preßte sie nun die Lippen mit unbestimmtem Gesichtsausdruck ganz eng zusammen. Daisy fragte sich, ob sie derartige anonyme Briefe an ihren Gatten und an die anderen schreiben könnte, wirkte sie doch in vielem so unfähig.

Mrs. Osborne fuhr fort: »Ich entschied ... *wir* entschieden, daß es besser wäre, eine Außenstehende im Vorstand zu haben, denn hätten wir eine von den Baptisten geholt, wären die Methodisten beleidigt gewesen, und umgekehrt genauso. Sind fürchterlich streitsüchtig, diese nonkomformistischen Sekten! Also hielt ich, hielten wir Mrs. Gresham für das geringste Übel.«

»Ein Fehler!« erklärte Miss Prothero mit einem Glitzern in ihren hellbraunen Augen und distanzierte sich damit von der Wahl. »Ich habe schon immer gesagt, daß sie die Ehre nicht zu schätzen weiß.«

»Wie Sie gehört haben, meine liebe Miss Dalrymple«, sagte Mrs. Lomax fast atemlos vor Entrüstung, »besitzt sie die Unverschämtheit, sich vorzustellen, sie wisse es besser als wir, welche Sprecher bei unseren Mitgliedern Beifall finden würden.«

»Aber ist nicht das der Grund …?« Daisy hielt inne, als der Pfarrer das Empfangszimmer betrat.

»Einen angenehmen Nachmittag, meine Damen«, sagte er mit einem Lächeln.

»Du erinnerst dich an Miss Dalrymple, Osbert?«

»Ja, natürlich.«

»Wir haben erst gestern unsere Bekanntschaft erneuert«, sagte Daisy. Wie sie seinen entsetzten Blick auffing, schluckte sie die Geschichte von der Rettung am Tor hinunter.

Als ihm seine Frau eine Tasse Tee einschenkte, merkte Miss Prothero an: »Wir haben uns gerade über Mrs. Gresham unterhalten, Herr Pfarrer.«

»Eine bezaubernde Frau«, entgegnete Mr. Osborne höflich, wobei er sich zwei Sandwiches mit Brunnenkresse und eine Scheibe Ingwerkuchen nahm.

»Ich fürchte, Sie sind viel zu nachsichtig«, sagte Miss Prothero entschlossen.

»Eine Unruhestifterin«, bemerkte Mrs. Osborne mit einem entschiedenen Nicken.

»Es heißt«, beinahe flüsternd teilte ihm Mrs. Lomax die schockierende Enthüllung mit, »daß ihr Mann *Atheist* sei!«

Der Pfarrer verteidigte seinen Freund eher vieldeutig: »Amos Gresham ist ein höchst intelligenter Bursche.« Er setzte sich neben Daisy.

»Ich bin sicher, du übertreibst mit seiner Intelligenz, Osbert«, sagte Mrs. Osborne ungewöhnlich beunruhigt. »Und ich bin sicher, Sie übertreiben mit seiner gänzlichen Ungläubikeit, Mrs. Lomax. Nicht jeder gehört zur anglikanischen Gemeinde, leider.« Bei ihrem nicht überzeugenden Lachen entblößte sie ihre Pferdezähne.

»Kein Rauch ohne ein Feuer«, erinnerte sie Miss Prothero.

»Dabei fällt mir ein, Mrs. Lomax, daß ich heute gehört habe, wie der gute Brigadier Schüsse abfeuerte, schoß ziemlich wild um sich.«

»Maurice weiß, wie er mit einem Gewehr umgehen muß«, sagte Mrs. Lomax zu seiner Verteidigung – und auch ein wenig unsicher? »Er war schließlich Soldat, und er verbringt *Stunden* in seinem Waffenzimmer. Er ist nur hinter Hasen, Saatkrähen und Tauben her. Sie fressen das ganze Getreide, wissen Sie.«

»Es ist jammerschade, daß er nicht hinter dem jungen Tunichtgut her ist, der Ihr Gärtnerhaus gemietet hat. Wissen Sie, was mir soeben zu Ohren gekommen ist?«

Mrs. Osborne und Mrs. Lomax beugten sich neugierig nach vorn. Daisy hoffte, etwas Nützliches zu erfahren. Sanft warnend sagte der Pfarrer unterdessen: »Meine liebe Miss Prothero: ›Du sollst nicht falsch Zeugnis reden …‹«

»Das versichere ich Ihnen, Herr Pfarrer«, unterbrach ihn die frömmelnde Miss Prothero beleidigt, »ich habe Grund zu glauben, daß diese Geschichte wahr ist, sonst würde ich sie natürlich nicht wiederholen.«

»Unbarmherzigkeit«, murmelte Mr. Osborne leise.

Miss Prothero schnappte nach Luft und wollte anfangen, dabei warf sie dem Pfarrer einen eigenartig durchdringenden Blick zu.

»Osbert, es ist unsere Pflicht zu wissen, was unsere Gemeindemitglieder vorhaben. Was haben Sie erfahren, Miss Prothero?« fragte Mrs. Osborne.

Ganz gleich, was für momentane Schwächegefühle der ältliche Cherub soeben noch verspürt hatte, verkündete er nun: »Mr. Cattericks Freunde aus London sind zu Besuch hier. Und da er natürlich keinen Platz hat, wo sie schlafen können, übernachten sie im *Hop-Picker*. Sie teilen sich ein Zimmer – ein Mann und ein junges Mädchen!« schloß sie triumphierend ihre Neuigkeit.

»Ach du meine Güte!« rief Mrs. Lomax pikiert aus.

»Wie schändlich!« sagte Mrs. Osborne. »Natürlich, genau das war ja zu erwarten, wenn man an die Sorte von Machwerken denkt, die dieser Piers Catterick verfaßt. Auf keinen Fall dürfen wir es zulassen, daß er solche Sachen in unser Dorf hineinträgt. Einfach empörend das Ganze! Osbert, du mußt mal mit Jellaby reden.«

»Was das betrifft«, sagte Miss Prothero, »ich glaube nicht, daß der Vermieter da irgend etwas tun kann. Das feine Paar gibt sich als Mann und Frau aus.«

»Vielleicht stimmt das auch«, warf Daisy ein.

Die drei Damen starrten sie nun gleichermaßen ungläubig an.

»Meine Liebe«, sagte Mrs. Osborne mit säuselnd sanfter Stimme, »Sie sind zu jung, um die ganze Schlechtigkeit der Welt zu begreifen. Die Jugend denkt immer nur das Beste und auch Anständigste von den Menschen, aber ich fürchte, daß Ihnen eine traurige Ernüchterung bevorsteht. Osbert, du solltest sie besser zur Rede stellen …«

»Nein!« rief der Pfarrer. »Zwei Besucher aus London können unmöglich meiner Verantwortung unterstellt werden. Zu meinen Pflichten gehört es, meine Gemeindemitglieder zu führen. Ich bin sogar bereit, den Versuch zu unternehmen, Piers Catterick von den Fehlern seines Lebenswandels zu überzeugen, aber für seine Freunde bin ich nicht zuständig. Entschuldige mich, meine Liebe; meine Damen, bitte entschuldigen Sie mich. Vor dem Abendgottesdienst muß ich mich noch um ein oder zwei Sachen kümmern.«

Als er aufstand, erhob sich Daisy ebenfalls. »Jetzt muß ich auch los«, sagte sie.

Sie hatte nicht das Gefühl, noch irgendwelche nützlichen Hinweise zu bekommen. Sowohl Miss Prothero als auch Mrs. Lomax konnten die Briefe verfaßt haben oder gar Mrs. Osborne, auch wenn natürlich die Frau eines Geistlichen wie die Gemahlin Cäsars über jeden Verdacht erhaben sein sollte. Auf der anderen Seite hatte Mrs. Osborne, von den Besorgungen im Dorf angefangen bis hin zur Einmischung in die pastoralen Pflichten ihres Mannes, reichlich öffentliche Möglichkeiten zur Mißbilligung und Kritik, ohne noch auf anonyme Briefe zurückgreifen zu müssen.

Daisy bedankte sich bei ihrer Gastgeberin für den Tee und versprach, am nächsten Tag um drei Uhr nachmittags im Gemeindehaus zu erscheinen. Zusammen mit Mr. Osborne verließ sie den Raum.

»Wenn es Ihnen nichts ausmacht, einen Augenblick zu warten«, sagte der Pfarrer zaghaft, »werde ich Sie ein kurzes Stück begleiten. Mir könnte ein wenig frische Luft guttun.«

»Natürlich.«

Er tauchte in der Garderobe unter und kam mit einem Panamahut in der Hand wieder heraus. Als er die Haustür öffnete, da entdeckten sie, daß der Himmel sich zugezogen hatte und ein paar Tropfen Regen fielen. »Sie müssen sich einen Regenschirm ausleihen«, sagte er und reichte ihr einen aus der Ablage neben der Tür.

»Vielen Dank.« Daisy öffnete den Schirm; er war neu und schwarz. »Es sieht aus, als könne es jeden Augenblick richtig lospladdern. Da wollen Sie doch nicht wirklich rausgehen!«

»Doch.« Der Pfarrer hängte sich einen zweiten Regenschirm über den Arm und setzte ganz geistesabwesend seinen sommerlichen Hut auf, der jetzt ziemlich unangebracht wirkte. »Ich möchte Sie bitten«, sagte er besorgt, als sie den Weg bis zum Gartentor voranlief, »Mrs. Gresham nicht zu streng zu beurteilen.«

»Das würde mir nicht im Traum einfallen. Nach meiner Ankunft ist sie ja nicht mehr lange geblieben, aber sie machte auf mich einen guten Eindruck. Ich möchte sie gern näher kennenlernen.«

»Ihr Mann, wie ich wohl gestern schon erwähnte, ist ein guter Freund von mir, und sie begegnete mir stets freundlich. Ich fürchte, daß die auf dem Lande erzogenen Damen immer viel zu … rasch urteilen. Außerdem gehen meiner Frau zur Zeit einige Dinge durch den Kopf.«

»Oh?« fragte Daisy und wollte ihn ermuntern, mehr darüber zu erzählen. Am Ende hatte Mrs. Osborne anonyme Briefe erhalten und sie nicht geschrieben. Auf eine ganze Reihe von Leuten wirkten ihre autoritären Umgangsformen im Vorstand geradezu wie ein rotes Tuch – auf Mrs. Lomax zum Beispiel.

Sie überquerten die Straße und liefen die Allee hinauf; erst dann antwortete der Pfarrer. »Wissen Sie, mir wurde eine Stelle als Kanonikus in der Kathedrale angetragen. In Canterbury. Adelaide tut sich schwer damit, sich zu entscheiden, ob sie dorthin gehen will oder nicht.«

Lieber ein großer Hecht in einem kleinen Karpfenteich sein als ein kleiner Fisch in einem großen See, dachte sie. Mrs. Osborne würde in einer so bedeutenden Stadt mit einer Kathedrale mehr Möglichkeiten für ihr Organisationstalent vorfinden, aber auch mehr Konkurrenz. »Wie steht es mit Ihnen?« fragte sie. »Was wollen Sie denn?«

»Oh, ich kann auf keinen Fall diese höhere Position annehmen!« Mr. Osbornes Stimme zitterte vor Erregung. »Das kann ich nicht! Hier ist es schon schwer genug. Ich könnte in einer Domfreiheit, wo man ständig von Geistlichen und Kirchenobersten umgeben ist, nie mein Geheimnis bewahren. Es ist so, seit Ozzy – mein Bruder – herkam, fing Adelaide an, etwas zu vermuten. All jene Jahre habe ich es vor ihr geheimgehalten, vor jedem, aber jetzt weiß ich nicht mehr ein noch aus!«

Sicherlich würde Mr. Osborne von seinem *Bruder* keine anonymen Briefe erhalten! Der Besuch des Professors mußte eher rein zufällig sein. Aber wer *könnte* einem so friedfertigen, freundlichen Pfarrer Briefe mit so schrecklichen Vorwürfen schicken? Und wessen wurde er beschuldigt?

»Was genau vermutet denn Mrs. Osborne?« fragte Daisy vorsichtig.

»Sie hat Angst, daß Ozzy und Gresham meinen Glauben an Gott untergraben. Früher oder später wird sie gewahr werden, daß ich keinen Glauben mehr habe, der zu bedrohen ist. Ich habe ihn in den Schützengräben verloren.«

»Sie sind Atheist?« fragte Daisy ganz überwältigt und holte tief Luft. Sie hatte das Gefühl, daß sie es fast erraten hätte. »Ein Pfarrer ohne Glauben?«

Er hielt inne, blickte sie an, sein rundliches Gesicht wirkte ganz verstört. Der Regen fing nun heftig an niederzuprasseln, durchweichte den absurden Panamahut und die Schultern seines schwarzen Jacketts. Er bemerkte es gar nicht. Daisy nahm den Regenschirm von seinem Arm und öffnete ihn irgendwie, während sie ihren eigenen auch festhielt. Dann gab sie ihm den Schirm in die Hand.

»Ich kann nicht mehr.« Er drehte sich um und ging nun den Hügel hinauf, mit schweren, mühsamen Schritten. »Ich weiß nicht, warum ich es Ihnen erzähle, außer daß ich es irgend jemandem sagen muß, und Sie wirken so verständnisvoll. Ozzy versteht es nicht. Selbst Gresham ... Beide lehnen sie die Religion aus logischen Gründen ab. Sie haben da keinen Konflikt Mein Aufruhr ist rein emotional, ich weiß das. Ich *möchte* nicht an einen Gott glauben, der es zuläßt, daß junge, gesunde, wohlmeinende Männer zu Hunderttausenden gepeinigt, verkrüppelt und abgeschlachtet werden!«

»Ich weiß, was Sie meinen«, sagte Daisy ganz nüchtern. »Ich war natürlich nicht dabei, aber ich habe meinen Bruder und meinen Verlobten im Krieg verloren.«

Der Pfarrer schien sie nicht zu hören. Seine bitteren, leidenschaftlichen Worte strömten weiter aus ihm heraus. »Fast fünf Jahre seit Ende des Krieges, und doch kommt es mir wie gestern vor. Der süßliche Gestank des Blutes ... aber die Kirche ist auf Blut gegründet worden. Wie kann ich es ertragen, Gottesdienste zu feiern, einen Gott zu preisen und ihm zu danken, der ein Menschenopfer verlangte, ehe er unsere kleinen Sünden vergeben wollte? Ich habe es versucht. Ich habe unzählige Male gepredigt, hatte gehofft, daß man wenigstens das Verhalten der Menschen zum Besseren wenden könne, obwohl ich ihnen nicht aufrichtig einen Lohn im Himmel versprechen kann. Niemand ändert sich. Und sie alle nennen sich Christen! Das ist zuviel für mich, ich kann nicht mehr.«

»Wieso wollen Sie weiter durchhalten? Es wäre besser, wenn Sie aus der Kirche austreten. Könnten Sie nicht unterrichten oder sonst etwas machen?«

»Was ich wirklich tun möchte, ich würde einer der nichtkirchlichen Gruppen beitreten, die die Armen unterrichten, in den Londoner Slums von East End oder in Birmingham, Manchester … irgendwo.« Mr. Osborne klang ganz begeistert, aber dann stöhnte er auf. »Können Sie sich vorstellen, daß meine Frau für ein solches Leben geschaffen ist? Vorausgesetzt eine Schule, irgendeine vielleicht sogar angesehene Schule stellt überhaupt einen Atheisten ein, würde sie es für eine bittere Pille halten, nach …« Er drehte sich um und deutete mit der freien Hand auf die roten Ziegeldächer des Dorfes, das sich am Hang unter ihnen entlangzog.

»Nachdem sie Herrscherin von all dem war und alles unter Kontrolle hatte?« stellte Daisy fest.

Er warf ihr ein reumütiges Lächeln zu. »Ich rede so hochtrabend daher, nicht wahr? Doch wie auch immer, meine liebe Miss Dalrymple, ich kann ihr das nicht antun. Ich habe ihr gegenüber meine Pflichten, denn ich habe Adelaide geheiratet, um in guten wie in bösen Tagen zu ihr zu halten. Und auch wenn ich nicht an den Gott glaube, vor dem ich ihr mein Eheversprechen gegeben habe, so gelobte ich dennoch, ihr treu zu sein, sie zu ehren und ihr beizustehen.«

»Und Ihren Kindern.«

»Ja, den Kindern auch, die noch ihre ganze Zukunft vor sich haben. Also wurstele ich mich weiter durch, in Heuchelei verstrickt, nicht besser als jene, die ich … tadele. Jetzt muß ich aber los«, fügte der Pfarrer hastig hinzu. Ihm war auf einmal daran gelegen, schnell fortzukommen, als würde er seine Beichte bereuen. »Verzeihen Sie mir, daß ich Sie mit meinen Sorgen belästigt habe.«

»Ich werde niemandem davon erzählen.«

»Oh, aber eine Hälfte von mir wünscht sich beinahe, Sie würden es tun. Dann läge die Entscheidung nicht mehr bei mir. Auf Wiedersehen, Miss Dalrymple.« Er machte sich fast trabend auf den Weg den Hügel hinunter.

Daisy runzelte die Stirn und sah ihm nach. Ganz gleich wie zwiespältig seine Gefühle waren, sie würde natürlich nie sein

Geheimnis preisgeben. Bei seinem Bruder und seinen Freunden, den Greshams, sollte es gut aufgehoben sein – doch entweder war einer von ihnen der Briefeschreiber, oder jemand anderes hatte entdeckt oder erraten, daß der Pfarrer seinen Glauben verloren hatte.

Vorausgesetzt man nahm an, er hätte überhaupt einen oder mehrere Briefe erhalten. Während Daisy weiter bergauf ging, wünschte sie sich, sie hätte ihm eine Antwort darauf entlockt, und er wäre künftig ihr verläßlicher Verbündeter gewesen. Dabei hatte sie nicht einmal herausgefunden, wie lange Professor Osborne schon im Pfarrhaus weilte.

Heute abend wollte sie Johnnie fragen, wann er den ersten Brief erhalten hatte. Morgen, beim gemeinsamen Tee aus der »Thermoskanne«, sollte es nicht schwierig sein, Mrs. Osborne dazu zu bringen, das Datum der Ankunft ihres Schwagers in Rotherden auszuplaudern. War sie erst einmal so weit, dann würden sich alle übereifrigen Damen des Dorfes, die beim Treffen des Frauenvereins dabei waren, nicht nur an den Zeitpunkt erinnern, sondern wahrscheinlich auch an den Zug, mit dem der Professor aus der Stadt angereist war.

Menschenskind, die Versammlung des Frauenvereins! Worüber zum Teufel sollte sie nur sprechen?

An jenem Abend hatte Daisy keine Gelegenheit, mit Johnnie allein zu reden. Er hatte angerufen, um mitzuteilen, daß er einen Kollegen vom Gericht zum Dinner mit nach Hause bringen würde, da sie noch geschäftliche Dinge zu besprechen hätten. Nach dem Essen verschwanden sie in der Bibliothek.

Vi erklärte sich ausgesprochen glücklich darüber, daß sie sich ein Konzert anhören konnte, das im Radio übertragen wurde. Daisy war immer noch nicht eingefallen, worüber sie vor den Vereinsmitgliedern reden sollte, also holte sie ihre Notizen über das London Museum aus dem Zimmer und ordnete sie zu den pastoralen Klängen von Beethovens Sechster.

Als die letzten Takte vom *Hirtengesang* verklungen waren,

reckte sich Violet und sagte: »Ich geh ins Bett. Kommst du auch rauf? Soll ich das Radio ausstellen?«

»In ein paar Minuten komme ich, und ja, bitte, stell es aus. Oh, Vi, zu welchem Thema soll ich nur vor diesen Damen sprechen?«

»Warum erklärst du ihnen nicht, woran du gerade arbeitest? Redest von der Magie, das Chaos in eine Ordnung zu bringen. Ich meine, ich wüßte nicht, wo ich anfangen sollte, wenn ich einen Stapel Notizen in einen interessanten Artikel umwandeln müßte. Vielleicht kannst du sie alle dazu bringen, daß sie ›Ein Tag im Leben einer Pächtersfrau‹ schreiben.«

»Um Himmels willen!« Daisy lachte. »Das ist aber ein Anfang. Ich werde mal sehen, was ich machen kann. Danke, Schatz, und gute Nacht.«

Nach dem geschäftigen Tag schlief Daisy tief. Sie wachte nur halb auf, als ihr das Mädchen den Morgentee brachte. Ein paar Minuten später machte sie ein Klopfen an der Tür richtig munter. »Herein.«

Belinda war schon angezogen – sie trug ihre Shorts, auch wenn ihre ersten, tragischen Worte waren: »Es *regnet* immer noch, Tante Daisy.«

»Ich bin sicher, du und Derek, ihr werdet eine Menge Dinge finden, die man im Haus machen kann.«

»Er möchte mit dem Stabilbaukasten spielen.«

»Und du nicht?«

»Das ist was für Jungen.«

»Warum?«

»Oma sagt ... Du meinst, ich kann auch solche Sachen bauen?« fragte Bel ganz erstaunt.

»Natürlich, du Dummerchen.« Wieder eine Quelle für einen Streit mit Mrs. Fletcher, stöhnte Daisy still in sich hinein. Nachdem sie in der Vergangenheit ihrem Neffen ermunternd beigesprungen war, fügte sie nun hinzu: »Ich wette, daß deine Finger viel besser mit diesen gemeinen kleinen Schrauben und Muttern umgehen können als Dereks.«

»Ich werde ein Haus bauen. Er hat eine *Unmenge* Teile davon. Das mach ich.«

Während sie an ihrem inzwischen kalt gewordenen Tee nippte, wünschte sich Daisy, eine ebenso große Begeisterung für ihren Nachmittagsvortrag zu verspüren. Zumindest machte es ihr der Regen leichter, den Vormittag mit der Vorbereitung ihres Textes zu verbringen. So setzte sie sich an die Arbeit, legte aber eine Pause für das Tippen ihres Artikels über das London Museum ein, eine langweilige Aufgabe, die ihr jedoch im Vergleich zu dem anderen Vorhaben wie eine Wohltat vorkam. Sie hatte schreckliche Visionen davon, wie sie die Sätze weiter herunterleierte, während im Publikum eine nach der anderen einschlief – Mrs. Osborne würde es nie zulassen, daß sie sich davonstahlen.

Gegen Mittag wehte ein Wind die Regenwolken langsam fort, und als sich Daisy auf den Weg zum Gemeindehaus machte, schien die Sonne auf eine erfrischte, funkelnde Welt.

Violet munterte sie mit der Bemerkung auf, daß sie in ihrem dunkelblauen Kostüm, der hellblauen Bluse, den seidenen Strümpfen, dem Hut und den Handschuhen sehr schick aussah.

»Nun, zumindest werde ich nicht wie ein Trottel dastehen, selbst wenn ich wie einer klingen sollte«, sagte Daisy bedrückt. »Warum habe ich mich nur darauf eingelassen?«

Aus Angst davor, daß sie, wenn sie sich selbst überlassen wäre, kehrtmachen und in Panik fliehen würde, fordete sie Belinda und Derek auf, mit ihr die Auffahrt hinunterzuspazieren. Mit Gummistiefeln versehen, wie es das Kindermädchen verlangt hatte, hüpften und sprangen sie zu ihrer Linken und Rechten, wobei sie ihr von dem Löwenkäfig erzählten, den sie um Peter herum gebaut hatten, als er auf dem Boden gelegen und gemalt hatte.

»Der hatte ein richtiges Tor, mit Scharnieren und allem«, berichtete Belinda.

»Als er fertig war, ließen wir Tinker zu Peter hinein, nur ist er wieder rausgesprungen«, sagte Derek voller Bewunderung. »Ich wußte nicht, daß er so hoch springen kann.«

Tinker Bell schien nicht nachtragend zu sein. Er war ganz

selbstverständlich mitgerannt, jagte hierhin und dorthin, spürte Gerüchen nach, die durch den Regen noch stärker geworden waren.

»Er hat Peters Bild zertrampelt«, sagte Bel, »also habe ich ihm geholfen, noch eins zu malen, und zwar einen Löwen in einem Käfig, aber er hat ihn grün ausgemalt, so daß er auf einmal wie ein Busch hinter einem Zaun aussah. Peter hat noch nie einen richtigen Löwen gesehen, Tante Daisy. Können wir ihn mal mit in den Zoo nehmen?«

»Mich auch«, bettelte Derek, »ich war erst ein einziges Mal dort.«

»Ich war schon ganz oft dort, weil ich in der Nähe wohne. Manchmal höre ich nachts die Löwen brüllen.«

»Hast du ein Glück!«

»Wir gehen alle hin, auch Papa, wenn er kann. Dann schauen wir beim Seelöwenfüttern zu und reiten auf einem Elefanten und sehen, wie sie ein Bad nehmen ...« Belinda zählte immer noch die Wunder des Zoos auf, da erreichten sie die Tore.

»Bis später«, sagte Daisy.

»Können wir nicht mitkommen und dir zuhören?« fragte Belinda enttäuscht.

»Nein, das ist etwas für Erwachsene. Ihr würdet es nicht interessant finden.« *Und meine Zuhörer ebenfalls nicht*, dachte Daisy verzweifelt, als sie die Straße zum Friedhofstor überquerte. Warum hatte sie überhaupt zugestimmt, sich wie ein Affe in einem Käfig zum Narren zu machen, den jeder anstarren und sich dabei wünschen konnte, nun sollte endlich etwas Amüsantes geschehen.

Zumindest sah sie ganz gut aus, hoffte sie. Sie blickte über die Schulter zurück, verlagerte ihr Gewicht auf ein Bein, dann aufs andere und prüfte, ob die Nähte ihrer Strümpfe richtig saßen.

Sie schlug den Weg zu dem Tor ein, das zum Gemeindegebäude führte. Ihre Schritte wurden verhaltener, als sie in der Handtasche nach ihren Notizen tastete. Hatte sie Zeit, noch einmal einen Blick darauf zu werfen? Unbedingt! Sie konnte sich an kein einziges Wort mehr erinnern. Für eine Minute wollte sie sich auf einem Grabstein niederlassen. Hier mußte doch in der Nähe einer sein, der sich dafür anbot.

Um sich blickend, entdeckte sie, daß der Granitengel vom Sockel herunter aufs Gesicht gefallen war. Daneben im Gras lag ein schäbiger Panamahut mit einem ausgeblichenen Hutband im Schottenmuster.

Und zwischen dem Engelskopf und dem Flügelansatz starrte ein rundliches Gesicht mit Entsetzen in den Augen blind in den Himmel hinauf.

8

Der Pfarrer konnte unmöglich noch am Leben sein, so wie sein Kopf unter dem Engel lag. Seine Augen blickten ganz glasig, und sein Körper wurde von dem höhnischen Engel – dem Racheengel? – niedergedrückt.

Dennoch mußte sich Daisy vergewissern. Übelkeit überkam sie, aber tapfer näherte sie sich der Unglücksstelle. Seine Arme waren unter die Flügel des Engels geraten, sie konnte unmöglich den Puls fühlen. Was noch unter der Granitmasse verborgen war, wollte sie sich nicht ausmalen. Sie kniete sich auf den feuchten Rasen, holte ihren Kosmetikspiegel aus der Handtasche und hielt ihn dem Pfarrer vor Mund und Nase.

Keine Spur von Atemniederschlag darauf. Daisy zog sich die Handschuhe aus und nahm allen Mut zusammen, um ihre Hand auf seine Wange zu legen. Immer noch warm. Gewiß war der Unfall erst unlängst passiert, sonst hätten ihn die Frauen, die zum Gemeindesaal hier vorbeigegangen waren, dort liegen sehen.

Ein Unfall? Der Engel hatte auf seinem Urnensockel jahrzehntelang sicher gestanden. Der fürchterliche Wind von gestern hatte sich schon vor Stunden gelegt, und selbst wenn, so war er eigentlich nicht sonderlich stark gewesen. Auf alle Fälle nicht so heftig, um ein Denkmal aus Granit vom Fleck zu bewegen, das mehrere Zentner wiegen mußte. Wäre es etwa leichter, den Engel herunterzustoßen?

Und für wen war es von Nutzen, den Pfarrer umzubringen? Hatte er entdeckt, wer die anonymen Briefe verfaßte? Seine Stellung innerhalb der Gemeinde hätte ihn dazu in die Lage versetzt. War der Briefeschreiber der Täter, der den Mord beging, um seine Identität weiter geheimzuhalten? Wußte er etwa, daß Daisy ihm auf der Spur war? Lugte er gerade hinter einem Grabstein hervor und wollte sich auf sie stürzen?

Mit Schaudern sah sich Daisy um. Sie hätte sich nicht auf diesen schrecklichen Fall einlassen sollen, allein, ohne Alecs Unterstützung! Sie stand auf, um die Gegend besser überschauen zu können, und wünschte sich, daß über die Jahrhunderte hinweg mehr Gräber mit kleineren, bescheideneren Grabsteinen ausgestattet worden wären. Keine Menschenseele war zu sehen.

Es *muß* sich um einen Unfall handeln, versuchte sie sich einzureden.

Unfall oder Mord, es war ein plötzlicher, gewaltsamer Tod. Man mußte die Polizei und den Arzt alarmieren. Die Leiche durfte aber nicht unbeaufsichtigt bleiben. Gleichzeitig wurde Daisy beim Treffen des Frauenvereins erwartet. Angenommen, es kam jemand und fand den toten Pfarrer: Binnen kurzem würde eine schnatternde Schar aufgebrachter Frauen auf allen wichtigen Indizien herumtrampeln. Aus dem gleichen Grund konnte sie nicht zum Gemeindesaal, um von dort Hilfe zu holen. Doch es verbot sich, die Leiche auch nur ein paar Augenblicke allein zu lassen.

Ins Pfarrhaus zu eilen war ebenfalls zwecklos. Mrs. Osborne war nicht anwesend, und Daisy beschloß mit einem hysterischen Kichern, daß sie sich nicht in der Lage fühlte, dem Professor mitzuteilen, sein Bruder sei von einem Engel erschlagen worden.

Mrs. LeBeau, genau auf der anderen Straßenseite, war die Rettung. Sie würde die Dinge in die Hand nehmen, und sicher verfügte sie auch über ein Telephon.

Daisy blickte zur Kirchturmuhr hinauf. Erst fünf Minuten vor drei. In ihrer Aufgeregtheit war sie zum Glück zu früh eingetroffen, eine Aufgeregtheit, die angesichts des Toten schrecklich trivial schien. Ihr waren ein paar Minuten Aufschub gewährt, ehe man sie vermissen würde.

Unwillkürlich mußte sie wieder die gespenstischen Augen anblicken. Sie holte ihr Taschentuch heraus und beugte sich nach unten, um das Gesicht des Pfarrers mit dem kleinen, unzulänglichen Fetzen zu bedecken. Als sie sich wieder aufrichtete, wurde ihre Aufmerksamkeit von einem Stück schwarzen Stoff angezogen, der unter dem Flügel des Engels hervorlugte. Ein schwarzer Stoff, der in der Sonne leicht schimmerte – schwarzer Popelin. Die Robe eines Gelehrten!

Der Professor?

Der Täter hatte Professor Osborne mit dem Panamahut seines Bruders irrtümlich für den Pfarrer gehalten. Daisy war über die Erleichterung, die sie überkam, ganz entsetzt. Sie mochte den Pfarrer; den Professor konnte sie nicht leiden. Aber keiner von beiden hatte einen so schrecklichen Tod verdient.

Die Uhr schlug drei. Sie verschwendete nur Zeit. Sie versuchte, genau in die Fußabdrücke zu treten, die sie zuvor in dem vom Regen aufgeweichten Boden hinterlassen hatte, und ging auf den Weg zurück. Dann eilte sie rasch zu dem überdachten Friedhofstor.

»Tante Daisy!«

Beide Kinder hockten hoch oben auf dem Tor. Der Hund, der unten saß, sah treuherzig mit besorgtem, mißbilligendem Blick empor, als wäre er die Nana aus *Peter Pan* und nicht Tinker Bell. Als Daisy die Straße überquerte, wackelte seine Schwanzspitze hin und her.

»Wir haben uns die Gummistiefel ausgezogen, damit wir nicht festklemmen«, versicherte ihr Belinda.

»Was hast du dir denn auf dem Friedhof angeschaut?« erkundigte sich Derek neugierig. »Wir haben dich von hier oben gesehen, aber wir konnten es nicht erkennen.«

Gott sei Dank! »Es hat einen Unfall gegeben, ihr Lieben. Kommt rasch herunter, alle beide – aber vorsichtig!« fügte Daisy hinzu, als sie die schmiedeeisernen Schnörkel hinabglitten. Möglicherweise wäre Mrs. LeBeau auch nicht zu Hause, dachte sie. Am besten die Kinder holten Hilfe. »Lauft, so rasch wie ihr könnt, nach Hause und laßt die Polizei und den Doktor rufen. Habt ihr verstanden?«

»Mensch, ja, Tante Daisy.«

Als die Kinder sich die Stiefel anzogen, redete Daisy weiter auf sie ein: »Beeilt euch. Und bleibt da, taucht nicht wieder hier auf.«

»Warum denn nicht?« fragte Derek. »Oh, schon gut. Komm schon, Bel. Komm, Tinker.«

Belinda, deren graugrüne Augen vor Besorgnis weit aufgerissen waren, stürzte zu Daisy hinüber und umarmte sie rasch verstohlen, dann stürmte sie Derek und Tinker Bell hinterher.

Daisy kehrte auf den Friedhof zurück. Nun, da sie nur noch auf die Polizei und den Arzt zu warten hatte, war ihr recht übel. Ja, sie fühlte sich vollkommen ausgelaugt. Sie war natürlich eine moderne junge Frau, die angesichts einer Leiche nicht gleich in Ohnmacht fiel, aber besser wäre es wohl, wenn sie sich irgendwo hinsetzte, dachte sie. Und zwar sofort.

Da die Kräfte sie nun ganz zu verlassen schienen, ließ sie sich auf einer Art marmornem Randstein nieder, der das Grab gleich hinter dem Eingangstor einfaßte. Als sie den Kopf zwischen die Knie steckte, hörte es bald auf, sich darin zu drehen.

Solange sie nicht darüber nachgedacht hatte, was unter dem Engel zerquetscht lag, war es erträglich gewesen. Plötzlich fiel ihr wieder ein, was sie eigentlich vorhatte. Jeden Augenblick konnte jemand aus dem Gemeindesaal kommen, um nachzusehen, wo sie steckte. Auf jeden Fall mußte sie die Leute daran hindern, sich der Leiche zu nähern ..., an die sie *nicht* denken wollte. Um das zu tun, mußte sie sich zusammenreißen.

Ein Kiesweg, über den soeben eine Herde Frauen gelaufen war, hätte kaum noch Beweise liefern können, denn die Spuren waren verwischt; zur Sicherheit wollte Daisy das Gras und den Raum zwischen den Grabsteinen absuchen. Und dieses Vorhaben führte sie immer weiter fort von der ... – von dem, worüber sie nicht länger nachdenken wollte.

Als sie wieder auf den Weg zurückkehrte, waren ihre Schuhe durchnäßt, wie auch der Saum ihres Kleides. Ihre Strümpfe waren ebenfalls ganz naß und fühlten sich vorn schrecklich an, hatte sie sich doch neben die ... – hatte sie sich doch hingekniet. Sie blickte an sich herab, um zu sehen, ob etwa Laufmaschen da waren, und war erleichtert, als sie keine entdeckte, auch wenn es gefühllos und kleinlich schien, sich darüber Gedanken zu machen, wo doch der Professor …

O *verflucht*! Schon wieder war sie ganz wackelig auf den Beinen. Hier gab es keine Möglichkeit, sich hinzusetzen, also lehnte sie sich gegen den nächsten aufrecht stehenden Stein. Wenn sie starb, seufzte Daisy, würde sie als Grabplatte eine Steinbank vorziehen wollen.

Es war sonderbar, daß bisher niemand vom Frauenverein nach ihr Ausschau gehalten hatte. Die Fenster des Gemeindegebäudes waren hoch und schmal wegen des Lichteinfalls, aber ungeeignet, zum Nach-draußen-blicken, also konnte sie von dort niemand bemerken. Wieder sah sie zur Kirchturmuhr hinauf. Zehn Minuten nach drei. Vielleicht dachte Mrs. Osborne, daß sie sich vor ihrer Aufgabe drückte. Zweifellos verfügte die Pfarrersfrau über ein sprachliches Repertoire, um die Zeit zu überbrücken, wenn ein Redner nicht gleich erschien.

Und wie lange würde sie noch auf den Arzt und den Constable warten müssen? Elf nach drei. Es schien eine Ewigkeit her zu sein, seit sie die Kinder losgeschickt hatte, aber wahrscheinlich hatten sie erst jetzt das Telephon erreicht.

Detective Sergeant Tom Tring von Scotland Yard drehte sich gerade vom Aktenschrank um und betrachtete mit Zufriedenheit seinen leeren Schreibtisch. »Das ist der letzte von den Brandstiftern von Islington, Chief«, sagte er. »Ich nehme an, daß Sie endlich ein oder zwei Tage fort können.«

Alec klopfte auf Holz. »Fordern Sie nicht das Schicksal heraus, Tom. So etwas zu sagen, reizt nur jeden Gauner im Stadtgebiet dazu …«

Das Telephon läutete schrill. Als Toms gewaltiger Arm, der blauweiß kariert war, nach dem Apparat auf seinem Schreibtisch griff, stöhnte Alec auf. Er hatte gewußt, daß die Idee, ein paar Tage mit Daisy und Bel in Kent zu verbringen, den Bach runtergehen würde.

»*Wer?*« Der üppige Schnauzbart des Sergeants bebte vor Erstaunen, und seine Augenbrauen zogen sich endlos in die Höhe. »Ja, natürlich, stellen Sie sie durch. Es ist Miss Belinda, Chief. Sie ruft Sie doch sonst *nie* in Scotland Yard an!«

»Da sie es jetzt tut, hat sie hoffentlich auch einen guten Grund dafür«, drohte Alec, als er nach dem Hörer langte. Tom drückte den Knopf, um das Gespräch zu übernehmen. »Hallo? Bel?«

»Daddy! Tut mir schrecklich leid, dich zu stören, aber wir wußten nicht, was wir sonst tun sollten.«

»Wir?«

»Ich und Derek. Derek und ich«, fügte Belinda ängstlich hinzu. »Du mußt wissen, da liegt eine Leiche auf dem Friedhof und ...«

»Ich nehme an, da liegen mehrere. Belinda, machst du einen Scherz mit mir? Denn wenn Derek dich vielleicht reingelegt hat ...«

»Daddy, *hör zu*! Tante Daisy hat auf dem Friedhof eine Leiche gefunden.«

»Das glaube ich nicht«, sagte Alec leise. Das konnte nicht wahr sein. Nicht schon wieder eine Leiche!

»Nun, ganz genau wissen wir es nicht«, meinte seine Tochter unschlüssig, »aber Tante Daisy sagte, es hätte einen Unfall gegeben, und außerdem sagte sie, wir sollten rasch einen Arzt und die Polizei holen, wie damals im Zug, erinnerst du dich? Damals fanden wir ...«

»Ich erinnere mich nur zu deutlich.«

»Also glauben wir – weil ich Derek alles über den Zug erzählt habe –, wir glauben, daß es wieder Mord ist. Sie sagte schließlich zuerst, daß die Polizei kommen soll. Und Derek hat schon den Arzt angerufen, und der kommt auch, aber der Constable aus dem Ort ist nicht zu Hause, und wir wußten nicht, was wir tun sollten. Weil Onkel Johnnie fort beim Reiten ist und Tante Violet noch schläft, und was Tante Daisy sagte, klang so dringend. Sie sah *schrecklich* blaß aus.«

Alec schnürte es das Herz zusammen. Die zwei Wesen, die

er am meisten auf der Welt liebte, hatten es mit einem Mörder zu tun, der noch auf freiem Fuß war, und er war viel zu weit weg, um sie beschützen zu können.

Wenn Bel es nicht falsch verstanden hatte. Solch eine Geschichte würde sie sich nicht ausdenken, auch wenn sie eine rege Phantasie hatte.

Er konnte es nicht riskieren. »Gut, Bel, in Ordnung, daß du mich angerufen hast. Frage Derek, welche Stadt euch am nächsten liegt.«

Über die Leitung konnte man leise hören, wie die Frage weitergegeben wurde. Dann: »Er sagt Ashford, Daddy.«

»Bleib noch dran.« Alec legte seine Hand auf die Muschel und sagte zu seinem Sergeant: »Versuchen Sie die Polizei von Ashford, Kent, zu erreichen, Tom. Die Kriminalpolizei, wenn die so etwas haben.«

»Gut, Chief.«

»Belinda, wir schicken einen Polizisten los, aber es kann ein wenig dauern.« Er kam sich so hilflos vor, da er so wenig von den näheren Umständen wußte. »Laß mich jetzt mal mit Derek sprechen, Liebes.«

Am anderen Ende, weit weg, war undeutlich eine recht lebhafte Unterhaltung zu hören, und dazu kam Tom Trings Organ am anderen Apparat im Raum. Dann sagte eine ängstliche Jungenstimme: »Ich bin Derek, Sir.«

»Derek, ich brauche deinen Rat und deine Hilfe.«

»Ja, Sir!« Die Stimme klang nun stolzgeschwellt.

»Jemand muß deiner Tante eine Nachricht überbringen.«

»Das mache ich schon.« Erregung und mehr als nur ein Hauch von Beklommenheit.

»*Nein*, auf keinen Fall. Du wirst überhaupt nicht in die Nähe vom Friedhof gehen, auch wirst du es Belinda nicht gestatten, verstanden?«

»Jawohl, Sir.« Enttäuschung und Erleichterung. »Soll ich einen Dienstboten schicken?«

»Einen Mann, keine Frau. Habt ihr einen verantwortlichen Diener?«

»Nur einen. Arthur.«

»Ist das ein vernünftiger Bursche, Derek? Und wird er auch tun, was du sagst?«

»O ja Sir, auf jeden Fall. Sowohl als auch, will ich meinen.«

»Gut.« Alec blickte zu Tom hinüber, hielt einen Finger hoch und flüsterte: »Nur einen Augenblick.«

Er hörte, wie Tom sagte: »Hier ist Scotland Yard, Sir. Detective Chief Inspector Fletcher möchte gern sprechen mit ...«

»Derek, der Diener soll loslaufen und Daisy informieren, daß die Polizei von Ashford so bald wie möglich eintrifft.« Alec hoffte, daß es auch stimmte. »Und er soll bei ihr bleiben und ihr helfen, wobei auch immer, wie sie es wünscht. Hast du das verstanden?«

»Ja, Sir. Bel, zieh mal an der Klingel dort. So ist es richtig. Arthur müßte gleich hier sein, Sir.«

»Guter Junge. Denk dran, du und Belinda, ihr dürft auf keinen Fall in die Nähe des Friedhofs gehen. Alles ist unter Kontrolle. Jetzt muß ich hier weitermachen, Derek. Gib Bel von mir einen Kuß.« Alec hatte das Gefühl, seine Tochter hilflos einem Sturm auszusetzen. Dann hängte er den Hörer ein, um das Gespräch zu beenden. Als er ihn wieder aufnahm, war Ashford am anderen Ende.

»Inspector Flagg, Chief«, gab ihm Tom leise zu verstehen. Er hörte am anderen Apparat im Zimmer mit.

»Inspector Flagg, hier ist Fletcher. Wir haben erfahren, daß ...« – was denn eigentlich, um Himmels willen? Eine Leiche auf dem Friedhof! – »daß jemand plötzlich umgekommen ist, vermutlich gewaltsam, in dem Dorf Rotherden. Ist das Ihr Distrikt?«

»Ja, so ist es«, sagte der Inspector von Ashford mißtrauisch in seinem stark ländlichen Akzent. »Darf ich danach fragen, Sir, warum Scotland Yard informiert wurde?«

Alec konnte schlecht sagen, daß die Nachricht von zwei neunjährigen Kindern kam, daß eines davon seine Tochter war und daß sie nicht einmal die Leiche gesehen hatten. »Ich nehme an, daß der Anrufer zuallererst versucht hat, den dortigen Constable zu erreichen. Da er nicht anzutreffen war, muß der Informant in seiner Aufregung es offensichtlich versäumt haben, in Ashford Meldung zu machen. Ich dachte, daß weniger Zeit verschwendet würde, wenn ich mich selbst mit Ihnen in Verbindung setze.«

»Also halten Sie die Angelegenheit für dringend, Sir?« Flagg klang höchst zweifelnd.

»Es sollte möglichst bald ein Beamter vor Ort sein«, sagte Alec und versuchte, seine Verärgerung zu unterdrücken, »ehe die Hälfte des Dorfes über den Tatort trampelt. Wenn überhaupt.« Das war, kannte er doch Daisys Hang, immer wieder in einen Mordgeschichte hineinzustolpern, unvermeidlich. »Wie ich erfuhr, ist ein Arzt schon unterwegs.«

»Um welchen Arzt handelt es sich, Sir?«

»Ich habe nicht die leisteste Ahnung, Inspector! Ich schlage vor, daß Sie einen Arzt der Polizei mitnehmen.«

»Wissen Sie, Sir, wo der Tatort in diesem Dorf ist? Rotherden mag vielleicht nicht so eine große Stadt wie London sein, aber es erstreckt sich ein ganzes Stück in die Landschaft hinein, also ...«

»Es ist der Friedhof«, unterbrach ihn Alec. »Meinen Sie, daß Sie in der Lage sind, ihn zu finden?« Seinen Sarkasmus bereute er auf der Stelle. Hatte er erst einmal den Mann auf die Palme gebracht, so könnten Daisy und Belinda womöglich darunter leiden. Er entschloß sich, die Sache zu bereinigen. »Entschuldigen Sie, Inspector, daß war unpassend. Es ist nämlich so, daß meine Verlobte die Leiche gefunden hat, und meine kleine Tochter hat mich angerufen. Ich mache mir um beide Sorgen.«

»Ihre kleine Tochter? Ich habe auch zwei Töchter. Ich werde sofort dort sein, Chief Inspector.«

Alec legte auf, nachdem er dem Inspector das wenige mitgeteilt hatte, was er noch wußte. Dann seufzte er. »Ich wünschte, ich hätte ihm sofort von Belinda erzählt. Aber ich hatte Angst, daß er die Meldung dann weniger ernst nehmen würde.«

»Kann man nie wissen, Chief«, sage Tom beruhigend.

»Machen Sie sich besser gleich auf den Weg, ehe noch was anderes passiert und Sie hier festgehalten werden.«

»Wieso meinen Sie ... Oh, schon gut, Tom! Ich habe ja noch ein paar Tage frei.«

»Machen Sie es offiziell, dann werden wir mit dem nächsten Zug zu Ihnen stoßen, der junge Piper und ich.«

»Das hängt zumindest anfänglich von Inspector Flagg ab, und ich glaube nicht, daß er scharf darauf ist, daß sich die Londoner Polizei in seine Angelegenheiten einmischt.«

»Er hat sich doch am Ende wieder beruhigt, Chief. Jetzt aber los, und machen Sie den Superintendent weich, während ich sicherstelle, daß sich in dem Papierkram auf Ihrem Tisch nichts befindet, was nicht bis Montag auf die Unterschrift warten kann.«

»Danke, Tom.« Alec stürzte los, um den Superintendent von Scotland Yard, Crane, zu suchen, ging er doch von der Annahme aus, daß allein durch die bloße Möglichkeit, Daisy sei in einen weiteren Mordfall verwickelt, seine Vorgesetzten entschieden, er könne nach Kent fahren.

Auf dem Kies knirschten eilige Schritte.

»Halt!« rief Daisy.

Der junge Diener der Frobishers kam kurz vor dem umgestürzten Engel zum Stehen. »Master Derek hat gesagt, daß ich Ihnen mitteilen soll, Miss«, keuchte er, »daß Dr. Padgett unterwegs ist und ein Polizist aus Ashford kommt, da unser hiesiger Constable nicht erreichbar ist, und ich soll tun, was immer Sie wünschen. Donnerwetter, ist das ...?« Mit Glotzaugen deutete er auf die Stelle.

»Ich bin mir sicher, daß es der Bruder des Pfarrers ist. Wir müssen die Leute von hier fernhalten, bis die Polizei und der Arzt eintreffen.« Daisy dachte einen Moment nach. »Sie sollten besser hier langkommen, Arthur – *nein*! Nicht den schmalen Gang entlang! So ist es richtig, gehen Sie außen rum.«

»Wichtige Indizien«, sagte der Diener klug, als er über das Gras zu ihr stapfte. »Ich lese Kriminalgeschichten, Miss.«

»Wie schön. Es ist wahrscheinlich ein Unfall, aber wie auch immer, wir sollten niemanden in die Nähe lassen. Unglücklicherweise hat der Frauenverein im Gemeindesaal eine Versammlung. Es gibt doch noch einen anderen Weg zur Straße hin, oder?«

»Ja, Miss. Die, die direkt aus dem Dorf kommen, die kürzen ab und laufen diesen Weg dort entlang, aber die, die weiter hinten wohnen, die gehen genau hier durch.«

»Das dachte ich mir. Schön, ich möchte, daß Sie sich ans Tor stellen und jeden anhalten, der durch will. Sagen Sie ihnen, daß es einen Unfall gegeben hat. Oh, ich nehme an, Sie sollten mich am besten rufen, wenn Mrs. Osborne auftaucht.« Die Frau des Pfarrers hatte den Professor nicht gemocht und würde wahrscheinlich von seinem Tod nicht allzusehr betroffen sein. Aber immerhin war sie seine Schwägerin und die geeignetste Person, seinem Bruder die betrübliche Nachricht zu überbringen. »Aber lassen Sie sie nicht durch.«

»Mrs. Osborne?« Arthur schreckte zurück. »Ich werde mein Bestes tun, Miss.«

Daisy lief in einem großen Bogen wieder zurück. Als sie in der Nähe des Friedhofstors war, fuhr auf der Straße der blaue Humber des Arztes vor, und Dr. Padgett sprang heraus. Er drehte sich nach hinten und griff nach seiner Tasche, dann trat er durchs Tor.

»Miss Dalrymple! Ich bin, so schnell ich konnte, gekommen, mitten aus einem Schläfchen aufgeschreckt«, sagte er und verzog das Gesicht. Er sah ein wenig zerknittert aus. »Einer meiner Patienten hat mich nachts um zwei Uhr dringend zu sich gerufen – daher meine Müdigkeit. Ein Unfall, sagte der kleine Derek?«

»Ich konnte es den Kindern nicht sagen, aber er ist tot. Da bin ich mir ganz sicher. Dort drüben.« Sie winkte ihm, und Dr. Padgett folgte ihr auf dem Fuße. Sie faßte ihn am Ärmel. »Vorsichtig! Es … es könnte sein, daß es kein Unfall war.«

»Selbstmord?«

»Nein.« Daisy schüttelte den Kopf. »Unmöglich.«

Er starrte sie an. »Sie wollen doch nicht sagen, daß es … *Mord* war?«

»Keine Ahnung!« Sie wollte nicht, daß er Wind davon bekam, daß sie von den anonymen Briefen wußte, also konnte sie ihm nicht sagen, daß sie eine Verbindung zwischen dem Tod und dem Briefeschreiber vermutete. »Aber ich gehe davon aus, daß die Polizei den Weg nach Fußabdrücken absuchen wird.«

»Ich laufe außen rum. Wo soll ich langgehen? Dort drüben?« Dr. Padgett blickte in die Richtung, die sie ihm zeigte. »Und wer …? Dieser Hut! O Gott, nicht Osborne?« Er klang entsetzt, doch Daisy konnte sein Gesicht nicht erkennen, als er über das Gras lief.

»*Professor* Osborne«, informierte sie ihn, während er sich entfernte. »Zumindest bemerkte ich ein Stück von der Gelehrtenrobe, wie es mir schien. Meist war er völlig geistesabwesend und setzte sich immer den erstbesten Hut auf, der ihm unter die Finger kam. Bitte berühren oder bewegen Sie nichts, wenn es nicht notwendig ist.«

»Ich muß mich nur vergewissern, daß ihm nicht mehr geholfen werden kann, dem armen Kerl.«

Die Worte des Doktors brachten Daisy auf eine unheilvolle Idee. Angenommen der Professor war der Briefeschreiber und Dr. Padgett hatte es erraten. Womöglich hatte er den Engel auf ihn gestürzt und war geflohen, noch ehe er sicher sein konnte, ob sein Peiniger auch wirklich tot war. Jetzt hatte sie ihm die beste Gelegenheit geboten, ihm noch den Rest zu geben.

Doch der Professor war bereits tot, versicherte sie sich. Das Schlimmste, was der Arzt tun konnte, war die Beweise zu zerstören. Doch dann hätte er auch alle Spuren seines früheren Aufenthaltes am Tatort verwischen können, indem er gegen ihr Bitten weiter auf dem Weg entlanggelaufen wäre, aber das hatte er nicht getan.

Wie dem auch sei, Daisy war froh, als sie über der Friedhofsmauer einen Kopf mit dem Helm eines Polizisten entdeckte. Sie rannte zum Friedhofstor.

»Officer!«

»Ja, Miss?« Der Constable von Rotherden stieg schwerfällig von seinem Fahrrad ab und stapfte auf sie zu, während er es schob. Er war ein großer junger Mann, dessen Figur schon jetzt darauf hindeutete, daß er eines Tages die massige Statur von Tom Tring annehmen würde, wenn er schon nicht die wohlverdiente Stellung eines Sergeants in der Kriminalabteilung der Londoner Polizei erreichen konnte. »Was kann ich für Sie tun?«

»Ich bin Miss Dalrymple, Lord Johns Schwägerin.«

»Du meine Güte, Miss, ich weiß schon. Halte immer Augen und Ohren offen, das ist doch das mindeste.«

»Das ist gut, Constable. Es hat auf dem Friedhof einen tödlichen Unfall gegeben. Einen Verdacht erregenden Tod.«

»Also, Miss, worum handelt es sich denn nun?« fragte er stur, lehnte sein Fahrrad gegen die Wand und holte sein Notizbuch und einen Stift hervor. »Einen Unfalltod oder Tod aus einem anderen verdächtigen Grund?«

»*Ich* glaube, daß die Sache sehr verdächtig ist. Ich muß Ihnen mitteilen, da Sie nicht zu Hause waren, wurde die Polizei von Ashford informiert, und ich nehme an, daß sie umgehend jemanden herschicken.«

»Ah, das wird Inspector Flagg sein, jawohl«, sagte der Constable erleichtert und steckte sein Notizbuch wieder ein. »Nun, dann müssen wir nur so lange die Leute fernhalten, bis der Inspector eintrifft.«

»Genau«, gratulierte ihm Daisy, die froh war, daß sie ihn nicht davon abhalten mußte, alles durcheinanderzubringen. »Lord Johns Diener bewacht das Tor dort hinten.«

»Arthur? Eine gute Idee, Miss. Ich nehme an, daß der Verstorbene wirklich verstorben ist? Ich sehe, daß Dr. Padgetts Auto schon hier ist. Ah, da kommt er ja.«

»Tot, sprichwörtlich mausetot«, bestätigte der Doktor, der gerade den Toten in Augenschein genommen hatte. »Der Genickbruch hat ihn praktisch auf der Stelle getötet. Auch wenn ich es nicht erkennen konnte, bin ich mir sicher, daß er schwere

Verletzungen davongetragen haben muß, sowohl äußere wie auch innere, die ebenso … Ruhig Blut, Miss Dalrymple!« Er griff ihr unter den Arm. »Überaus dumm von mir, darüber zu sprechen, aber Sie haben sich so tapfer gehalten … Hier, kommen Sie mit und ruhen Sie sich im Kirchenvorbau etwas aus.«

»Machen Sie nur, Miss. Ich halte die Stellung, aber wenn es Ihnen nichts ausmacht, bleiben Sie hier, weil Inspector Flagg bestimmt gern mit Ihnen sprechen möchte.«

»Ich bleibe hier«, sagte Daisy mit schwacher Stimme, wieder kämpfte sie gegen die Übelkeit an. Sie ließ sich von Dr. Padgett zum Eingang geleiten und willig auf eine alte Eichenbank setzen, die von Generationen von Hintern blankpoliert worden war.

»Sind Sie sicher, daß Sie sich nicht hinlegen wollen? Nun gut, ich werde Ihnen etwas geben, damit sich Ihr Kopf und Ihr Magen wieder beruhigen.« Er öffnete gerade seine schwarze Tasche.

Daisy hielt ihn eilig davon ab. »Nein, vielen Dank, mir geht es in einer Minute wieder besser. Normalerweise bin ich nicht so empfindlich, aber die Sache ist so ungeheuer abscheulich …« Sie zitterte.

»Es war ein rascher Tod, armer Teufel. Denken Sie daran. Angenommen es ist Professor Osborne, dann hat wohl noch niemand den Pfarrer informiert, oder?«

»Nein«, gestand Daisy etwas zögernd. Sie wollte nicht diejenige sein, die die Nachricht überbrachte, auch wenn sie Mr. Osbornes Reaktion darauf gern gesehen hätte. Wenn er nämlich den Verdacht schöpfte, daß man seinen Bruder mit ihm verwechselt hatte, so legte das nahe, daß er wirklich der Identität des Briefeschreibers auf die Spur gekommen war.

Aber Daisy traute sich nicht, diese Möglichkeit Dr. Padgett gegenüber zu erwähnen. Doch gegenüber der Polizei müßte sie es tun. Und man würde sie dort nur ernst nehmen, wenn sie von Lord Johns anonymen Briefen berichtete. *Verdammt!* dachte sie. Jetzt wünschte sie, daß Alec hier und mit dem Fall betraut war!

»Ich gehe mal lieber rasch zum Pfarrhaus hinüber«, sagte der Arzt. »Ich nehme doch an, daß es wirklich der Professor ist? Dieser Hut …«

»Ich habe Professor Osborne mit allen möglichen eigenartigen Kopfbedeckungen gesehen. Ich bin mir ziemlich sicher. Ich glaube, Sie sollten den Constable fragen, ob es in Ordnung ist, wenn Sie den Pfarrer informieren«, fügte sie zweifelnd hinzu. »Ich hoffe, daß der Inspector aus Ashford bald eintrifft.«

»Sie denken doch nicht, daß der Pfarrer seinen Bruder ermordet hat!«

»Liebe Güte, nein! Es ist nur, daß Sie nichts sagen dürfen, was die Ermittlungen der Polizei behindern könnte. Also sind Sie der Meinung, daß es nach einem Mord aussieht?«

Mit einem grimmigen Blick nickte Dr. Padgett. »Ich fürchte schon. Ich wüßte nicht, wie diese Statue ohne einen kräftigen Stoß von allein hätte herunterfallen können. Geht es Ihnen wieder besser? Nachdem ich dem Pfarrer die traurige Mitteilung gemacht habe, muß ich los zu meinen Nachmittagsvisiten. Zuerst werde ich mit Barton sprechen.«

Er verschwand, um mit dem Constable zu reden, und ließ Daisy zurück, die nun eher zu der Meinung neigte, daß der Doktor an dem Mord unschuldig war, ganz gleich, welche früheren Vergehen und Fehler man ihm anlasten konnte. Wenn er schuldig wäre, so hätte er sicher eher die Theorie von einem Unfall vertreten.

Außerdem war sie nun zutiefst überzeugt, daß der Tod des Professors durch Mord herbeigeführt worden war, und es wäre zu viel Zufall im Spiel, wenn er nicht mit den anonymen Briefen in irgendeinem Zusammenhang stünde. Entweder hatte der Verfasser den Pfarrer töten wollen aus Angst, entlarvt zu werden, oder Professor Osborne war der Verfasser, und man hatte es herausgefunden, und eines seiner Opfer, dem die Sache zu brenzlig geworden war, hatte ihn ins Jenseits befördert.

Hatte er nun wirklich entdeckt, daß das Leben ein Scherz war? Zumindest sein Tod war ein durch und durch makabrer Scherz: ein Atheist, ermordet von einem stürzenden Engel.

9

Die Polizei aus Ashford war noch nicht eingetroffen, da hörte Daisy Frauenstimmen aus Richtung des Gemeindehauses, denen der junge Bedienstete von Oakhurst in bestimmendem Ton etwas entgegnete. Sie würde Mrs. Osborne ohne die Hilfe von Inspector Flagg gegenübertreten müssen.

Zur gleichen Zeit kehrte, vom Pfarrhaus kommend, Dr. Padgett über den Friedhofsweg zurück.

»Osborne ist mit seinem Fahrrad unterwegs, besucht ›die Schäfchen seiner Herde‹, wie das Dienstmädchen sagte. Sie hat keine Ahnung, wohin er sich begeben hat, sonst würde ich hinterherfahren.«

»Sie sollten nun lieber ihre Krankenbesuche machen, Doktor. Das Treffen des Frauenvereins scheint vorbei zu sein, also wird Mrs. Osborne jeden Moment hier auftauchen. Sie kann es dem Pfarrer am besten mitteilen.«

»Mrs. Osborne?« Der Doktor fing sichtbar zu zittern an. »Ja, ich muß mich nun um meine Patienten kümmern und jetzt dringend los.«

Ohne sich weiter zu erkundigen, ob sich Daisy imstande fühlte, mit der Angelegenheit fertig zu werden, und ohne zu warten, um mit Constable Barton zu sprechen – der sich umgedreht hatte und nun in Richtung des Tumults blickte –, machte sich Padgett schleunigst auf und davon. Er schwang sich in seinen Humber, wendete in der Einfahrt von Oakhurst und brauste ab ins Dorf.

Eine Prozession von Hüten verschiedenster Formen und Farben erschien über der Friedhofsmauer, da alle Mitglieder des Vereins nun nach Hause strebten. Auf der Außenseite war die Mauer höher, der Erdboden auf der Friedhofsseite dagegen hatte sich über die Jahrhunderte mehr und mehr angehoben. Ab und zu spähte eine Frau, die größer als die anderen war, über die Mauer. Ja eine hüpfte sogar hoch, und versuchte etwas zu sehen, aber Daisys Einschätzung nach verdeckten die dazwischenstehenden Grabsteine den schrecklichen Anblick.

Barton bewegte sich auf das Friedhofstor zu; nach seinem gewichtigen Gang zu urteilen, war er sich der Würde des Gesetzes, das er vertrat, durchaus bewußt. Daisy wurde klar, daß sie weder wußte, ob der Arzt ihm gegenüber angedeutet hatte, wer ermordet worden war, ob er den Panamahut erkannt und falsche Schlüsse gezogen hatte oder ob er sich noch im glückseligen Zustand der Unwissenheit befand. Sie war versucht, es ihm zu überlassen, mit der Pfarrersfrau zu reden, doch angenommen, der Tote war ihr Mann? Außerdem hatte Daisy Mrs. Osborne enttäuscht, da sie nicht, wie verabredet, zu ihrem Vortrag erschienen war, ganz gleich, wie wenig dies in ihrer Absicht gelegen hatte. Sie war ihr eine Erklärung schuldig.

Theoretisch gesehen mußte sie natürlich Mrs. Lomax, der derzeitigen Vorsitzenden, Rede uns Antwort stehen. Aber das würde die allmächtige Mrs. Osborne gewiß nicht durchgehen lassen.

Daisy ging zum Constable hinüber. »Hat Ihnen Dr. Padgett gesagt, daß Professor Osborne ermordet worden ist?« fragte sie hastig.

Barton nahm diese Neuigkeit ohne besondere Überraschung auf. »Nein, Miss, hab mich auch nicht danach erkundigt, denn das ist Inspector Flaggs Angelegenheit. Doch ich sage nicht, daß ich das nicht erraten hätte, war doch der Professor immer so mächtig von dem Engel fasziniert.«

»Würden Sie sagen, daß die meisten Leute von seiner Leidenschaft für dieses spezielle Denkmal gewußt haben?«

»Nicht eben die meisten, Miss. Nicht eben viele, überhaupt nicht, ich sagte Ihnen ja, daß ich Augen und Ohren offenhalte. Ist mein Job.«

»So ist es. Da kommt ja Mrs. Osborne. Ich muß mit ihr sprechen.«

»Lieber Sie als ich, Miss, das ist Tatsache.« Als sich Daisy zurückzog, denn sie wollte nicht von der gewiß enttäuschten Vereinsgesellschaft, die sie versetzt hatte, gesehen werden, wandte sich Constable Barton an die vordere Reihe der Damen jenseits der Mauer: »Bitte weitergehen, Ladys. Gibt nichts zu sehen. Weitergehen, dort entlang, Madam. Weitergehen, Miss. Mrs. Osborne, Madam, wenn es Ihnen nichts ausmacht, einen Moment rüberzukommen?«

Plötzlich ganz blaß, schritt die Pfarrersfrau durch das Tor, das er ihr öffnete. Sie fuhr sich mit zittriger Hand an die Kehle, als sei sie nicht mehr in der Lage zu sprechen. Daisy eilte ihr entgegen, griff nach ihrer anderen Hand und sagte eindringlich: »Es ist schon in Ordnung, es ist nicht Mr. Osborne.«

»N-nicht?« fragte Mrs. Osborne mit schwacher Stimme.

»Nein. Kommen Sie und setzen Sie sich irgendwo. Es tut mir schrecklich leid, daß Sie einen solchen Schock erleiden mußten.«

Daisy führte sie in den Kirchenvorbau und ließ sie sich setzen, auch wenn in ihr Gesicht bereits wieder die normale Farbe zurückgekehrt war und sie sich im gleichen Augenblick als Organisatorin der Veranstaltung veranlaßt sah, ihr Mißfallen darüber auszudrücken, daß ihr Vorhaben für diesen Nachmittag ohne vorherige Entschuldigung von seiten der Vortragenden durcheinandergeraten sei.

»Wir haben eine gute Viertelstunde auf Sie gewartet, Miss Dalrymple«, sagte sie ernst, »ehe ich mich gezwungen sah, mit einer kleinen Vorlesung über die Wichtigkeit des ...«

»Ich bitte vielmals um Verzeihung«, wurde sie von Daisy unterbrochen, »aber ich war gerade auf dem Weg zum Gemeindesaal, als ich den ... Unfall entdeckte. Ich konnte doch unmöglich weitergehen und einen Vortrag halten, als sei nichts geschehen.«

»Vermutlich nicht«, pflichtete ihr Mrs. Osborne bei. »Es ist eine höchst unglückliche Sache, und das auf unserem Friedhof! Sind schon die Mitglieder des Kirchenvorstands informiert worden?«

»Noch nicht. Der Pfarrer selbst auch nicht. Dr. Padgett wollte es ihm mitteilen, aber er war nicht zu Hause. Ich bin sicher, Sie werden mir zustimmen, daß es am besten ist, wenn Sie Mr. Osborne die Nachricht überbringen und nicht die Polizei. Sie müssen verstehen, das Opfer des Unfalls ist sein Bruder, und ich fürchte, daß er tot ist.«

Mrs. Osborne sprang auf. »Guter Gott, Osmund tot? Osbert wird schrecklich enttäuscht sein, daß er nun keine Möglichkeit mehr hat, ihn in die Arme Gottes zurückzuführen, ehe er vors Jüngste Gericht tritt. Sie haben recht, Miss Dalrymple, ich muß es ihm selbst sagen. Sie werden mich entschuldigen, ich eile unverzüglich nach Hause.« Und sie lief davon.

Vorsätzliche Blindheit oder echte Selbsttäuschung? fragte sich Daisy. Reverend Osbert Osborne war der letzte, der irgend jemand zu Gott führte. Es schien vielmehr, daß er eine liebevolle Beziehung zu seinem Bruder hatte, und so würde er zweifellos vor Schmerz außer sich sein.

Plötzlich hatte sie Bedenken. Vielleicht hätte sie Mrs. Osborne bitten sollen, den Leichnam zu identifizieren. Sie wüßte einfach nicht, wie sie es in Worte fassen sollte, handelte es sich doch um den Pfarrer. Könnte dieser kleine Fetzen glänzenden schwarzen Stoffs nicht auch ein Stück von einem Talar sein? Könnte Mr. Osborne vielleicht versucht haben, sich durch die Betrachtung der Lieblingsgrabinschrift seines Bruders aufzumuntern?

Nachdem er sich ein kirchliches Gewand übergestreift hatte? Blödsinn, mahnte sich Daisy hoffnungsvoll.

Da nahte eine willkommene Unterbrechung in Form eines schwarzen Ford T-Modells, das vor dem Friedhofstor vorfuhr. Aus dem bejahrten Auto stieg ein großer, dünner Mann, den sie nicht kannte. Er trug einen weichen rehbraunen Hut und einen schlaff sitzenden Straßenanzug in einem eigenartig schimmernden Bronzegrün, wahrscheinlich das einzige Stück von der Stange, das er für seine schlaksige Gestalt hatte auftreiben können. Sein rotblonder Schnauzbart hing auch herunter. Er verlieh seinem knochigen Gesicht ein melancholisches, glanzloses Aussehen, das jedoch von erstaunlich wachen hellblauen Augen bestimmt wurde – wie Daisy erkannte, als sie sich ihm näherte.

Auch wenn seine Figur ganz und gar von der Tom Trings abwich, ja nicht gegensätzlicher sein konnte, so erinnerte irgend etwas an ihm an Alecs Sergeant. Als Constable Barton den Ankommenden begrüßte, wunderte sich Daisy nicht ein bißchen.

»Inspector Flagg?« fragte sie. »Ich bin sehr froh, daß Sie hier sind.«

»Constable Barton, Sir«, verkündete der Dorfpolizist. »Dies ist die Honourable Miss Dalrymple, die Lady hat den Verstorbenen gefunden. Lord John Frobishers Schwägerin weilt zur Zeit auf Oakhurst.«

Von ihrem vornehmen Stammbaum offensichtlich unbeeindruckt, lüftete der Inspektor den Hut, wobei er einen Schopf rötlicher Haare entblößte, was nun gar nichts mit Trings glänzender Birne gemein hatte. »Guten Tag, Miss Dalrymple.« Sein Ton war geschäftsmäßig, er sprach mit starkem Akzent. »Chief Inspector Fletcher erzählte mir, daß Sie zuerst am Tatort waren.«

»Sie haben mit Alec gesprochen?« fragte Daisy erstaunt.

»Wie ich hörte, wurde der Chief Inspector in New Scotland Yard von seiner Tochter angerufen, da sie Barton nicht erreichen konnte.«

»Meine Güte! Ich habe den Kindern erzählt, daß es einen Unfall gegeben hat, weiter nichts.«

»Die kleine Miss Fletcher hat also den Verstorbenen nicht gesehen?«

»Nein, Gott sei Dank, Derek auch nicht, und ich habe ihnen gesagt, daß sie sich von hier fernhalten sollen. Hatten Sie denn angenommen, sie wären Zeugen?«

»Ganz sicher nicht, Madam. Ich habe selber zwei Töchter. Aber wenn Sie ihr und dem Jungen …«

»Dem jungen Master Frobisher«, warf Barton ein.

Flagg nickte daraufhin. »Aber wenn Sie ihnen gesagt haben«,

wandte er sich wieder an Daisy, »daß es einen Unfall gegeben hat, so würde ich gern wissen wollen, warum mich der Chief Inspector mit dem Eindruck hierher in Trab gesetzt hat, daß es sich um einen Mord handele?«

»Wenn Sie selber Töchter haben, dann wissen Sie, was Kinder für eine blühende Phantasie haben«, erwiderte Daisy und ärgerte sich, daß sie dabei rot wurde. Sie hatte nicht die Absicht, dem Inspector mitzuteilen, womit sich Alec inzwischen mehr oder weniger abgefunden hatte, daß sie nämlich auf Schritt und Tritt auf die Opfer von Gewalttaten stieß. »Ich bin mir tatsächlich sicher, daß es sich um Mord handelt, und Dr. Padgett sieht es auch so. Wollen Sie, daß ich es Ihnen erkläre, oder ziehen Sie es vor, sich selbst ein Bild zu machen?«

»Barton?«

»Hab nichts untersucht, Sir. Wollte nicht das Risiko eingehen, Beweismaterial zu zerstören, wo Sie schon auf dem Weg hierher waren.«

»Nun gut, Miss Dalrymple«, seufzte Flagg, »so schildern Sie mir lieber kurz die Situation.«

Daisy berichtete ihm von dem Granitengel, dem Panamahut, der Eigenart des Professors, auch hier sein akademisches Gewand zu tragen und den nächstbesten Hut aufzusetzen, der ihm in die Hände fiel, und von seiner Gewohnheit, sich in Betrachtungen über diese spezielle Grabstätte zu verlieren. Ihre Theorien über den Verfasser der anonymen Briefe behielt sie für sich – zumindest vorerst.

Inspector Flagg nahm den Constable beiseite. Sie schätzte, daß Barton ihre Schilderung bestätigen würde. Dann erteilte Flagg ein paar Anweisungen. Der Constable fuhr auf seinem Fahrrad in Richtung Dorf davon, wobei er schwer in die Pedalen trat. Darauf kehrte der Inspector zu Daisy zurück.

»Ich lasse unseren Polizeiarzt und meine Männer rufen, Miss Dalrymple, und natürlich einen Krankenwagen. Die habe ich nicht gleich angefordert, ich wollte mich erst an Ort und Stelle davon überzeugen, was vorgefallen ist, damit sie keinen unnötigen Einsatz machen. Ich muß mich bei Ihnen bedanken. Sie haben sich großartig verhalten. Sicher wollen Sie jetzt gern nach Hause.«

»Ich könnte tatsächlich eine Tasse Tee vertragen und möchte mich ein wenig ausruhen«, gestand Daisy. »Benötigen Sie nicht jemanden, der ... Oh, Arthur braucht jetzt nicht mehr das andere Tor zu bewachen, der Gemeindesaal ist inzwischen leer. Lord Johns Diener, Inspector. Er könnte die Leute so lange von hier fernhalten, bis Barton wieder da ist oder Ihre Männer eintreffen.«

Arthur wurde also gerufen. Wie vorhin nahm er den Umweg, um nichts zu berühren; man dankte ihm für seine bisherigen Dienste und wies ihm seinen neuen Posten an.

»Ich mache mich auf den Weg«, sagte Daisy.

»Ja, ich werde Sie nicht länger aufhalten«, meinte Flagg zustimmend, »auch wenn ich Sie noch einmal behelligen und Ihre Aussage schriftlich aufnehmen muß. Ich erreiche Sie auf Oakhurst, ist das richtig?«

»Im allgemeinen schon, aber zunächst schaue ich erst einmal im Pfarrhaus vorbei.« Sie hatte nicht die Absicht, eine Viertelmeile entfernt auf Oakhurst rumzusitzen, wo sie doch herausfinden wollte, was hier gespielt wurde. »Vielleicht kann ich mich Mrs. Osborne nützlich erweisen, insbesondere wenn es sich doch um den Pfarrer handelt.«

»Sollte der Reverend heimgekehrt sein – oder natürlich der Professor –, so müssen Sie mich unverzüglich informieren.«

»Das ist doch klar. Wobei auch Mrs. Osborne längst hergerannt wäre, um Bescheid zu geben, daß der Professor wieder aufgetaucht ist.«

»Sie ist vielleicht vollkommen außer sich, die arme Dame. Miss Belinda ebenso ...«, fügte Flagg mit bedeutungsvollem Blick hinzu.

Daisy lächelte ihn an. »Ich werde auf Oakhurst anrufen und Belinda mitteilen, daß es mir gutgeht«, versprach sie.

Am Tor vom Friedhof zum Garten des Pfarrhauses blickte sie noch einmal zurück. Inspector Flagg lief soeben über das

Gras zwischen den Grabsteinen hindurch auf den umgestürzten Engel zu.

Eigentlich mochte sie ihn, und ihr würde es nichts ausmachen, mit ihm zusammenzuarbeiten, auch wenn sie natürlich Alec vorzöge. Scheinbar gab es keinen guten Grund, Scotland Yard zu diesem Fall hinzuzuziehen. Rotherden lag nicht einmal in der Nähe einer Grafschaftsgrenze, außer zu der, die Kent vom englischen Kanal trennte. Frankreich war genauso nah wie London oder sogar näher.

Zumindest schien Flagg sie ernst zu nehmen. Früher oder später mußte sie ihm von den anonymen Briefen erzählen. Lord John würde darüber alles andere als erbaut sein.

Als sie gerade an die Tür des Pfarrhauses klopfen wollte, vernahm sie durchs offene Fenster des Empfangszimmers Stimmengewirr. Natürlich gehörte die eine oder andere Stimme Mitgliedern des Frauenvereins, die es sich getraut hatten, im Pfarrhaus zu erscheinen, um herauszufinden, was vorgefallen war. Daisy wollte sich schon zurückziehen, da sie ohnehin keine Neuigkeiten brachte und Mrs. Osborne von einer Schar von Trösterinnen umringt war, wenn die überhaupt vonnöten waren.

Doch ein paar Verdächtige müßten sich auch im Haus befinden – Miss Prothero und Mrs. Lomax bestimmt. Daisy reckte ihre Schultern, betete zum Himmel, daß Mrs. Osborne die Erklärung für ihr Nichterscheinen als Entschuldigung hingenommen hatte, und klopfte an.

Hinter ihr hielt ein Auto an. Sie drehte sich um und sah, wie sich Brigadier Lomax aus einem Crossley Tourenwagen hievte.

Er schritt den Gartenweg auf sie zu und begrüßte sie ein wenig gereizt: »Miss Dalrymple, um alles in der Welt, wissen Sie, warum hier so ein Gewese gemacht wird? Mein Butler sagt, daß Rosa vom Pfarrhaus aus angerufen habe, um mir mitzuteilen, daß ich dringend gebraucht werde. Dumme Frau, sagte nicht einmal, warum. Ich war kurz nach ihrem Telephonat von meinem Nachmittagsspaziergang heimgekehrt, aber als ich zurückrufen wollte, war der Apparat die ganze Zeit besetzt.«

»Auf dem Friedhof hat es einen tödlichen Unfall gegeben.« Daisy betrachtete ihn eindringlich, während sie ihm die Mitteilung machte. Er war spazieren gewesen, und da er wahrscheinlich auch anonyme Briefe erhielt, war er auch ein Mordverdächtiger. Doch in seinem Gesicht konnte sie nur ungeduldige Gereiztheit ausmachen. »Mrs. Osborne meinte, daß die Mitglieder des Kirchenvorstands informiert werden sollten.«

»Pah! Was soll ich denn dabei ausrichten? Die Scherben wieder zusammenkehren, eh?«

Vermutlich war die Frage rein rhetorisch. Noch ehe Daisy eine Antwort darauf geben konnte, öffnete sich die Tür. »Nur einen Augenblick, Doris«, sagte sie und riet dem Brigadier: »Ein Polizist ist am Tatort, ein Inspector Flagg. Vielleicht sollten Sie mit ihm ein paar Worte wechseln.«

»Könnte ich tun, wo ich schon einmal hier bin«, sagte er in aufgebrachtem Ton und machte sich auf den Weg.

Daisy bedauerte es, ihn zu Flagg geschickt zu haben, ohne die Aufmerksamkeit des Inspectors darauf zu lenken, daß er einen möglichen Verdächtigen vor sich hatte. Doch der Polizist war kein Ignorant und würde jeden für verdächtig halten, ehe er nicht alle Fakten geprüft hätte.

Als sie über die Schwelle trat, fragte Daisy das Dienstmädchen: »Ist Mr. Osborne schon zu Hause?«

»Nein, Miss.« Doris' verdrossene Stumpfheit war so weit gewichen, daß sie einen Funken von Erregung zeigte. »Miss, is es wahr, was die Leute sagen, daß der Professor ermordet wurde und nun so tot wie'n Stein is?«

Der Vergleich war angebracht! »Ich fürchte, ja«, sagte Daisy. »Zumindest – was trug der Pfarrer, als er das Haus verließ?«

»Keine Ahnung, Miss. So wie immer, nehm ich an. Hab beide nich fortgehn sehn. War kurz nach dem Lunch, und ich mußte den Tisch abräumen und der Köchin beim Abwasch helfen. Wird ohne den Professor ganz schön düster hier wern«, seufzte sie. »Hat 'n bißchen Leben ins Haus gebracht.«

»Das will ich gern glauben. Meinen Sie, daß es Mrs. Osborne etwas ausmachen würde, wenn ich erst einmal jemanden anrufe, ehe ich da hineingehe?« Daisy deutete auf das Empfangszimmer. »Meine Schwester wird sich fragen, wo ich stecke.«

»O ja, Miss, Sie können es gern benutzen. Der Hausherr sagt, es is 'ne unnötige Anschaffung, wo die meisten Leute in der Gemeinde keins haben, aber die Hausherrin sagt, der Pfarrer müßte ein Telephon besitzen. Mir is es recht, brauch ich nich mit den Botschaften rumrennen. Da is es, Miss.«

Während Doris das von sich gab, führte sie Daisy an der Treppe vorbei ans Ende des Flurs in einen Winkel unter dem Treppenabsatz. Dort befand sich ein Stuhl mit einer hohen Lehne, ein kleiner Tisch, auf dem der Telephonapparat stand und ein Notizblock samt Bleistift lagen. Daisy fiel auf, daß das Papier so aussah wie das von Johnnies Briefen.

Fatalerweise konnte jeder solche Schreibblöcke bei Woolworth kaufen, sie wurden dort zu Hunderttausenden, wenn nicht zu Millionen angeboten. Also war das nicht sehr hilfreich – doch da sah sie den Abdruck der letzten Nachricht auf dem obersten Blatt, in Großbuchstaben geschrieben.

Doris war verschwunden. Daisy nahm den Notizblock, ging an die hellste Stelle im Flur und hielt ihn ins Licht. Nur mit Schwierigkeiten konnte sie die miserable Schrift entziffern: KÖRNEL LOMAK SAGT ER WIRD SPETER ZURÜK KOMEN.

Also hatte der Brigadier schon einmal vorbeigeschaut, als die Osbornes nicht zu Hause waren, doch es war unmöglich, daß er selbst diese Notiz hinterlassen hatte. Nein, Doris mußte die Nachricht aufgeschrieben haben. Daisy entdeckte auf dem Flurtisch unter einem Briefbeschwerer ein versilbertes Tablett, das an manchen Stellen abgescheuert war; dort lagen zwei oder drei gefaltete Blätter.

War Doris die anonyme Briefeschreiberin? Sie befand sich am rechten Ort, Klatsch und Tratsch mitzubekommen.

Doch Daisys Erregung hielt nur kurz an. Die Buchstaben auf dem Block waren mit stark aufgedrücktem Stift geschrieben worden und äußerst krakelig, den hübschen Großbuchstaben des anonymen Verfassers ganz unähnlich. Und sicher würde niemand so schlecht buchstabieren, dem es gelungen war, »Diebstahl« und »Ehebrecher« richtig zu schreiben, ganz zu schweigen von »Lüstling«.

Wie dem auch sei, die Polizei könnte trotzdem damit etwas anfangen. Sie riß das oberste Blatt ab, steckte es in ihre Handtasche und wandte sich dem Telephon zu.

Daisy erinnerte sich daran, daß sich Winifred Burden in der Vermittlung befand, und teilte Violet nur jene Dinge mit, die sich schon im ganzen Dorf herumgesprochen hatten. Es war ein glücklicher Umstand, daß ihre Schwester ungewöhnlich wenig neugierig war. So gab es wenigstens eine kleine Chance, daß sie und Johnnie die Sache mit den anonymen Briefen vor Vi geheimhalten konnten, auch falls der Mord damit etwas zu tun haben sollte.

»Wie geht es Bel und Derek?« fragte sie. »Sind sie irgendwie verstört?«

»Nicht im geringsten, Schatz. Sie sind eher enttäuscht, daß sie die Leiche nicht sehen konnten – zumindest Derek, das blutrünstige kleine Monster. Vorhin sind sie losgezogen, ihren Damm zu inspizieren, der unter dem Regen gelitten hat, nehme ich an, und nun spielen sie mit Peter Häschen in der Grube. Peter würde sicher immer in der Mitte sitzen, wenn ihm nicht Belinda ab und zu absichtlich den Ball zuwerfen würde. Was für ein freundliches Kind! Ich bin froh, daß sie die Cousine von meinen beiden wird.«

»Ich auch«, sagte Daisy. »Ich werde rechtzeitig vor dem Dinner zurück sein, Vi, aber zuerst möchte ich Inspector Flagg gegenüber meine Aussage machen, damit er nicht erst nach Oakhurst kommen muß. Bis da-ann!«

Sie legte den Hörer auf und war froh, als sie Doris sah, die aus den unteren Küchenregionen eine Kanne heißes Wasser brachte. Für eine Tasse Tee würde sie einfach alles geben.

Sie schlüpfte hinter Doris ins Empfangszimmer; da hörte sie Mrs. Molesworth ermunternd sagen: »Trinken Sie nur Ihren

Tee, Mrs. Osborne, heiß und süß, das ist das beste, wenn man etwas so Schreckliches erlebt hat.«

»Meine Nerven sind auch ganz hinüber«, stöhnte Miss Hendricks. »Niemand weiß besser als ich, was es bedeutet, schwache Nerven zu haben. Die liebe Mrs. Osborne ist immer so *stark*.«

Die Pfarrersfrau saß stocksteif da, die Lippen eng zusammengepreßt, die Hände hatte sie auf dem Schoß ineinandergefaltet. Ganz sicher war sie von starken Emotionen geschüttelt, auch wenn Daisy nicht sagen konnte, um welche es sich handeln mochte. War es die schlimme Ungewißheit, die Angst, daß man den Leichnam falsch identifiziert hatte und sie nun Witwe war, oder war sie einfach nur unsäglich verärgert darüber, daß die Frauen so einen Wirbel um sie machten?

»Hören Sie endlich auf, wie eine Schar dummer Hühner herumzugackern!« erscholl die strenge Stimme von Mrs. Willoughby-Jones. »Gönnen Sie der Armen ein wenig Ruhe. Ah, Doris, bringen Sie da mehr heißes Wasser? Ich nehme noch eine Tasse.«

»Oh, Miss Dalrymple!« Miss Prothero, die sie entdeckt hatte, sprang auf und ging auf sie zu, wobei sie eine begierige Miene aufsetzte. »Vielleicht können Sie uns sagen, was geschehen ist? Die arme Mrs. Osborne, sie fühlt sich nicht in der Lage, uns Einzelheiten zu berichten.«

»Wir wissen nur«, warf Mrs. Lomax ein, »daß Professor Osborne einen *tödlichen Unfall* hatte.«

»Ich kann Ihnen auch nichts weiter sagen«, flunkerte Daisy ein wenig, »nur, daß die Polizei den Fall untersucht, denn sicher ist Ihnen bewußt, daß dies bei jedem plötzlichen Tod notwendig ist. Meinen Sie nicht, daß der Pfarrer bei seiner Rückkehr Ruhe wünscht und mit dem Verlust in aller Stille zurechtkommen möchte?«

»Oh, aber besondere Freunde …«, jammerte Miss Hendricks, wobei sie die Hände rang. »Der gute Pfarrer hat für uns alle soviel getan …«

»Sie haben schon recht, Miss Dalrymple«, unterbrach Mrs.

Molesworth alle mit ihrer tiefen Stimme. »Mrs. Osborne, wenn es irgend etwas gibt, was ich tun kann, so lassen Sie es mich nur wissen. So, ich gehe.«

»Aber besondere Freunde …«, sagte Miss Hendricks mit leiser Stimme.

»Sie gehören nicht dazu«, teilte ihr Mrs. Willoughby-Jones mit brutaler Offenheit mit.

Die übrigen Damen sahen sich etwas pikiert von der Seite an, dann verabschiedete sich eine nach der anderen, wobei sie alle Hilfe versprachen. Mrs. Osborne hatte scheinbar keine besonderen Freunde.

Daisy zählte sich natürlich nicht zu den Freunden, nicht einmal zu den normalen. Sie hatte nicht im geringsten ein Recht darauf zu bleiben, wie ihr Mrs. Willoughby-Jones' gehässiger Blick beim Abschied klarmachte. Doch sie hatte die Leiche gefunden und mit der Polizei gesprochen, und außerdem war sie Lady Johns Schwester. Niemand erhob einen Einwand.

Kam eine von ihnen als Mörder in Frage – war er oder sie der Briefeschreiber oder eher dessen Opfer? Sie waren alle in der Nähe gewesen.

Als Vorsitzende des Vorstands vom Frauenverein hätte Mrs. Lomax bei dem Treffen wahrscheinlich nicht zu spät eintreffen dürfen, ohne für Gerede zu sorgen – auch wenn sich Mrs. Osborne gewöhnlich ihre Aufgaben einfach aneignete, ob sie nun anwesend war oder nicht. Alle anderen hätten einfach in den Gemeindesaal schlüpfen und sich unbemerkt hinten hinsetzen können. Wieviel Kraft benötigte man, um so einen Engel herunterzustürzen? Mrs. Molesworth und Mrs. Willoughby-Jones waren beide recht kräftig, und Miss Prothero war zwar älter, aber durchaus noch voller Schwung. Daß Miss Hendricks eine schwache Konstitution besaß, wie sie immer so sehr unterstrich, mußte nicht unbedingt den Tatsachen entsprechen, sondern könnte eher ihr Gejammer rechtfertigen, auch wenn sie wirklich ziemlich kränklich aussah.

Sobald sich die Tür hinter ihnen geschlossen hatte, nahm Daisy Mrs. Osborne die fast volle Teetasse aus der Hand. »Sie ziehen ihn eher schwach vor, und ohne Milch, nicht wahr? Und ich nehme an, daß sie Ihnen soviel Zucker reingetan haben, daß er nicht mehr zu genießen ist. Zwei Stückchen, wenn ich mich recht erinnere.«

Sie bereitete eine neue Tasse Tee zu, stellte sie neben der Pfarrersfrau ab und schenkte sich selbst eine ein. Mrs. Osborne leerte durstig die Tasse.

»Ich habe das Gefühl, als sei nichts davon wahr«, sagte sie mit schwacher Stimme. »Was wird Osbert nun tun?«

»Sie wissen nicht, wo er hingegangen ist?« erkundigte sich Daisy. »Ich bin sicher, daß die Polizei jemanden losschicken würde, um ihn zu suchen.«

»Nein!« Mrs. Osborne sah, wie überrascht Daisy über ihren heftigen Ausruf war, und fügte mit einem fieberähnlichen Leuchten in den Augen hinzu: »Warum sollte man ihm früher Kummer bereiten als nötig? Ich weiß nicht, wie ich ihm den Tod seines Bruders beibringen soll!«

»Wie lange ist der Professor eigentlich hier gewesen?«

»Seit Ende Juni. Warum?«

»Oh, ich habe mich gefragt, wie nahe sich die Brüder standen«, erfand Daisy rasch. »Mr. Osborne könnte der Polizei, noch bevor er zu Hause anlangt, über den Weg laufen. Dann wäre er zweifellos gezwungen zu fragen, was auf seinem Friedhof vor sich geht, nicht wahr? Sollte das nicht der Fall sein, möchten Sie vielleicht, daß ich ihn schonend informiere?«

»Würden Sie das tun?« bat Mrs. Osborne eindringlich. »Wie es ausschaut, wissen Sie mehr als ich, und um die Wahrheit zu sagen, fühle ich mich überhaupt nicht wohl. Werden Sie mich bitte entschuldigen, wenn ich mich ein wenig ausruhen gehe?«

»Natürlich.« Daisy konnte ihr die Feigheit nicht anlasten. Der Pfarrer wußte, daß der Bruder seiner Frau gleichgültig war, also würden ihm alle ihre Bekundungen von Mitgefühl wie falsches Gerede vorkommen.

Nachdem sich Mrs. Osborne zurückgezogen hatte, stand das Empfangszimmer Daisy ganz unstreitig allein zur Verfügung, bis Mr. Osborne auftauchen würde. Sie ging geradewegs auf das kleine Schreibpult mit der herunterklappbaren Vorderseite in der anderen Ecke des Raumes zu. Auch wenn der Pfarrer ein eigenes Arbeitszimmer mit einem Schreibtisch haben mußte, wo er seine Predigten entwarf, so hätte doch Professor Osborne aller Wahrscheinlichkeit nach, wenn er der Briefeschreiber war, hier seine Briefe entworfen. Daisy zog die Stützen heraus und ließ die Klappe herunter.

Als erstes fiel ihr eine Schachtel, bezogen mit blauem Basildon, ins Auge, darin befand sich Schreibpapier mit gefalteten Blättern, kein Block. Sie arbeitete sich durch die Fächer und kleinen Schubläden hindurch, stieß aber auf kein anderes Schreibpapier. Sie schloß die oberste Klappe wieder und öffnete die erste Schublade darunter. Auf den ersten Blick war alles voller quittierter Rechnungen, alter Scheckbücher und so weiter.

Für eine ausführlichere Durchsuchung reichte die Zeit nicht. Jemand klopfte an die Vordertür. Hastig schob Daisy das Fach wieder zu und trat beiseite.

Sie hörte, wie Doris öffnete, dann kam das Dienstmädchen herein.

»Is 'n Polizist, Miss. Zumindest sagt er das, nur daß er keine Uniform trägt, weil er 'n 'tective is. Fragt nach Ihnen. Soll ich hochgehn und der Hausherrin Bescheid sagen?«

»Nein, lassen Sie sie ruhen, bis sie gebraucht wird, Doris. Bitten Sie den Mann herein!«

Sie erinnerte sich daran, daß Alec gewöhnlich jene, die er verhörte, im Licht Platz nehmen ließ, also setzte sie sich mit dem Rücken zum Fenster. Nicht daß sie beabsichtigte, wichtige Informationen vor Flagg zu verheimlichen, aber sie wollte nicht, daß er aus ihrer Mimik voreilige Schlußfolgerungen zog. Doris führte den Inspector herein, und Daisy forderte ihn auf, sich zu setzen.

»Der Pfarrer ist immer noch nicht heimgekehrt«, sagte sie.

»Oh, Mr. Osborne ist vor ein paar Minuten aufgetaucht.«

»Gott sei Dank!« rief Daisy bewegt aus. Als Flagg sie mit fragendem Blick ansah, erklärte sie: »Es wäre zu schrecklich gewesen, wenn es sich doch um Mrs. Osbornes Gatten gehandelt hätte, wo ich ihr doch versichert habe, daß es ihr Schwager sei. Wo ist er? Ist er sehr mitgenommen?«

»Ganz erschüttert, der arme Mann. Er hat sich in die Kirche geflüchtet, um zu beten, wie ich vermute. Nur ganz natürlich für einen Pfarrer.«

Um zu beten? Um es zu versuchen möglicherweise, oder nur, um zu versuchen, sich den Anschein zu geben, als würde er beten, um auch noch im Kummer den Schein zu wahren, seiner Frau wegen.

»Ich glaube, ich muß rasch dem Mädchen Bescheid sagen, damit sie Mrs. Osborne von der Rückkehr ihres Gatten unterrichtet«, erklärte Daisy, die sich erhob, um die Klingelschnur zu ziehen. »Es stand bei ihr außer Frage, daß es sich bei dem Ermordeten um den Professor handelt, aber sie ist so erregt, da sollte man ihr Gewißheit verschaffen.«

»Guter Gedanke«, stimmte Flagg ihr zu und holte sein Notizbuch heraus. »Es wird etwa eine halbe Stunde dauern, bis meine Männer und der Polizeiarzt hier eintreffen. Ich habe alles getan, was ich allein tun konnte. Wenn es Ihnen nichts ausmacht, so wiederholen Sie mir bitte, was Sie mir bereits erzählt haben. Wie sind Sie auf den Toten gestoßen?«

»Gewiß, gewiß.« Als das Dienstmädchen eintrat, drehte sie sich um. »Doris, Inspector Flagg sagt, daß der Pfarrer zurückgekommen ist und sich nun in der Kirche befindet. Würden Sie bitte auf der Stelle Mrs. Osborne darüber informieren?«

»Ja, Miss. Noch mehr Tee gefällig, oder kann ich abräumen?«

Daisy sah zu Flagg hinüber. »Gegen eine Tasse hätte ich nichts einzuwenden«, sagte er.

»Bringen Sie bitte eine neue Kanne, aber zuerst gehen Sie zu Mrs. Osborne. Schön, Inspector, also ich befand mich auf dem Weg zum Gemeindehaus, wo ich einen Vortrag vor dem Frauenverein zu halten hatte.« Daisy war mit sich zufrieden, als sie bemerkte, daß bei dem Bericht ihr Magen sich nicht vor Aufregung hob, und fuhr mit der Beschreibung ihres grausigen

Fundes fort und damit, was sie daraufhin unternommen hatte. Sie beendete ihre Aussage mit Dr. Padgetts zögernder Bestätigung, daß der Engel nicht aus purem Zufall umgekippt war. »Was denken Sie, Mr. Flagg? Meinen Sie auch, daß er heruntergestoßen worden ist?«

»Das scheint mir wahrscheinlich«, stimmte der Inspector zu, fast ebenso zurückhaltend wie der Arzt. »Spuren von Mörtel waren nicht zu sehen, die ihn mit dem Sockel verbunden hätten, also muß er all die Jahre hindurch auf Grund seines Eigengewichts dort fest verankert gewesen sein, selbst bei so starkem Wind, wie ich ihn ein-, zweimal erlebt habe.«

»Heute nachmittag wehte aber nicht das kleinste Lüftchen.«

»Nicht mal ein Hauch. Der Engel ist sicher ziemlich schwer mit seinen ausgebreiteten Flügeln und allem. Ich glaube, daß er durch einen starken Stoß gegen die Schulterblätter herabgestürzt ist. Natürlich werden wir nach Fingerabdrücken suchen. Auf dem glatten Stein sollten die gut zu sehen sein, wenn es überhaupt welche gibt. Wenn nicht, dann wird der Superintendent sicher anordnen, daß wir so eine Art Experten beauftragen, der nachweist, wieviel Kraft vonnöten gewesen wäre.«

»Und auf welcher Höhe sie hätte ansetzen müssen«, warf Daisy ein, die in Gedanken all ihre Verdächtigen durchging. Keiner von ihnen war besonders klein von Statur.

»Das auch«, pflichtete ihr Flagg bei. »Nun, entweder sind diese Untersuchungen auf dem Friedhof möglich, oder wir müssen den Engel mitnehmen. Das Kirchenvorstandsmitglied Brigadier Lomax war nicht sehr erbaut, als er davon erfuhr, das kann ich Ihnen sagen.«

»Das hätte ich nicht anders erwartet. Haben Sie etwas Verwertbares gefunden, was Fußabdrücke betrifft? Auf dem Kies läßt sich nicht viel erkennen, oder?«

Der Inspector schüttelte den Kopf. »Es gibt ein paar Vertiefungen genau dort, wo der Mörder eventuell gestanden hat, um den Engel herunterzustoßen, aber Genaues kann man nicht erkennen. Damit will ich nicht sagen, Ihre Aktion, die Leute fernzuhalten, sei umsonst gewesen, Miss Dalrymple. Im

Gegenteil, ich bin Ihnen sehr dankbar. Schade, daß nicht mehr Bürger so verantwortlich handeln und Tatstellen absichern.«

Daisy wies, bescheiden etwas murmelnd, das Lob zurück und fragte sich, ob sie dem Inspector gestehen sollte, daß sie schon vorher in einige Kriminalfälle verwickelt war. Genau in dem Augenblick trat das Mädchen mit einer dampfenden Teekanne herein.

»Haben Sie Mrs. Osborne mitgeteilt, daß der Pfarrer zurück ist, Doris?« fragte Daisy.

»Ja, Miss. Richtig fröhlich is se gewordn, als ich ihr sagte, daß der Herr in die Kirche zum Beten für seinen Bruder gegangen is. Sie war nich allzusehr erfreut darüber, daß die Polizei im Haus is, aber als ich sagte, daß man nur mit der Miss reden will, hielt sie das für nich weiter schlimm. Kann ich sonst noch was für Sie tun, Miss?«

»Nein, danke, Doris.« Daisy goß Flagg und sich eine Tasse Tee ein. »Jetzt, wo Sie dem Pfarrer begegnet sind, Inspector«, sagte sie, »müssen Sie mir doch zustimmen, daß eine Verwechslung mit seinem Bruder durchaus möglich ist?«

»Ich sollte mit Ihnen nicht den Fall diskutieren, Miss Dalrymple«, sagte Flagg barsch. Mit der kurzen Unterbrechung war genau jener Zauber ausgelöscht worden, mit dem sich ihr sonst immer die Leute so schnell anvertrauten. Nun war er offensichtlich verärgert über sich selbst, daß er dieser Verführung erlegen war. »Ich weiß nicht, was ich mir gedacht habe.«

»Aber diese Verwechslung könnte der Schlüssel sein«, sagte Daisy beharrlich, während sie sich innerlich aufraffte, ihm von den üblen Briefen zu berichten. »Angenommen ...«

»Überlassen Sie die Mutmaßungen lieber uns, Madam. Nun, wenn es Ihnen nichts ausmacht, die Uhrzeiten noch einmal durchzugehen, überprüfen Sie bitte, ob ich alles richtig notiert habe. So gegen halb drei war der Beginn der Versammlung des Frauenvereins festgesetzt?«

Vorerst gab Daisy nach. Zumindest würde sie die Chance haben, Johnnie zu warnen, daß man die Existenz der anonymen Briefe nicht länger verheimlichen konnte.

10

Daisy verließ das Pfarrhaus, überquerte die Straße und klopfte bei Mrs. LeBeau an. Die Hausherrin öffnete selbst. Sie trug ein zauberhaftes Nachmittagskleid aus rosafarbenem Chiffon.

»Miss Dalrymple, treten Sie nur ein! Ich hoffe, Sie sind gekommen, um meine Neugier zu befriedigen? Ich bin völlig außer mir. Es kostete mich einige Mühe, mich zurückzuhalten und nicht hinüberzulaufen, um zu fragen, was passiert ist.«

»Ich werde Ihnen alles erzählen, aber ich fürchte, den Rest meiner Geschichte werden Sie nicht gern hören.«

»So kommen Sie herein und nehmen Sie Platz«, sagte Mrs. LeBeau ganz ernst und führte ihre Besucherin in das Empfangszimmer, das ganz vom Duft der Rosen in den Vasen erfüllt war. »Sherry?«

»Nein, danke.« Daisy brauchte einen klaren Kopf, und seit dem Lunch hatte sie nichts mehr gegessen. Sie teilte Mrs. LeBeau die bekannten Fakten vom Hinscheiden des Professors mit, aber auch nicht wesentlich mehr, als daß er von einem umgestürzten Grabstein getötet worden war.

Mrs. LeBeau äußerte ihr Entsetzen und ihr Mitleid mit kleinen Ausrufen, ohne vorzutäuschen, sehr betroffen zu sein. »Ich habe den Professor nicht weiter gekannt, außer daß er beim Vorbeigehen immer höflich gegrüßt hat«, erklärte sie, »und ich bezweifle, daß im Pfarrhaus mehr als der übliche konventionelle Beleidsgruß von mir erwartet wird. Ich verlasse mich ganz auf Sie. Wenn Sie meinen, daß ich in irgendeiner Weise behilflich sein könnte, ohne ihnen zu nahe zu treten, dann will ich das tun. Aber was wollten Sie mir noch sagen?«

Daisy zögerte, denn sie war plötzlich davon überzeugt, daß

es gar nicht so leicht war, die Sache darzulegen. »Es verhält sich nämlich so … es scheint kaum Zweifel daran zu geben, daß Professor Osborne ermordet worden ist.«

»Ich habe mich schon gefragt, ob das der Fall ist, da sich die Polizei so angelegentlich dafür interessiert. Warum um alles in der Welt sollte ihn jemand ermorden wollen? Er schien ein so harmloser Mensch zu sein, eher ein Exzentriker; nun gut.« Sie runzelte die Stirn. »Sagen Sie nicht, daß Sie gekommen sind, um mich vor einem wahnsinnigen Mörder zu warnen, der hier vielleicht sein Unwesen treibt?«

»Du liebe Güte, nein! Zumindest glaube ich nicht, daß die Polizei davon ausgeht. Nein, es ist vielmehr so, mir scheint, daß der Mord höchstwahrscheinlich irgendwie mit den anonymen Briefen zusammenhängt.«

Mrs. LeBeau starrte sie überrascht an. »Mit den Briefen? Aber wie denn?«

»Das ist eine verzwickte Sache, und ich sollte außer der Polizei niemandem davon erzählen. Ich fürchte, daß ich der Behörde alles haarklein berichten muß, und sie werden wissen wollen, wer welche erhalten hat.«

»Müssen Sie das wirklich?« rief Mrs. LeBeau. Daisy meinte zu sehen, daß sie erblaßte, auch wenn es schwer war, das wegen ihres Make-ups genau zu beurteilen. »Müssen Sie denen von *mir* erzählen? Es gibt doch noch andere, wie Sie sagten.«

»Den anderen wäre es auch nicht einerlei, vermute ich«, sagte Daisy freundlich. »Ich kann nicht einfach jemanden nach Gutdünken benennen.«

»Nein.« Ihre Schultern fielen herab. »Und schließlich ist einer von ihnen – einer von *uns* – Ihr Schwager … Miss Dalrymple, ich bin doch keine Verdächtige, oder? Gewiß verdächtigen Sie mich nicht! Wirklich, ich habe den Mann nicht gekannt.«

»Ich glaube Ihnen«, versicherte ihr Daisy rasch.

Tatsächlich war ihr nie in den Sinn gekommen, Mrs. LeBeau könnte die Mörderin sein, obwohl sie ein Motiv besaß wie alle anderen Opfer des Schmierfinks – Johnnie eingeschlossen. Sie neigte zu der Theorie, daß der Mörder der Briefeschreiber war, dem der Pfarrer auf die Spur gekommen war und der an dessen Stelle seinen Bruder umgebracht hatte.

Sie war sich ziemlich sicher, daß Mrs. LeBeau nicht Urheber der anonymen Briefe war, auch nicht der an sich selbst, um den Verdacht von sich abzulenken. Aber man konnte nie wissen, dachte Daisy mit ungutem Gefühl.

»Entschuldigen Sie«, sagte Mrs. LeBeau und stand auf, »ich glaube, ich brauche jetzt ein Glas Sherry. Das hab ich einfach nötig. Sie nicht?«

»Vielen Dank, nein.« Erfreut über die gute Gelegenheit zum Aufbruch, sprang Daisy rasch auf. »Ich muß nach Oakhurst zurück, um Lord John zu warnen.«

»Ich weiß es sehr zu schätzen, daß Sie mich eingeweiht haben, Miss Dalrymple, und nicht einfach die Polizei hergeschickt haben, um mich zu verhören.« Mrs. LeBeau geleitete Daisy hinaus in den Flur. Als sie die Haustür öffnete, sagte sie mit einem leichten Lächeln auf den Lippen: »Und ich bin Ihnen dankbar dafür, daß Sie mir glauben. Mit Ihren Warnungen sind Sie doch sicher vorsichtig, nicht wahr? Nicht jeder ... Ehe die Polizei all Ihre Informationen hat, meine ich.«

»Du liebe Güte, ja!« rief Daisy bestürzt aus.

Bei all den schwachsinnigen Leuten! Die gefährliche Idee, die Verdächtigen von ihrer Absicht in Kenntnis zu setzen, die Polizei über alles zu informieren, war ihr gar nicht in den Sinn gekommen. Alec würde wütend sein, wenn er es herausfand – also mußte sie das vermeiden. Es war nur ein ungemein glücklicher Umstand, daß Mrs. LeBeau unschuldig war. Daisy hatte schon in Betracht gezogen, Dr. Padgett anzurufen. Das war nun völlig ausgeschlossen.

Johnnie hatte recht. Sie mußte ihm einfach vertrauen. Aber sie hoffte trotzdem, daß er ein Alibi hatte.

Den ganzen Weg den Hügel hinauf überlegte sie, wie sie Inspector Flagg dazu bringen könnte, ihre Theorie ernst zu nehmen. Es wäre am einfachsten, Alec anzurufen und ihn zu bitten, dem Inspector ihre Ansichten zu übermitteln. Doch auf der anderen Seite war sie nicht sehr darauf erpicht, Alec einzuweihen, daß sie sich ohne sein Wissen mit der Untersuchung einer anonymen Briefschwemme befaßte. Wie dem auch sei, Flagg würde eine nochmalige Einmischung in seinen Fall nicht zulassen.

Ihre Gedanken wurden unterbrochen, als sie zum Haus gelangte. Derek und Belinda stürmten aus der Vordertür.

»Tante Daisy, Tante Daisy, Bels Daddy kommt und bleibt ein ein paar Tage!«

»Daddy hat angerufen und gesagt, daß er heute abend herfährt, und Tante Violet meinte, daß er hier auf Oakhurst bleiben könnte. Ist das nicht großartig?«

»Großartig!« stimmte Daisy lachend zu, wobei sie sich fragte, wie Inspector Flagg die inoffizielle Ankunft eines höheren Beamten aus London aufnehmen würde. Und wie würde sie Alec alles erklären?

»Wir haben von den Fenstern des Kinderzimmers nach dir Ausschau gehalten, und als wir sahen, wie du die Auffahrt hochkamst, sind wir runtergerannt, weil ich dich fragen muß, wie ich Bels Daddy nennen soll? Bel sagt: ›Onkel Alec‹, weil sie meinen Daddy Onkel nennt, aber ich weiß nicht, ob es richtig ist, einen Detective Chief Inspector von Scotland Yard Onkel zu nennen, auch wenn er es beinahe ist.«

»Ich bin mir sicher, daß das so in Ordnung ist, Derek, aber wir werden ihn selbst fragen, wenn du willst. Wann soll er denn eintreffen?« Wie sie die Eingangshalle betrat und zu ihrer Linken und Rechten je ein Kind am Arm hängen hatte, fühlte sie sich auf einmal ganz erschöpft.

»Wahrscheinlich erst, wenn wir schon im Bett sind«, sagte Derek. »Er wollte unterwegs zum Abendessen irgendwo anhalten.«

»Aber er könnte doch gute Nacht sagen kommen, oder?« fragte Belinda besorgt. »Wenn ich noch nicht schlafe? Das macht er immer, wenn er rechtzeitig heimkommt.«

»Ja, natürlich.« Daisys Vater hätte nie im Leben daran gedacht, in den Kinderzimmern von Fairacres aufzutauchen, um seinen Kindern gute Nacht zu sagen. Ihre Mutter auch nicht, und Violet und Johnnie wohl ebenso nicht. Dafür waren die Kinderfrauen da. Wenn sich die Mittelklasse einen Gutenachtkuß am Bett gab, so sprach vieles dafür, entschied Daisy.

»Wirst du das auch machen, wenn du meine Mummy bist?«

»Aber sicher«, versprach Daisy. »Doch nun rasch ab mit euch, ich muß mit Onkel Johnnie sprechen.«

»Über … über den toten Mann?« Bels sommersprossiges Gesicht sah nun recht bedrückt aus.

Daisy umarmte sie. »Ja, Liebes, aber zerbrich dir darüber nicht mehr den Kopf. Ihr habt euch beide wie wahre Engel benommen – ich weiß nicht, wie ich es ohne euch geschafft hätte. Jetzt könnt ihr alles wieder vergessen.«

»Donnerwetter«, sagte Derek, weil er das nicht nach seinem Geschmack fand, »das wäre eine regelrechte Zeitverschwendung. Benimm dich nicht so wie ein *Mädchen*, Bel. Komm schon.«

Als Daisy den Salon betrat, blickte sich Violet um und Johnnie sprang auf.

»Daisy, Schatz«, rief Vi, »ich bin so froh, daß du wieder da bist. Ich habe mir solche Sorgen gemacht. Und auch dein Mr. Fletcher. Er ist bereits unterwegs.«

»Das haben mir die Kinder schon erzählt«, sagte Daisy und ließ sich in einen Sessel fallen. »Ich kann mir gar nicht vorstellen, wie sich Alec mitten in der Woche freimachen konnte.«

»Er sagte, daß er gerade zwei oder drei Fälle abgeschlossen habe und ihm ein paar freie Tage zustünden, nachdem er mehrere Wochenenden durchgearbeitet hat. Er hat sich nach einer Unterkunft im Dorf erkundigt, aber natürlich haben wir ihn zu uns eingeladen.«

»Danke, Liebes.«

»Daisy«, sage Johnnie ungeduldig, »was ist eigentlich passiert? Ich kam nach Hause und hörte von den Kindern eine wirre Geschichte und eine weitere von Violet. Professor Osborne ist tot?«

»Ja, es handelt sich um den Professor. Ich hatte schon

befürchtet, daß ich unrecht haben könnte und es der Pfarrer sei, aber der ist wieder aufgetaucht.«

»Wie ist es passiert?«

»Ich will die schrecklichen Einzelheiten nicht hören«, sagte Violet entschlossen. »Ich gehe hinauf, um einen Beleidsbrief aufzusetzen, und dann lege ich mich eine halbe Stunde hin, ehe ich mich zum Dinner zurechtmache.« Sie stand auf und beugte sich hinunter, um Johnnies narbigen Hals zu küssen. »Bleib ruhig sitzen, Liebling.«

Er griff nach ihrer Hand und drückte sie. »Geh langsam die Treppen hoch, Liebes. Daisy, soll ich dir einen Cocktail mixen oder einen Sherry einschenken?«

»Ein bißchen Wermut mit viel Soda, bitte, aber was ich wirklich will, sind gesalzene Mandeln zum Knabbern. Ich sterbe vor Hunger. Der Tee ist für mich ausgefallen, doch so kurz vor dem Dinner will ich nicht mehr viel essen.«

Als sie alles Gewünschte vor sich hatte und Violet außer Hörweite war, berichtete sie Johnnie von dem herabgestoßenen Engel auf dem Friedhof.

»Aber wer um alles in der Welt sollte dem Professor das antun? Vielleicht ist ihm ein Student aus Cambridge, den er hat durchrasseln lassen, gefolgt, oder ein akademischer Rivale«, spekulierte Johnnie. »Sicher war das niemand von hier. Er war schon früher in Rotherden zu Besuch, aber die Nachbarn hat er wohl kaum zu Gewalttaten reizen können!«

»Es sei denn, daß er der Schmierfink war.«

»Es sei denn ... Daisy, war er es? Hast du es etwa herausgefunden?«

»Nein«, gestand sie voller Bedauern, »aber es ist eine Möglichkeit. Wann traf der erste Brief ein?«

»Ich habe das Gefühl, daß ich diese boshaften Dinger schon mein Leben lang bekomme, aber es ist wohl erst ein paar Monate her.«

»Hast du welche vor dem Juli erhalten?«

Johnnie dachte nach. »Ich könnte es nicht beschwören, keine Ahnung.«

»Verflixt!« Auf ein paar Mandeln kauend, wünschte sich Daisy, sie hätte nicht vergessen, Mrs. LeBeau die gleiche Frage zu stellen.

»Warum glaubst du, daß sie von Professor Osborne sind?« fragte Johnnie. »Nur weil er ermordet worden ist?«

»Nein. Ich habe schon darüber nachgedacht.«

»Mir ist schleierhaft, wie er davon erfahren haben soll, daß ich … gesündigt habe.«

»Das Pfarrhaus ist eine einzige Gerüchteküche, und der Professor gehörte zu den Leuten, die das Schreiben anonymer Briefe für einen Scherz halten könnten. Meine andere Theorie ist: der Pfarrer hat den Verfasser entlarvt, der ihn daraufhin ins Jenseits befördern wollte, nicht seinen Bruder. Sie sind … sie waren sich sehr ähnlich. Wie dem auch sei, Johnnie, du wirst verstehen, daß ich der Polizei davon berichten muß.«

»Du mußt *was*? Verdammt, Daisy, nein!«

»Jetzt geht es um einen Mord, nicht mehr nur um anonyme Briefe. Du hast das Amt des Friedensrichters inne. Würdest du mir wirklich raten, vor der Polizei Informationen zurückzuhalten?«

»N-nein, vermutlich nicht«, sagte Johnnie voller Zweifel. »Aber verdammt noch mal, sie könnten ebensogut auch gar nichts damit zu tun haben.«

»Vielleicht, doch das ist nur eine Vermutung. Nun, wo sie hier Ermittlungen anstellen, ist es für sie ein leichtes, herauszufinden, daß hier im Dorf ein anonymer Briefeschreiber sein Unwesen treibt. Dann fangen sie richtig an rumzuwühlen, und in dem Zusammenhang ist es viel wahrscheinlicher, daß Violet von den Briefen erfährt, als wenn du offen ihnen gegenüber bist und sie bittest, es nach Möglichkeit vor ihr zu verbergen.«

»Ich glaube, ich brauche einen Whisky«, stöhnte Johnnie.

»Ich habe keinen Anlaß, der Polizei zu sagen, worum es in den Briefen geht«, sagte Daisy und wollte ihn aufmuntern. Er aber stöhnte einfach nur weiter.

Während er am Schrank mit den Getränken stand, nippte

Daisy an ihrem Sodamix und futterte ein paar Mandeln. Sie fragte sich, wie sie ihm wohl beibringen sollte, was er offensichtlich schon vermuten mußte: daß er unvermeidlich zu den Verdächtigen zählen würde. Vorerst mußte sie damit noch warten, da nun sein Butler eintrat.

»Da ist ein Besucher, der Seine Lordschaft sprechen will. Ein Polizist in Zivil, sagt er, Mylord. Ein Detective Inspector Flagg.«

Johnnie stieß einen tiefen Seufzer aus und stellte sein Glas unangetastet wieder hin. Dann sagte er resigniert: »Führen Sie ihn herein, Mitchell.«

Der hagere Inspector wurde ein wenig verlegen, als er Daisy erblickte. Er nickte kurz zu ihr hinüber, wandte sich aber an Lord John: »Ich bitte vielmals um Entschuldigung für die Störung, Mylord. Sicher haben Sie von dem tragischen Unfall auf dem Friedhof gehört.«

»So ist es«, sagte der Hausherr knapp.

»Die Sache verhält sich nämlich so, Sir. Als meine Männer aus Ashford eintrafen, brachten sie für mich eine Nachricht von meinem Superintendent mit. Er bat mich um einen Rückruf. Das tat ich auch, und er wünscht, daß ich mich mit Master Derek Frobisher und Miss Fletcher unterhalte.«

»Mit den Kindern? Warum zum Teufel ...? Tut mir leid, Daisy.«

Sie deutete ihm an, daß sie ihm die Wortwahl verzieh und er so reden möge, wie ihm zumute war.

»Es ist nicht so, daß ich das gerne tue, Sir«, entschuldigte sich Flagg. »Ich habe selbst zwei Mädchen. Aber wir müssen, wenn es möglich ist, immer mehr als nur einen Zeugen befragen. Und wir haben nur Miss Dalrymples Beschreibung der Situation, wann und wie sie den Toten entdeckte.«

»Sie zweifeln doch nicht etwa Miss Dalrymples Worte an!« brach es aus Lord John heraus.

»Nein, nein, nicht die Spur, Sir«, entgegnete der Inspector eilig und nicht gerade überzeugend. Nicht, entschied Daisy für sich, daß er ihre Schilderung tatsächlich anzweifelte, aber er hielt eine gewisse Unaufrichtigkeit für möglich. »Nichts dergleichen. Es ist nur, daß in der Anspannung des Augenblicks, wie man es nennen könnte, insbesondere in einer so scheußlichen Angelegenheit wie dieser, die Zeugen unter Schock stehen und vergessen, was sie genau gesehen und getan haben.«

»Die Kinder haben mir gesagt, daß sie die Leiche gar nicht zu Gesicht bekommen haben.«

»Das freut mich zu hören, Sir, aber genau aus diesem Grund sind sie möglicherweise nicht weiter aufgeregt gewesen und können sich bestens daran erinnern, was sie beobachtet haben. Es ist bemerkenswert, wieviel Kinder mitbekommen. Zum Beispiel ist ihnen vielleicht jemand aufgefallen, der sich gerade auf der Straße entfernt hat, was Miss Dalrymple innerhalb der Friedhofsmauer natürlich entgangen sein muß. Vielleicht möchten Sie selbst mit dem Superintendent telephonieren, Sir?«

Daisy dachte, daß der Inspector weniger geneigt sein würde, der Bitte, die anonymen Briefe vor Vi geheimzuhalten, nachzukommen, wenn man sich über seine Person hinwegsetzte. So war sie erleichtert, als ihr Schwager den Kopf schüttelte.

»Nein, vermutlich würde ich von ihm nur das gleiche hören. Ich werde die beiden rufen lassen«, fuhr er fort, »aber ich muß darauf bestehen, daß ich und Miss Dalrymple anwesend sind.«

»Sie, Sir, selbstverständlich. Wir versuchen immer Kinder nie ohne die Anwesenheit eines erwachsenen Familienmitglieds zu befragen. Aber ...«

»Die kleine Miss Fletcher ist ohne Familie hier im Haus«, unterbrach ihn Lord John. »Es sei denn, Sie wollen warten, bis ihr Vater eintrifft ...«

»Ihr Vater?« Flagg war offensichtlich überrascht und erschrocken und wirkte zugleich verärgert. »Sie meinen, Detective Chief Inspector Fletcher kommt her?«

»Nur rein privat, soviel ich weiß. Er ist mit Miss Dalrymple verlobt und wird sie heiraten. Im Augenblick ist sie hier die verwandtschaftlich nahestehendste Person für Belinda.«

Der Inspector seufzte. »Nun gut, Miss Dalrymple bleibt, aber bitte, Madam, suggerieren Sie ihr kein Wort. Sonst muß ich die Befragung abbrechen und später wiederholen, wenn der Chief Inspector anwesend ist. Sie wollen doch nicht, daß das Kind so was zweimal durchmachen muß.«

»Nein«, stimmte Daisy demütig zu.

»Ich werde sie holen lassen.« Lord John ging zur Klingel, um seinen Butler Mitchell zu rufen. »Warte, Johnnie. Ehe Sie mit Derek und Belinda reden, Inspector, müssen Sie sich anhören, was ich zu sagen habe. Es ist wichtig.«

»Nicht jetzt, Miss Dalrymple, wenn ich bitten darf. Ich stehe unter Zeitdruck. Der Polizeiarzt und meine Leute sind am Tatort zurückgeblieben, und ich muß rasch wieder los, um zu sehen, was es Neues gibt.«

»Ich glaube, Sie sollten sie anhören«, sagte Lord John und verzog resignierend das Gesicht.

Flagg sah auf seine Armbanduhr. »Nun gut. Ein paar Minuten stehen Ihnen zur Verfügung.«

»Schön. Setzen Sie sich.«

»Etwas zu trinken, Inspector?« bot Johnnie an, als wolle er den furchtbaren Moment etwas hinauszögern.

»Ein Bier wäre mir sehr willkommen, Sir, wenn eins da ist.«

»Nein, aber ich kann eins holen lassen ...«

»Dafür habe ich nicht die Zeit, Sir. Ist egal. Bitte rufen sie nach den Kindern, und ich werde in der Zwischenzeit Miss Dalrymple zuhören.« Ungeduldig lehnte sich Inspector Flagg in seinem Sessel nach vorn, die Hände auf den Knien, während Lord John die Klingelschnur zog, seinen Whisky nahm und sich in der Nähe aufhielt. »Nun, Miss Dalrymple.«

Um den heißen Brei herumzureden, war keine Zeit. Daisy gab sich einen Ruck. »Seit kurzem kursiert in Rotherden eine Flut von anonymen Briefen, Inspector. Ich glaube, daß der Mord damit etwas zu tun hat.«

Eine Sekunde saß Flagg ganz still da, seine schlauen blauen Augen starrten ihr ins Gesicht. Dann lehnte er sich zurück und holte sein Notizbuch heraus. »Anomye Briefe, eh? Da können wir weiter nichts tun, es sei denn sie enthalten Drohungen oder erpresserische Forderungen.«

»Die, die ich gelesen habe oder von denen ich im einzelnen gehört habe, enthielten weder das eine noch das andere, aber sie waren ziemlich gemein und beleidigend, und es kann gut möglich sein, daß sie später auf Erpressung hinauslaufen.«

»Sie leben nicht in Rotherden, Miss Dalrymple. Sie sind kein Opfer, sehe ich das recht?« Nein, der Detective war ganz sicher kein Dummkopf. Selbst als er gefragt hatte, waren seine Augen zu Lord John geschweift.

»Ja, Inspector, ich erhalte solche Briefe«, gestand Johnnie düster.

»Nun, ich werde meine Zeit nicht damit verschwenden, Sie zu fragen, warum Sie die Schwester Ihrer Frau informiert haben – oder wie sie es selbst entdeckt haben mag. Welche Vermutungen hegen Sie hinsichtlich des Mordes? Bitte, lassen Sie hören, Madam.«

Als Daisy ihre zwei gegensätzlichen Theorien vortrug, trat der Butler ein. Johnnie sagte ihm, er solle die Kinder runterschicken, und Daisy beendete ihre Ausführungen.

Flagg nickte bedächtig. »Klingt einleuchtend«, fuhr er fort, »auch wenn wir vielleicht ein noch überzeugenderes Motiv finden, wenn erst einmal genauere Untersuchungen laufen. Ein Mädchen aus dem Dorf, das Professor Osborne in Schwierigkeiten gebracht hat, oder etwas Ähnliches. Doch wir werden Ihre Versionen im Auge behalten. Sie sollten mir besser sagen, wen Sie Ihrer Meinung nach verdächtigen – daß heißt, wer sonst noch diese schmutzigen Briefe erhalten hat, außer Lord John.«

Als Johnnie sich der Bedeutung der Worte des Inspectors bewußt wurde, öffnete er zunächst den Mund, doch er schloß ihn sofort wieder, ohne einen Laut von sich zu geben. Er nahm einen Schluck aus dem bisher noch unberührten Whiskyglas.

Wenn Flagg kein Narr war, dann war er es auch in diesem Augenblick nicht. Daisy billigte sein Vorgehen im großen und ganzen, hoffte aber dennoch sehr, daß ihr Schwager einen

Zeugen dafür hatte, daß er sich zu dem fraglichen Zeitpunkt weit entfernt vom Friedhof befunden hatte.

»Wo warst du zwischen halb drei und fünf Minuten vor drei?« fragte sie ihn.

»Nun, Miss Dalrymple«, tadelte sie der Inspector sofort, »das ist meine Aufgabe. Aber da es schon einmal angesprochen wurde, Mylord, macht es Ihnen vielleicht nichts aus, Rede und Antwort zu stehen?«

»Nicht im geringsten«, sagte Johnnie eifrig. »Ich war den ganzen Nachmittag auf einem Ausritt – über den ganzen Besitz. Ich habe nach ...«

»Allein?«

»Mit Jackson, meinem Gutsverwalter. Er meint, daß wir uns einen Traktor anschaffen müssen, doch die meisten Felder tragen gerade Hopfen, also haben wir geschaut ...«

»Sie waren den ganzen Nachmittag mit Mr. Jackson unterwegs?«

»Verzeihen Sie, ich schweife immer ab. Sie sind natürlich nicht an Traktoren interessiert. Ja, Jackson war die ganze Zeit mit mir zusammen.«

Daisy holte tief Luft.

»Das freut mich zu hören, Sir, auch wenn wir das natürlich überprüfen müssen. Ist Ihr Gutsverwalter zufällig telephonisch zu erreichen?«

»Nein, aber sein Haus ist nur etwa hundert Yards die Straße hinauf. Gehen Sie vom Tor nach rechts, und Hillside Cottage befindet sich genau zu Ihrer Rechten. Sie können es nicht verfehlen.«

»Vielen Dank, Sir. Ich werde heute abend bei ihm vorbeischauen. Bitte versuchen Sie nicht, ihn vor mir zu sprechen.«

»Warum ...?« fing Johnnie an und legte verdutzt seine Stirn in Falten, dann glättete sie sich wieder. »Oh, weil sein Auskommen von mir abhängt. Wie töricht von mir. Man müßte annehmen, er könnte versucht sein, für mich zu lügen, aber das braucht er nicht. Übrigens, Inspector, es gibt doch keinen

Grund, meine Frau darüber zu informieren, daß ich diese Schmierereien bekommen, oder?«

»Ach so verhält es sich, Mylord? Keine Sorge, ich tue mein Bestes, um Ihre Ladyschaft im ungewissen zu lassen, mehr als das kann ich nicht versprechen.« In Flaggs verständnisvollem Ton lag ein Hauch von Belustigung. Lord John fühlte sich ein wenig gekränkt, doch seine Situation ließ es nicht zu, dagegen zu protestieren.

»Mein Schwager hatte nicht die leiseste Idee, woher die Briefe stammen«, sagte Daisy. »Deshalb bat er mich, der Sache nachzugehen.«

»Wirklich?« Flagg starrte sie mit unerschütterlichem Blick an. »Ich habe mir schon den Schädel darüber zerbrochen, welches Motiv eine so junge Dame von Ihrem Stand haben könnte, einen Professor für Latein und Griechisch um die Ecke zu bringen. Schließlich sind Sie diejenige, die sich zwischen dem Beginn der Versammlung des Frauenvereins und dem Eintreffen des Dieners allein am Tatort befunden hat. Wenn Sie nun also entdeckt hatten, daß Professor Osborne der Übeltäter war, hätten Sie da nicht spontan die Möglichkeit beim Schopfe packen können, um die Bedrohung Ihrer Schwester und Ihres Schwagers durch diesen Mann ein für allemal aus dem Weg zu räumen? Oder wie soll ich das sehen?«

11

Während Daisy und Johnnie immer noch ganz überwältigt schwiegen und Inspector Flagg anstarrten, traten Derek und Belinda ein. Daisy mußte sich die Argumente, die ihr auf der Zunge lagen, vorerst verkneifen. Die Kinder sollten nicht mitkriegen, daß sie unter Mordverdacht stand.

Da Johnnie viel zu verblüfft wirkte, um zu reagieren, sagte Daisy mit einer Stimme, die, wie sie hoffte, nur ihr wie ein Krächzen vorkam: »Bel, Derek, Inspector Flagg möchte euch ein paar Fragen stellen.«

»Ich nehme an, daß ihr euch den ganzen Nachmittag darüber unterhalten habt«, fing der Inspector an, »aber wie dem auch sei, ich würde euch gern einzeln sprechen, damit ihr mit euren Antworten nicht durcheinanderkommt. Ist das in Ordnung?«

Sie nickten feierlich.

»Du zuerst, meine kleine Miss Belinda«. Er lächelte sie an, als sie zu Daisy hinüberging und ihre Hand ängstlich umklammerte, wobei sie sich gegen einen Sesselarm lehnte. »Lord John?«

»Nimm lieber Derek mit raus, er soll in der Bibliothek warten, Johnnie.«

Johnnie war nicht in der Lage, auf seiner Pflicht als Gentleman zu bestehen, die Damen zu beschützen. Das hatte sicher damit zu tun, daß er wie betäubt war, aber Daisy wollte es lieber seiner Anerkennung ihrer Fähigkeit zuschieben, sich selbst zu verteidigen.

»Angenommen, ich erinnere mich nicht mehr richtig«, sagte Bel besorgt.

»Ich möchte nur hören, woran du dich erinnern kannst,

kleine Miss«, versicherte ihr Flagg väterlich. »Nun, du bist also die Allee mit Miss Dalrymple entlangspaziert?«

»Und mit Derek und Tinker Bell. Das ist sein Hund. Ich wollte mit und Tante Daisy auf dieser Versammlung sprechen hören, aber sie sagte, daß es für Kinder nicht interessant ist, also hielten wir am Tor an. Tante Daisy überquerte die Straße. Derek sagte: ›Komm, wir wollen das Tor hinaufklettern‹, und dann zog er sich die Gummistiefel aus und kletterte nach ganz oben, und dann sagte er: ›Tante Daisy sieht gerade nach, ob ihre Strumpfnähte auch richtig sitzen.‹«

Daisy errötete, und Inspector Flagg sagte ernst: »Du hast ein ausgezeichnetes Gedächtnis. Kommt daher, daß du die Tochter eines Polizeibeamten bist, nehme ich an. Was dann?«

»Ich zog mir auch die Stiefel aus. Ich stellte die beiden Paare – meine und die von Derek – auf die andere Seite des Tors, damit Tinker nicht damit wegrennen konnte. Dann bin ich auch hochgeklettert. War ziemlich leicht«, versicherte Belinda dem Inspector.

»Und was hast du von da oben gesehen?«

»Ich blickte zum Friedhof hin und sah, daß sich Tante Daisy über irgend etwas beugte. Ich sagte: ›Was macht sie da gerade?‹, und Derek sagte: ›Es ist etwas umgefallen. Dieser große Engel, glaube ich. Den kennst du nicht.‹ Weil ich nicht hier wohne«, erklärte sie. »Dann nahm Tante Daisy ein Taschentuch aus ihrer Tasche – zumindest glaube ich, daß es ihr Taschentuch war. Es war etwas Weißes. Sie legte es auf die Erde und lief rasch zurück. Sie erzählte uns, daß es einen Unfall gegeben hatte und daß wir schnell den Arzt und die Polizei benachrichtigen sollten. Danach zogen wir einfach nur die Stiefel an und rannten nach Hause zum Telephon.«

»Ich verstehe. Wieviel Zeit ist deiner Meinung nach vergangen zwischen dem Moment, in dem Miss Dalrymple die Straße überquerte, und dem Zeitpunkt, als Master Derek sah, daß sie ihre … ehm … als Master Derek sagte, daß er sie sehen konnte?«

»Nur eine Minute«, sagte Belinda ernst. »Vielleicht sogar nur eine halbe. Seine Stiefel waren neu und ein wenig zu groß, damit er noch Platz zum Reinwachsen hat, also waren sie leicht auszuziehen. Und er klettert immer so schnell. *Schrecklich* schnell«, verbesserte sie sich.

»Und du hast niemanden auf der Straße bemerkt?«

»Da war keiner.«

»Dann ist das alles, kleine Miss Fletcher, danke«, sagte Flagg. »Das ging doch ganz gut, oder? Sag mal, war Tinker Bell so schlau, um das Tor herumzugehen, damit er an die Stiefel rankommt?«

»Nein«, sagte Belinda und lachte.

»Der Inspector erhob sich. »Ihnen danke ich auch, Miss Dalrymple.« Er warf ihr ein verbindliches Lächeln zu.

»Nichts zu danken, Inspector«, sagte Daisy ironisch, denn in gewisser Weise wünschte sie sich, sie hätte ihm nicht mit der Information über den Briefeschreiber auf die Sprünge geholfen. Doch auf der anderen Seite war es besser – so wie sie zu Johnnie gesagt hatte –, sich der Polizei gegenüber ganz offen zu verhalten. Heimlichtuerei verstärkte nur das Mißtrauen, ob es nun gerechtfertigt war oder nicht. »Wenn Sie mit Derek fertig sind, möchte ich mit Ihnen sprechen«, teilte sie ihm auf recht hochmütige Weise mit und bemerkte mit Genugtuung, daß er daraufhin ein wenig verängstigt wirkte.

Er ging in die Bibliothek hinüber.

»Er ist nett, oder?« bemerkte Belinda. »Tante Daisy, ist Professor Osborne wirklich ermordet worden?«

»Ich fürchte schon. Es sieht ganz danach aus, Liebes.«

»Na gut«, sagte Belinda philosophisch, »Daddy kommt und wird bald herausfinden, wer es getan hat. Ich muß nun zurück ins Kinderzimmer. Ich habe Peter versprochen, ihm eine Geschichte vorzulesen, ehe er einschläft.«

Daisy versorgte sich mit mehr Mandeln, wobei sie es bedauerte, daß Nervosität sie immer irgendwie dazu verleitete, mehr zu essen, anstatt ihren Appetit zu zügeln. Inspector Flagg spannte sie nicht lange auf die Folter. Nach ein paar Minuten tauchte er wieder auf, und Lord John folgte ihm auf den Fersen.

»Sie werden erfreut sein zu hören, Miss Dalrymple«, sagte der Inspector, wobei sein Gesicht ganz starr war, seine Augen aber leuchteten, »daß der junge Master Derek Miss Belindas Aussage bestätigt hat. Er ist sich ziemlich sicher, daß der Engel umgefallen ist, ehe … er das Tor hinaufgeklettert ist.«

»Ehe ich Zeit hatte, auch nur in dessen Nähe zu kommen, meinen Sie wohl«, korrigierte ihn Daisy scharf. »Ich bin genausowenig ein Narr wie Sie, Inspector.«

»Dessen bin ich mir sicher, Madam. Deshalb hatte ich es auch nicht für einen Beweis Ihrer Unschuld gehalten, daß Sie nach der Polizei und dem Arzt rufen ließen. Sie waren sich im klaren … Doch das ist jetzt ausgestanden. Sie und Lord John scheinen aus dem Rennen zu sein.«

»Ich freue mich, daß Ihnen ein Licht aufgegangen ist, Inspector«, sagte Lord John verbittert, doch Daisy hatte Flaggs Formulierung »sie scheinen« registriert und erinnerte sich daran, wie ungern Alec einen Verdächtigen von seiner Liste strich.

»Ich hoffe, daß Sie Vergangenes auf sich beruhen lassen, Madam.«

»Da ich mit einem Detective verlobt bin«, sagte Daisy trocken, wobei sie ihm bedeutete, sich zu setzen, »akzeptiere ich, daß Sie nur Ihre Pflicht tun mußten. Ich nehme an, Sie wollen wissen, wer die anderen Empfänger anonymer Briefe sind.«

»Ich bitte darum, Madam.« Sein lammfrommes Verhalten war zweifellos nur gespielt, auch wenn Lord John zufriedengestellt schien, daß dieser aufdringliche Ehrgeizling nun eingeschüchtert war.

»Ich kann mit Sicherheit nur von zwei weiteren reden«, sagte Daisy, »und ich denke, daß mein Schwager nicht unbedingt eingeweiht werden muß.«

»Nein, aber ich werde dich nicht allein hierlassen«, sagte Lord John darauf mannhaft und begab sich in die andere Ecke des Raumes.

»Mrs. LeBeau erhielt so ein Machwerk gerade, als ich bei ihr war«, erklärte Daisy Flagg mit leiser Stimme, »und sie gestand mir, schon mehrere von der Sorte erhalten zu haben. Darum habe ich sie vorgewarnt, daß ich die Geschichte der Polizei anvertrauen werde.«

»Das haben Sie getan? Und wie war Mrs. LeBeaus Reaktion darauf?«

»Ist das nicht nur ein ›Beweis vom Hörensagen‹ oder so was und gilt nicht vor Gericht? Nun gut, entsetzt war sie natürlich, aber sie versuchte nicht, mich davon abzuhalten. Die andere Person, von der ich mir sicher bin, weiß nicht, daß ich informiert bin. Ich bemerkte einen Umschlag, genau wie die, die mein Schwager mir beschrieben hat, und wie der, den mir Mrs. LeBeau zeigte; er war an Dr. Padgett adressiert.«

»Padgett! Ist das nicht der Arzt, der den Toten zuerst untersucht hat?«

»Ja. Ich weiß, das hätte nicht passieren dürfen«, entschuldigte sich Daisy, »aber ich war ein wenig durcheinander und hatte mir noch keinen Überblick über die Situation verschafft. Ich dachte da immer noch, daß es sich um den Pfarrer handelt. Außerdem war Padgett der nächste erreichbare Arzt, und ich hätte die Kinder nicht auch noch damit beauftragen wollen, einen anderen ausfindig zu machen.«

»Nein, nein«, sagte Flagg beschwichtigend, »Sie haben das Beste getan, was Sie unter den Umständen tun konnten. Aber das erinnert mich daran ...« Er blickte auf seine Uhr. »Dr. Soames, der Polizeiarzt, wird auf mich warten, und er ist nicht gerade die Geduld in Person. Es hilft nichts, ich muß aufbrechen. Und sowohl die Briefempfänger wie deren eventuelle Verfasser – außer dem Professor –, müssen bis morgen warten. Ich danke Ihnen für die Zusammenarbeit, Madam, Mylord.«

Ohne darauf zu warten, daß man den Butler rief, um ihn hinauszugeleiten, ging er mit federnden Schritten zur Tür des Salons. Dort hielt er inne, drehte den Kopf um und sagte in grimmigem Ton: »Seien Sie so gut und informieren Sie Detective Chief Inspector Fletcher, daß ich mich gern mit ihm unterhalten würde.« Damit verließ er sie.

»Puh!« Johnnie fuhr sich mit der Hand theatralisch über die Stirn, dann leerte er seinen Whisky auf einen Zug. »Ich hatte von dem Burschen erwartet, daß er einen von uns oder uns beide ins Kittchen steckt. Es tut mir schrecklich leid, daß du das alles wegen mir durchmachen mußt, Daisy. Ich hätte dich nie darum bitten sollen, für mich Ermittlungen anzustellen.«

»Ich hätte ja nicht einwilligen müssen«, machte ihm Daisy klar. »Zugegeben, ich hätte nicht erwartet, selbst des Mordes verdächtigt zu werden, aber du ja auch nicht, und zweifellos stehe ich nun nicht mehr auf der Liste. Ich glaube, Alec würde es jedenfalls so ausdrücken.«

»Ich fürchte, Flagg ist nicht sehr erbaut, daß Fletcher herkommt.«

»Keine Sorge, Alec wird ihm schon beibringen, daß sein Hiersein nur mir gilt, um mich nämlich von weiteren Einmischungen abzuhalten. Was vermutlich wahr ist, auch wenn er zu Vi gesagt hat, er mache sich Sorgen um Belinda. Du liebe Güte, schau mal auf die Uhr. Wir sollten uns zum Dinner umziehen.«

Alec fuhr durch die Landschaft von Kent, die soeben der Regen reingespült hatte und die nun von der Abendsonne beschienen wurde, und war ganz heiter gestimmt. Er freute sich auf vier Tage mit Daisy und Bel, und wenn es dort einen Mord gegeben haben sollte, so läge der im Verantwortungsbereich eines anderen Kollegen.

Sein Gastgeber und seine Gastgeberin, Lord und Lady John – den ersteren nur Frobisher zu nennen fiel ihm recht leicht, aber konnte er sich dazu durchringen, zu Daisys Schwester schlicht Violet zu sagen? – hatte er einmal kurz getroffen, und zwar in dem Gedränge auf der Verlobungsfeier. In seinem Beruf war er es gewöhnt, Leute rasch einzuschätzen, und es hatte ihm gefallen, was er gesehen hatte. Lady John – Violet – schien eine ruhige, zurückhaltende Frau zu sein, ganz anders als ihre temperamentvolle Schwester oder gar ihre scharfzüngige Mutter, und sie hatte ein bezauberndes freundliches

Lächeln. Frobisher war ein ehrbarer Landadliger. Auch wenn er nicht sonderlich geistreich war, so war er weder rotgesichtig noch ein Trottel mit einem Faible für die Jagd, Gott sei Dank.

Belinda hatten sie freundlich empfangen. Alec wußte, daß Daisy beide sehr mochte, und so wollte er ihr darin in nichts nachstehen.

Um das Tageslicht so lange wie möglich auszunutzen, hielt er nicht vor Ashford zum Essen an. Nachdem er dort Scholle mit Bratkartoffeln und Stangenbohnen zu sich genommen hatte und dazu einen Humpen vom feinsten Bier der Gegend, stieg er wieder in seinen Austin Seven ein. Es gelang ihm sogar, sich selbst davon zu überzeugen, daß es nicht nötig sei, beim örtlichen Polizeirevier vorbeizuschauen, um sich die Vorgänge erläutern zu lassen.

Der Versuchung widerstand er also erfolgreich und fuhr weiter. Auch wenn es jetzt schon richtig dunkel war, konnte er Lady Johns eindeutigen Richtungsangaben leicht folgen. Nach weniger als einer halben Stunde bog er in die Toreinfahrt von Oakhurst ein.

Im Herrenhaus wurde er von einem Butler empfangen, von dem er beinahe wie ein normaler Gast ohne den Anstrich von Gesetz und Ordnung, der ihm sonst anhaftete, behandelt wurde. Mitchell wußte wahrscheinlich, wie das die allwissenden Butler eben so an sich haben, daß Mr. Fletcher Polizeibeamter war, wenn auch rein privat unterwegs.

»Miss Belinda hat Ihnen eine Nachricht hinterlassen, Sir. Sie bittet Sie darum, hinaufzukommen und gute Nacht zu sagen, doch inzwischen schläft sie wohl längst.«

»Trotzdem werde ich hinaufgehen.«

»In Ordnung, Sir. Die Familie nimmt gerade dort im Salon den Kaffee ein, Sir, wenn Sie sie danach aufsuchen wollen.«

Das hatte er vor. »Sie brauchen nicht zu warten. Ich werde allein hineingehen.«

»In Ordnung, Sir. Ich werde Ihre Ladyschaft von Ihrem Eintreffen unterrichten.«

Bel schlief schon tief und fest, sie rührte sich nicht, als er sie küßte. Er ging wieder hinunter und trat durch die Tür ein, auf die der Butler gedeutet hatte.

Daisy sprang auf, stürmte auf ihn zu und klammerte sich an ihn. Als er sie umarmte, erinnerte er sich daran, daß zwar der Mord nicht *seine* Angelegenheit war, daß aber *sie* Schreckliches durchgemacht hatte, als sie auf die Leiche gestoßen war.

»Oh, Alec«, flüsterte sie, »ich bin furchtbar froh, daß du hier bist, Liebster. Es war so scheußlich, aber wir wollen jetzt nicht darüber sprechen, bitte, wegen Violet.«

Er umarmte sie rasch noch einmal heftig, dann begrüßte er die anderen. Violet – es war viel einfacher, ihren Vornamen zu benutzen – schenkte ihm Kaffee ein. Frobisher stellte ein Glas Cognac daneben. Sie unterhielten sich darüber, was die Kinder seit Belindas Eintreffen miteinander unternommen hatten. Alec kam das Lob seiner Tochter durch das Ehepaar viel berauschender vor als der milde alte Brandy.

Nach einer Weile ging ihre Konversation irgendwie auf Traktoren und andere moderne landwirtschaftliche Geräte über. Zu diesem Thema konnte Alec nichts beisteuern, aber ihm schienen die gut durchdachten Ansichten Frobishers über die Folgen der Mechanisierung sehr interessant. Violet bemerkte schließlich, daß Daisy inzwischen eingenickt war.

»Die Gute hatte einen anstrengenden Tag. Komm schon, Daisy, Liebes, wir gehen hinauf und überlassen die Männer ihren Mähmaschinen, Garbenbindern und Hopfenplückmaschinen.«

So hatte Alec an diesem Abend keine Möglichkeit mehr, allein mit Daisy zu sprechen. Er und sein Gastgeber gingen auf die Terrasse hinaus, um Pfeife zu rauchen, wobei sie über dies und das redeten. Frobisher brachte das Gespräch nicht noch einmal auf den Mord, außer daß er beim Abschied eine ziemlich unklare Entschuldigung für Daisys Verwickling in den Fall von sich gab.

»Oh, und«, so fügte er hinzu, »eh, Inspector Flagg hofft, daß Sie morgen ein paar Minuten für ihn Zeit haben. Gute Nacht, Fletcher.« Damit verschwand er in sein Schlafgemach.

Als Alec am darauffolgenden Morgen erwachte, war er nicht schlauer als nach den beiden kurzen Anrufen von gestern, wo er mit Violet und den Kindern gesprochen hatte.

Für das Frühstück war es noch zu früh, es war sogar zu früh für den ersten Tee, aber er wollte nicht länger im Bett bleiben. Draußen schien die Sonne. Er nahm ein Bad und zog sich an, dann ging er ins Kinderzimmer, wo man inzwischen schon frühstückte. Belinda war glücklich, ihn zu sehen, Derek ganz außer sich. Peter starrte ihn mit unverwandtem Blick an, sagte »hallo«, als man ihn dazu anhielt, und dann wandte sich seine gesamte Aufmerksamkeit wieder dem gekochten Ei zu.

Die Kinder beschäftigte vor allem die Frage, wie Derek Belindas Vater nennen sollte. Als sie sich zu jedermanns Zufriedenheit auf »Onkel Alec« geeinigt hatten, redete man über den Tagesablauf. Alec nahm eine Einladung zum Cricketspielen an, lehnte es allerdings ab, bei der Reparatur ihres Staudamms mitzuhelfen, den der Regen zerstört hatte.

Die gestrigen beunruhigenden Erlebnisse schienen völlig vergessen zu sein. Sehr erleichtert ging Alec dann hinunter, wo das Frühstück schon auf ihn wartete.

Ein junger Diener führte ihn in ein heiteres, sonniges Frühstückszimmer. Frobisher war schon da, allein, und machte sich auf methodische Weise über einen Teller Eier mit Würstchen und Muffins her, während er die *Times* las. Als Alec eintrat, schaute er auf, begrüßte ihn freundlich und legte seine Zeitung mit kaum verhohlenem Widerstreben beiseite.

»Guten Morgen«, erwiderte Alec. »Ich will Sie nicht bei der Lektüre stören.«

»Nun, wenn es Ihnen nichts ausmacht? Irgendwie finde ich im Laufe des Tages nie mehr Zeit dazu. Auf der Anrichte dort liegen noch ein oder zwei andere.« Er deutete in die Richtung. »Bedienen Sie sich, und gesellen Sie sich einfach dazu.«

»Danke.« Alec nahm sich Eier mit Speck, Kaffee und den *Daily Chronicle* und setzte sich dann an den Tisch.

Offensichtlich fühlte sich Frobisher dazu verpflichtet, wenigstens so zu tun, als wolle er höflichkeitshalber eine

Unterhaltung führen, und sagte: »Violet will wohl im Augenblick nicht zum Frühstück herunterkommen. Sie ist ... eh, mmm ...« Er errötete.

»Oh, wirklich?« sagte Alec rasch. Schwanger, nahm er an. Es war schon amüsant, daß es einem Gutsbesitzer, der wahrscheinlich sonst freimütig über Kühe und Bullen sprach, über Schafe und Böcke, unmöglich war, über den Zustand seiner eigenen Frau zu sprechen.

»Sieht so aus, als würde Daisy heute vormittag durchschlafen«, fuhr Frobisher fort. »Gewöhnlich ist sie eine Frühaufsteherin, aber der Tag gestern hat das arme Mädchen ganz schön mitgenommen, fürchte ich.« Er versteckte sich wieder hinter der Zeitung.

Alec hätte gern nach Einzelheiten der gestrigen Ereignisse gefragt, aber angesichts der offensichtlichen Abneigung seines Gastgebers zu reden, konnte er das Gespräch nicht darauf bringen. So wandte er sich ganz dem Frühstück und dem *Chronicle* zu. Professor Osbornes Tod war noch nicht bis in die überregionale Presse vorgedrungen, wie er entdeckte.

Es aß immer noch, als Frobisher die *Times* zusammenfaltete und sich erhob.

»Sie werden mich entschuldigen, mein lieber Freund. Draußen in den Ställen steht ein Wallach, ich hab ein wenig Angst, daß er lahmt. Fühlen Sie sich hier wie zu Hause«, sagte er mit einer vagen Geste, die das Haus und die Ländereien einschließen sollte. Dann ging er fort.

Nicht einmal fünf Minuten später trat der Diener ein, er wirkte sehr aufgeregt. »Es ist Inspector Flagg, Sir, von der Polizei. *Detective* Inspector, sagt er, um genauer zu sein. Möchte mit Ihnen sprechen, sagt er. Er hat mich gestern befragt, Sir, weil ich Miss Dalrymple unten bei der Kirche geholfen habe.«

»Tatsächlich? Vielen Dank ... Arthur, nicht wahr? Ja, ich werde mit dem Inspector reden. Wenn es die anderen im Haus nicht stört, so können Sie ihn hereinbitten.«

Alec rüstete sich für ein unangenehmes Verhör. Die ganze

Situation war höchst regelwidrig, von seinem ersten Telephonanruf bei der Polizei von Ashford angefangen bis zu seiner Anwesenheit hier. Die örtliche Polizei hatte oft etwas gegen die offizielle Einmischung von Scotland Yard in ihre Fälle. Flagg hatte folglich allen Grund, sich über Alecs inoffizielles Eintreffen hier zu ärgern.

»Detective Inspector Flagg, Sir.«

Eine Bohnenstange von einem Menschen trat ein – ein Flaggenmast, dachte Alec und fragte sich, ob der Inspector eventuell unter diesem Spitznamen zu leiden hatte. Flagg trug in seinem knorrigen Gesicht einen schlaff herabhängenden Schnauzbart und hatte außerdem eine bewußt nichtssagende Miene aufgesetzt. Seine blauen Augen waren wachsam.

Als Alec sich erhob, reichte er ihm die Hand. »Von der Kriminalpolizei Ashford«, bemerkte Alec vielleicht einen Hauch zu herzlich. »Wir haben gestern miteinander gesprochen.«

»Ich *bin* die Kriminalpolizei Ashford höchstpersönlich, Sir. Bei uns geschehen nicht viele Verbrechen, mit denen ein Constable nicht fertig werden würde.«

»Welch ein Glück.« Das kam wieder entschieden zu herzlich heraus. »Nehmen Sie Platz, Inspector. Darf ich Ihnen eine Tasse Kaffee anbieten?«

»Dagegen hätte ich nichts einzuwenden, Sir.«

Alec goß Kaffee und heiße Milch ein, dann reichte er den Zucker hinüber. »Sehen Sie«, sagte er, denn er hatte beschlossen, daß es nicht sinnvoll sei, um den heißen Brei herumzureden. »Ich bin hergekommen, weil ich mir um meine Tochter und Miss Dalrymple Sorgen gemacht habe. Ich bin sicher, daß Sie das verstehen. Ich habe dienstfrei. Ich habe nicht das Recht, mich in Ihren Fall einzumischen, und auch nicht die Absicht, das verspreche ich Ihnen.«

»Ah«, sagte Flagg grüblerisch, wobei Alec sehr stark an Tom Tring erinnert wurde. Flagg rührte seinen Kaffee um, nahm einen Schluck und setzte die Tasse ab, ehe er weitersprach: »Ich bin froh, daß Sie das gesagt haben, Sir. Denn wenn Sie es nicht getan hätten … Doch Sie haben es gesagt, also habe ich keine Skrupel, Sie in ein oder zwei Punkten um Rat zu fragen.«

Alec war zwar ehrlich genug, um sich einzugestehen, daß er verärgert gewesen wäre, wenn man ihn gänzlich ausgeschlossen hätte, auf der anderen Seite war er aber wenig begeistert von der Aussicht, auch an seinen kostbaren freien Tagen behelligt zu werden. »Keine Ahnung, wie ich Ihnen helfen könnte, Flagg«, sagte er. »Ich weiß überhaupt nichts über die Vorgänge hier.«

Der Inspector legte nun los, um ihn aufzuklären. »Der Tote ist ... ich fürchte, das einzig passende Wort ist ›zerschmettert‹ worden«, sagte er voller Widerwillen, »von einem vom Sockel herabstürzenden Denkmal in Form eines Engels. Dr. Soames, unser Polizeiarzt, sagt, daß er durch Genickbruch auf der Stelle gestorben ist, wenn nicht sogar an den anderen schweren Verletzungen. Ich habe noch nicht mir Dr. Padgett gesprochen, dem ersten Arzt am Tatort.«

»Ich kann mir vorstellen, daß Padgett die Todeszeit eingrenzen kann.«

»Nicht sehr, Sir, wenn überhaupt. Sehen Sie, eine Reihe von Frauen haben den Weg über den Friedhof genommen, um zu ihrer Versammlung im Gemeindesaal zu kommen, die gegen halb drei Uhr begann. Ich habe noch keine von ihnen verhört, aber unser Mann von der Polizei Rotherden bestätigt es. Sie hätten die Leiche unmöglich übersehen können, wenn sie schon dagelegen hätte. Und Miss Dalrymple sagt, daß sie ein oder zwei Minuten nach der Entdeckung der Leiche auf die Kirchturmuhr geblickt hätte, und da war es fünf vor drei. Ich hoffe, sie verstehen, Sir, daß ich auch die Möglichkeit in Betracht ziehen mußte, Miss Dalrymple sei die Täterin.«

»Du meine Güte!« heulte Alec auf. »Ich hoffe doch sehr, daß Sie sie inzwischen von jeglicher Schuld freigesprochen haben?«

»Auf Grund der Zeugenaussagen der Kinder, Sir«, sagte Flagg vorsichtig, »und angesichts der anderen Informationen, die sie mir freiwillig gegeben hat, kann ich sagen, daß ich es für höchst unwahrscheinlich halte, daß Miss Dalrymple in die Sache verwickelt ist.«

»Dabei wird's dann wohl auch bleiben, nehme ich an. Was für Informationen?«

»Darauf komme ich gleich zu sprechen, wenn es Ihnen nichts ausmacht. Zuerst sollten Sie wissen, daß es anfangs sehr fraglich war, ob nun der Pfarrer oder sein Bruder, der Professor, von dem Engel ... eh, erschlagen wurde.« Der Inspector erklärte, daß sie sehr ähnlich ausgesehen hätten, führte die Sache mit der Kopfbedeckung und der akademischen Robe an und schilderte schließlich die Rückkehr des Pfarrers, wodurch Daisys Identifizierung des Verstorbenen bestätigt worden war.

»Also hat der Mörder vielleicht den Falschen erwischt«, sagte Alec nachdenklich. »Es ist wohl ziemlich sicher, daß der Engel nicht zufällig herabgestürzt ist, oder?«

»Das sieht so aus, Sir, auch wenn man es noch überprüfen muß. Vier Männer waren nötig, um ihn von der Leiche zu heben. Sie haben ihn etwas auf die Seite gekippt und nicht wieder aufrichten können. Dieses verdammte Ding – wenn Sie diesen Ausdruck verzeihen wollen – ist so überaus schwer, daß mehr als nur ein Stoß nötig gewesen wäre. Sie werden ihn sicher in Augenschein nehmen wollen.«

»Ich nicht!« stritt Alec ab. »Das ist Ihr Fall. Ich möchte nichts damit zu tun haben. Irgendwelche Fingerabdrücke?«

Inspector Flagg verbarg rasch ein Grinsen hinter seiner Hand und glättete seinen ockergelben Schnauzbart. »Keine, Sir, und der Granit ist glattgeschliffen, war den Männern ein reines Vergnügen. Handschuhe, oder abgewischt.«

»Schade. Sie hatten wohl noch keine Zeit, um nach möglichen Motiven zu forschen, nehme ich an.«

»Nein, aber auf jeden Fall ist Miss Dalrymples Aussage ganz nützlich. Sie hat schon alles herausgefunden.«

»Oh, hat sie das!« sagte Alec bitter.

»Sie stellt wohl gern Theorien auf, was?« fragte Flagg mit gleichgültigem Gesicht. »Nun, sie ist schon ganz schön clever, zweifellos, und ich fühle mich verpflichtet, ihre Ideen ernst zu nehmen, denn ihre Informationen wurden mir aus einer unbestreitbar sicheren Quelle bestätigt. Sie wissen offenbar nicht, Sir, daß Lord John Frobisher Miss Dalrymple hierhergebeten hat, um wegen der anonymen Briefe, die er erhalten hat, Ermittlungen anzustellen.«

»Er hat was?« Alec war zwischen Zorn und Zweifel hin und her gerissen. Das mußte er doch wohl falsch verstanden haben!

»Was die Amerikaner so ›Giftbriefe‹ nennen. Ich weiß nicht, warum Seine Lordschaft beschlossen hat, deshalb seine Schwägerin zu konsultieren ...« Flagg ließ das wie eine Feststellung klingen, aber seine Augenbrauen hoben sich fragend.

Völlig aus der Fassung gebracht, sagte Alec: »Ich nehme an, daß Lord John sie für eine kompetente Detektivin hält, weil er erfahren hat, daß sie schon mit einem oder zwei meiner Fälle zu tun hatte – ganz gegen meinen Willen übrigens, wie ich Ihnen sicher nicht zu sagen brauche.«

»Oh, natürlich, Sir. Also Miss Dalrymple hat ihre Hilfe zugesichert. Das war ihre Entscheidung und auch sehr entgegenkommend von ihr, aber ich muß sagen, ich wäre nicht sehr erbaut, wenn eine meiner kleinen Töchter in so eine Sache reingezogen werden würde.«

»Nein.« Was zum Teufel hatte sich Daisy dabei gedacht, Belinda nach Oakhurst mitzunehmen?

»Und dennoch kann man nicht abstreiten, daß Miss Dalrymple Erfolge zu verzeichnen hat. Sie nannte mir die Namen von zwei weiteren Empfängern derartiger Schmähbriefe und verdächtigt noch andere Personen, solche erhalten oder geschrieben zu haben. Gestern abend hatte ich keine Zeit, eine Liste aufzustellen – auch ein Grund für mein heutiges Kommen.«

»Worin besteht nun die Verbindung zu dem Mord?«

»Oh, habe ich das nicht erklärt? Miss Dalrymple hat es durchschaut«, sagte Flagg voller Bewunderung und gab deren Gedankengänge wieder. »Ich sagte ihr, daß ich ein ganz normales Motiv für wahrscheinlicher hielte, doch je länger ich darüber nachdenke, nun, das wäre ein ziemlicher Zufall. Bei den Verbrechen in Rotherden ging es bisher um Wilderei und ab und zu in der Sonnabendnacht nach Schankschluß um eine kleine Rauferei vor dem *Hop-Picker*.«

»Und plötzlich gibt es anonyme Briefe wie auch einen Mörder im Dorf«, sagte Alec nachdenklich. »Unwahrscheinlich, daß zwischen beiden kein Zusammenhang besteht.«

»Also müssen wir Miss Dalrymples Theorie überprüfen.«

»Ja. Zuerst müssen wir, das heißt werden *Sie* den Pfarrer befragen, ob er eine Ahnung hat, wer die anonymen Briefe schreibt. Kennt er die Person nicht, dann hat selbige auch keinen Grund, ihn oder irrtümlich seinen Bruder zu ermorden.«

»Das leuchtet ein, Sir. Ich dachte, wo ich schon hier auf Oakhurst bin, könnte ich Lord John bitten, mir mehr über diese Briefe mitzuteilen und mir ein paar Anhaltspunkte zu geben, die ich weiterverfolgen kann, wenn Sie verstehen, was ich meine. Es wäre schön, wenn Sie dabei sein könnten, er wird eher mit Ihnen als mit mir sprechen wollen.«

»So genau weiß ich das nicht, Inspector.« Gegen die Versuchung ankämpfend, klang Alecs Ton recht barsch. »Er kennt mich kaum.«

»Wer? Johnnie?« Daisy kam herein.

Sie sah blaß aus und hatte schwere Augenlider, als hätte sie schlecht geschlafen. Alec wollte kein Mitgefühl für sie aufkommen lassen. Es war ihre eigene Schuld, wenn sie Frobisher Hilfe zugesagt hatte. Und er war wütend, weil sie sich in so eine Lage gebracht und Belinda mit hineingezogen hatte.

Ein Blick auf seine dunkeldräuende Miene, und Daisy war sicher, daß er und Flagg sich uneins waren. Auch wenn ihr Mut sie nun verließ, versuchte sie zu lächeln, als sie sagte: »Guten Morgen, Inspector. Guten Morgen, Liebling. Nicht aufstehen. Ich bin ganz ausgehungert. Die ganze Nacht habe ich von Engeln geträumt, und sie gehörten nicht gerade zu der freundlichen Sorte von Schutzengeln. Brennende Schwerter und die Trompeten des Jüngsten Gerichts.« Sie ging direkt auf die Anrichte zu und nahm sich Würstchen und Schinken. Arthur hatte versprochen, ihr frischen Toast und Tee zu bringen.

Flagg erwiderte ihre Begrüßung. »Ich habe gerade gesagt, ich hoffe, Lord John wird mir ein bißchen mehr über die Briefe erzählen«, sagte er.

»Sie sind mit Bleistift geschrieben«, teilte ihm Daisy freiwillig mit, »in Großbuchstaben, auf billigem weißem Papier. Die Kuverts sind wie alle. Ich weiß nur, daß sie im Dorf aufgegeben wurden, und Lord John erhält sie schon seit ein paar Monaten – er kann sich nicht genau erinnern, wann die Sache angefangen hat.« Als sie sich umdrehte, um sich an den Tisch zu setzen, sah sie, daß Flagg sein offizielles Notizbuch herausgenommen hatte, um ihre Worte festzuhalten.

»Inhalt?« fragte er kurz.

»Schmutzig. Verheerende Orthographie, aber ich schätze, daß sie von einer gebildeten Person verfaßt wurden.« Sie erklärte die Gründe.

»Vielen Dank, Madam, das ist eine Hilfe, aber was ich eigentlich meine, ist, *was* steht denn drin?«

»Das kann ich nicht sagen.«

»Kannst du nicht oder willst du nicht?« brummte Alec.

»Will ich nicht«, erwiderte Daisy leise. »Da müssen Sie Lord John und die anderen Betroffenen fragen. Ah, danke, Arthur.«

»Toast in einer Minute, Miss«, sagte der Diener und stellte eine Kanne mit heißem Wasser und eine Tasse vor ihr ab.

Flagg erkundigte sich bei dem Diener nach Lord John und entschied, selbst in die Ställe zu gehen und ihn um eine Unterredung zu bitten. »Ich komme noch einmal auf Sie zurück, wenn Sie mit dem Frühstück fertig sind, Miss Dalrymple, wegen der Namen«, sagte er. »Chief Inspector, ich hoffe, Sie werden mir und Seiner Lordschaft in Kürze in die Bibliothek folgen.«

Überrascht über beider offensichtliches Einvernehmen, drehte sich Daisy zu Alec um. Er blickte sie finster an, die dunklen, dichten Augenbrauen waren immer noch zusammengezogen. Seine grauen Augen, denen es immer mit einem einzigen eisigen Blick gelang, einen widerspenstigen Zeugen, einen Fehler machenden Untergebenen oder einen ausgekochten Schurken einzuschüchtern, funkelten nun wild.

»Wie konntest du Belinda mit hierherbringen«, fragte er schroff, »wenn du vorhattest, dich mit einem Verbrechen zu befassen? Bedeutet dir ihre Sicherheit gar nichts?«

»Aber natürlich!« rief Daisy. »Ich wußte ja nicht, daß es um Mord gehen würde.«

»Du wußtest von den Aktivitäten des Briefeschreibers – nicht gerade ein *wünschenswertes* Milieu für ein Kind. Und du hättest dir auch denken können, daß es zu Gewalttaten kommen könnte, insbesondere bei deinem Hang, ständig über Leichen zu stolpern.«

»Das suche ich mir doch nicht aus! Glaub mir, ich wünsche mir aufrichtig, ich hätte diese Leiche nicht gefunden!«

»Du hast dich wieder einmal dafür entschieden, dich in etwas einzumischen, was dich nichts angeht.«

»Ich wollte doch nur Johnnie helfen, um Vis willen«, sagte Daisy hilflos.

»Und das Wohl deiner Schwester kommt vor dem Belindas!« warf er ihr vor.

»Wenn du so darüber denkst«, erwiderte sie, die nun vor Zorn und Schmerz kochte, »dann tauge ich offensichtlich weder dazu, ihr eine Mutter zu sein noch dir die richtige Frau. Das hier nimmst du besser zurück.« Sie zog ihren Verlobungsring, einen Saphir, vom Finger und ließ ihn zwischen sich und Alec mitten auf den Tisch fallen.

Alec stieß seinen Stuhl zurück und stürmte aus dem Zimmer.

12

Vor der Dienerschaft weint man einfach nicht. Daisy starrte mit Widerwillen auf den funkelnden Saphir. All der ganze Unsinn, den Alec von sich gegeben hatte, daß er die gleiche Farbe wie die ihrer Augen hätte, wo er sich doch ganz offensichtlich überhaupt nicht um sie sorgte, sondern nur um seine Tochter.

Bei dem Klang von Schritten hinter sich griff sie nach dem Ring.

»Ihr Toast, Miss.«

»Danke, Arthur.« Ihre Stimme klang unnatürlich ruhig.

Sie hätte um alles in der Welt keinen Bissen runterkriegen können. Schon bei dem Gedanken daran wurde ihr übel. Während der Diener die benutzten Teller der beiden Herren forträumte, nippte sie an ihrem Tee. Sobald er gegangen war, sprang sie auf und wollte auf ihr Zimmer rennen, um sich richtig auszuheulen.

Doch Inspector Flagg wollte sie noch einmal sprechen. Er benötigte noch ein paar Hinweise von ihr. Sie wollte ihre Hilfe nicht zurückziehen, nur weil Alec sie für eine nicht fürsorgliche, unzuverlässige, übereifrige Person hielt. Ihr Stolz – wenn schon nichts anderes – würde dafür sorgen, daß sie ausharrte.

Nachdem sie in den Salon gegangen war, setzte sie sich dort an einen kleinen Schreibtisch zwischen den Fenstern und nahm ein paar Blatt Papier und einen Umschlag aus der Schublade. Sie würde für Flagg vorab alle Verdächtigen notieren, damit sie auch niemanden vergaß. Doch zunächst legte sie den Ring in den Umschlag, klebte ihn zu und schrieb quer über die Vorderseite – in wackliger Schrift, da sich der Ring darin befand – *Detective Chief Inspector Fletcher*.

Lieber wollte sie das sofort erledigen, weil ihr die Tränen wieder in die Augen schossen. Es war zu verrückt! Sie schlüpfte in die Halle hinaus und legte den Umschlag auf das Tablett auf dem Tisch.

Wieder zurück am Schreibtisch, nahm sich Daisy zwei Bogen zarten cremefarbenen Briefpapiers, mit Wasserzeichen und der Adresse von Oakhurst versehen. Dann schrieb sie als oberste Zeile *Briefschreiber* hin. Auf das zweite Blatt *Opfer*. Diese Aufstellung war weniger schwierig. Sie führte Mrs. LeBeau und Dr. Padgett auf, dann Brigadier Lomax und Mrs. Burden, die beiden letzten mit einem Fragezeichen versehen. Hinter den Namen des Brigadiers schrieb sie *von Johnnie vermutet* in Klammern. Hinter Mrs. Burdens Namen schrieb sie *Postbeamtin, kann vielleicht weitere nennen*.

Sie hoffte, daß Inspector Flagg es nicht als Beleidigung auffassen würde, wenn sie ihm eine so naheliegende Empfehlung gleich mitlieferte.

Ganz oben auf der Liste der Briefeschreiber stand Professor Osborne. Darauf folgte Mrs. Burden, weil Daisy sie verdächtigte, nicht, weil sie besonders dafür in Frage kam. Miss Prothero folgte dann. Mrs. Lomax, Mrs. Willoughby-Jones, Miss Hendricks, Mr. Paramount – nur, daß er nicht der Mörder sein konnte – und wer außerdem?

Mr. Paramounts Diener. Das Dienstmädchen vom Pfarrhaus, Doris? Unwahrscheinlich, aber sie schrieb sie auf, und auch Mrs. Osborne. Mrs. Molesworth? Könnte sich hinter ihrer fröhlichen Herzlichkeit verbitterte Gehässigkeit verbergen?

Nein, dachte Daisy, über sich selbst empört, und strich Mrs. Molesworth durch. Sie durfte sich nicht dazu verleiten lassen, grundlose Vorwürfe zu erfinden, um ihrem eigenen Elend zu entkommen.

Nachdem Alec aus dem Frühstückszimmer gestürzt war, tappte er wie blind durch die Eingangshalle und trat durch die erstbeste Tür, die sich ihm bot. Ihm war es gleich, wo er sich befand, Hauptsache er war allein.

Was zum Teufel war geschehen? Er hatte doch nur gewollt, daß Daisy ein wenig Verantwortung für Belinda übernahm. Das war doch nicht zuviel verlangt. Du liebe Güte, sie würde schließlich Bels Mutter werden!

Oder vielmehr würde sie es nicht mehr werden, dachte er traurig, während er hin und her wanderte.

Er hatte das unglaubliche Glück gehabt, daß ihm eine Frau über den Weg gelaufen war, die er ebensosehr lieben konnte wie seine verstorbene Joan, und das noch unglaublichere Glück, sie auch für sich zu gewinnen! Nun hatte er sie verloren. Sehr deutlich hatte sie ihm gezeigt, daß sie sich nichts mehr aus ihm machte, wenn sie es überhaupt je getan hatte. Warum sollte sich auch eine entzückende junge Dame mit einem adligen ›Honourable‹ vor ihrem Namen ausgerechnet in einen Polizeibeamten in mittleren Jahren aus der Mittelklasse verlieben?

Er sprach sie davon frei, ihn bewußt zum Narren zu halten. Er sollte wohl froh sein, daß sie noch vor ihrer Hochzeit ihre wahren Gefühle für ihn entdeckt hatte. Aber wie sollte es ohne sie weitergehen?

Nach seiner dritten oder vierten Runde durch den Raum merkte er, daß er sich in der Bibliothek befand. Flagg und Frobisher würden jeden Moment auftauchen. Er konnte nicht länger hier bleiben. Eigentlich konnte er auch keine Sekunde mehr in diesem Haus verweilen, dem Haus ihrer Schwester. Er konnte Frobishers Gastfreundschaft nicht länger in Anspruch nehmen, und keine berufliche Verpflichtung hielt ihn hier, Flagg zu unterstützen. Er und Belinda mußten sofort aufbrechen.

Je eher Belinda von hier fort war, desto besser. Daisy war verrückt gewesen, sie herzubringen. Er ging Richtung Treppe, um Belinda zu suchen, da begann er sich zu fragen, was Frobisher wohl getan hatte, um sich zur Zielscheibe anonymer Briefe zu machen.

Alec stieß schneller auf seine Tochter, als er gedacht hatte. Sie saß auf halber Treppe auf einer Stufe und weinte sich die

Seele aus dem Leib. Peter kauerte neben ihr, sein rundes Gesicht sah ganz verstört aus, er tätschelte ihr Knie. Der Hund, Tinker, versuchte ihr Gesicht abzulecken, und Derek hockte über ihr, wobei er besorgt von einem auf den anderen Fuß wippte.

»Bel, hab dich nicht so«, flehte er sie an. »Sie werden es schon hinkriegen, ehrlich.«

Alec verfluchte sich dafür, daß er auch nur einen Augenblick geglaubt hatte, sie hätte den Mord vergessen, und sprang die Stufen hinauf. Wie hatte er es zulassen können, daß Daisy sie in einen solchen Alptraum hineinzog?

»Süße, es ist schon gut, wir fahren nach Hause. Sind wir erst einmal weit weg, dann vergißt du alles, wirst schon sehen. Komm, wir wollen los und das Kindermädchen bitten, deine Sachen zu packen.«

Belinda blickte ihn mit rotumrandeten, geschwollenen und verheulten Augen an und jammerte: »Aber ich *will* nicht weg! Wenn wir abfahren, dann werde ich sie vielleicht nie wiedersehen, und ich will, daß sie meine *Mummy* wird!«

»O Gott!« stöhnte Alec. Er fuhr sich mit der Hand durchs Haar, blickte zu ihr hinunter, dann schob er entschlossen den Hund beiseite, setzte sich neben sie und legte einen Arm um seine Tochter. Tinker leckte seine Wange.

Ehe er seine Gedanken sammeln konnte, sagte Belinda vorwurfsvoll: »Derek sagt, daß du dich mit Tante Daisy gestritten hast und daß du sie nicht heiraten wirst.«

»Ich habe nicht gelauscht«, verteidigte sich Derek. »Ich wollte fragen, wann du mit uns Cricket spielen kommst, und da hörte ich es einfach mit an. Tante Daisy sagte: ›Das hier nimmst du besser zurück‹, und dann bist du rausgekommen, ich glaube, du hast mich nicht gesehen – und dann spähte ich hinein und sah ihren blauen Ring auf dem Tisch, den, den sie *nie* abnimmt. Also dachte ich, daß es Bel auch wissen sollte«, beendete er seine Ausführungen in selbstgerechtem Ton.

»Daddy, kannst du ihr nicht sagen, daß es dir leid tut?« fragte Bel eindringlich.

Alec seufzte und kam sich wie ein richtiger Esel vor. Der Verlust Daisys würde für Belinda viel schlimmer sein, als ihre Nähe zu ganz gleich wie vielen Morden, das wurde ihm klar. Sie war noch zu klein gewesen, als Joan während der großen Grippeepidemie starb, um sich genau an sie zu erinnern, aber sie wußte instinktiv genau, daß jemand fehlte. Ihre Großmutter tat ihr Bestes, doch sie war eine ältliche und altmodische Dame, mit einer viktorianischen Angst davor, das Kind zu verwöhnen, wenn sie ihr zu viel Zuwendung schenkte. Kein Wunder, daß Bel Daisy anhimmelte.

Beinah so sehr wie Alec es tat. Daisy konnte rasch verärgert sein, sie verhielt sich manchmal impulsiv und unbesonnen, und sie neigte dazu, sich in Angelegenheiten einzumischen, die sie nichts angingen, aber sie war immer warmherzig...

»Ehm!« Das für einen Butler so typische Hüsteln kam von Mitchell, der am Fuße der Treppe stand und ein silbernes Tablett in der Hand hielt. »Ehm ... eine Mitteilung für Sie, Sir. Sie befand sich auf dem Tisch in der Eingangshalle.«

»Ich hole sie, Onkel Alec.« Derek stürmte hinunter und kehrte mit einem Umschlag zurück.

Die Wölbung verriet, was sich darin befand. Die Aufschrift, Alecs offizieller Titel in ganzer Länge, verriet die Haltung des Absenders.

»Es ist Tante Daisys Ring, nicht wahr«, sagte Belinda und biß sich auf die Lippen, wobei ihr wieder die Tränen über die sommersprossigen Wangen liefen.

»Weine nicht, meine Süße, ich werde sehen, was ich tun kann.« Alec riß den Umschlag auf. Als er entdeckte, daß sich keine weitere Mitteilung darin befand, keine Zeile, die ihm als Hinweis dienen konnte, wie er sich am besten mit ihr versöhnte, verließ ihn der Mut. »Mitchell, wissen Sie, wo sich Miss Dalrymple aufhält?«

»Im Salon, glaube ich, Sir.«

Alec küßte Belinda und ließ sie in Dereks Obhut. Als er die Treppe hinablief, hatte er das Gefühl, er befände sich eher in seinem zerbrechlichen Kundschafterflugzeug aus Segeltuch und Stahldraht, das gerade die Grenze zum feindlichen Territorium überflog.

Auf der untersten Stufe wurde er begrüßt.

»Hallo, Fletcher«, sagte Frobisher mit deutlich besorgtem Blick zu Flagg, der einen Schritt hinter ihm stand. »Der Inspector sagt, daß Sie in dieser kniffligen Sache mit von der Partie sind.«

»Nicht offiziell.« Alec fluchte leise vor sich hin. Nur eine halbe Minute mehr, und er wäre jetzt bei Daisy gewesen. Aber sie würde es ihm nicht verzeihen, wenn er ihren Schwager in der Stunde seiner größten Not im Stich ließe. »Und nur, wenn Sie mich dabei haben wollen.«

»Nun, ja, ich glaube schon.« Als Frobisher bemerkte, daß die Kinder zuhörten, forderte er sie auf, spielen zu gehen. Dann wandte er sich wieder an Alec. »Ja, bitte. Schließlich habe ich Daisy alles erzählt, und Sie gehören doch zu uns, alter Knabe.«

Der letzte Satz, vermutete Alec, bezog sich wohl darauf, daß Frobisher glaubte, daß er sich im Gegensatz zu Flagg wie ein Gentleman verhalten würde. Das war ermutigend – wenn Daisy nur ihren Ring wieder zurücknehmen würde. Er wollte zu ihr gehen, doch statt dessen begleitete er die beiden Männer in die Bibliothek.

Nachdem sich Frobisher dazu entschlossen hatte, den Stier bei den Hörnern zu packen, wollte er nicht viele Ausflüchte machen. »Auch wenn ich Friedensrichter bin«, sagte er mit Würde, »kenne ich natürlich nicht die Methoden der Polizei in einem solchen Kriminalfall. Flagg versichert mir, daß die Informationen, die ich gebe, eventuell beitragen, den Mörder dingfest zu machen. Ich muß wohl kaum sagen, daß ich davon ausgehe, Sie tun Ihr Bestes, um alles vertraulich zu behandeln.«

»Garantieren können wir das nicht«, warnte ihn Alec, »aber sicher werden wir nichts weitergeben, es sei denn, daß es unbedingt notwendig wird.«

»Nun, ich sehe keinen Anlaß dazu. Gut, dann mal los. Es ist

so, ich hatte eine ... O Gott, ich weiß nicht, wie ich es bezeichnen soll. Affäre, Liaison – die Worte sind viel zu gewichtig.« Er erklärte alles kurz und bündig, ohne die Dame zu nennen, die ihn vom rechten Wege abgebracht hatte. Alec verstand, warum ihm Daisy die gewiß belanglose Untreue ihrer Schwester gegenüber verziehen hatte, und er fragte sich, ob sie die Frau kannte.

»Könnten wir bitte die Briefe sehen?« sagte Alec. »Oh, tut mir leid, Inspector, Sie stellen ja die Fragen.«

»Bitte, Sir«, sagte Flagg zu Frobisher.

»Ja, natürlich, ich wollte Ihnen nur vorab sagen, was eigentlich vorgefallen ist, damit Sie nichts Schlimmeres annehmen.« Er schloß die Schublade seines Schreibtischs auf und reichte Alec mehrere Seiten.

Alec gab sie Flagg und nahm sie dann einzeln vom Inspector entgegen, nachdem dieser sie studiert hatte.

»So wie sie von Miss Dalrymple beschrieben worden sind«, brummte Flagg. »Ganz schön widerliche Dinger.«

»Durch und durch Gift und Galle«, stimmte ihm Alec kurz zu. Wie konnte Frobisher Daisy solchen Schmutz zumuten?

Wie dem auch sei, Alec kam zu den gleichen Schlußfolgerungen wie Daisy sie auch schon gezogen und Flagg sie mitgeteilt hatte. Sie besaß tatsächlich ein gewisses detektivisches Gespür für vernünftige Schlußfolgerungen aus dem Beweismaterial, ob sie nun logisch oder intuitiv waren. Und dazu kam noch ihr außergewöhnliches Talent, das Vertrauen der Leute zu gewinnen.

Er erinnerte sich daran, wie sie sich in frühere Fälle eingemischt hatte, sicherlich ein wenig aufdringlich, aber nicht selten hilfreich, wie er zugeben mußte. Ließe sie nur ein wenig mehr Disziplin walten, wenn sie ihr Talent ausprobierte! Es war ein Jammer, daß es bei der Polizei für Frauen keinen anständigen Posten gab, schon gar nicht im Bereich der Verbrechensermittlung.

Alec faltete die anonymen Briefe zusammen und reichte sie Flagg zurück, der einen davon nahm, ihn Frobisher gab und sich den Rest in die Tasche steckte. »Hier ist der mit dem ›Richter, Sir. Die anderen – man braucht sie nicht mit Ihnen in Verbindung zu bringen – werden wir als Beweismaterial behalten.«

»Wenn Sie diesen nicht benötigen, werde ich ihn verbrennen. Ich bin wirklich froh, wenn ich das Zeug los bin«, sagte Frobisher offensichtlich erleichtert. »Es tut mir leid, daß ich mich nicht daran erinnern kann, wann ich den ersten erhalten habe.«

»Ein Jammer, aber vielen Dank für Ihre bereitwillige Aussage, Mylord.« Flagg ging auf die Bibliothekstür zu.

Alec wollte ihm folgen, aber Frobisher hielt ihn zurück.

»Kein übler Bursche«, sagte er mit gesenkter Stimme. »Ich fürchte, Sie müssen mich für einen schrecklichen Schurken halten, Fletcher, eines kommt zum anderen.«

»Ich wünschte, Sie hätten Daisy nicht gebeten, sich mit dem Fall zu befassen«, sagte Alec offen, »aber wir machen alle unsere Fehler, und Gott weiß, daß ich mich nicht in der Position befinde, auf andere einen Stein zu werfen.«

»Im Schützengraben waren die Dinge viel einfacher.« Frobisher wurde nachdenklich, beinah nostalgisch. »Man wußte, wo man sich befand, auch wenn es die Hölle war. Nun, ich sollte das hier lieber auf der Stelle verbrennen.«

Er drehte sich zum Kamin um, Alec folgte Flagg hinaus.

Vor der Tür der Bibliothek wartete der Inspector auf ihn. »Kein übler Bursche«, sagte er, wobei er damit unabsichtlich Frobishers Einschätzung seiner Person wiederholte. »Ich habe Ihnen doch gesagt, daß ihn der Gutsverwalter vom Mord entlastet hat. Und jetzt kriegen wir von Miss Dalrymple die Namen.«

Alec erstarrte. Das war seine Strafe dafür, Frobisher in dem Glauben gelassen zu haben, daß sie beide bald miteinander verwandt sein würden! Er konnte sich jetzt nicht auf anständige Weise aus dem Fall zurückziehen. Und noch unmöglicher war es, Flagg zu erklären, daß er und Daisy nicht mehr miteinander sprachen. Was zum Teufel würde sie denken, wenn er hereinspazierte und ganz beiläufig über den Briefeschreiber redete, so als hätte sie ihn nicht soeben aus ihrem Leben gejagt?

Zu spät. Flagg wollte gerade den Salon betreten, blickte sich aber noch einmal um, um zu sehen, warum Fletcher zögerte. Als der sich dem Inspector anschloß, machte er ihm ein Zeichen, zuerst hineinzugehen.

Daisy drehte sich um. »Ich habe Ihre Aufstellung fertig, Inspector«, sagte sie strahlend, bis sie Alec hinter ihm entdeckte.

Welch eine Unverfrorenheit von diesem Mann! Kommt im Fahrwasser von Flagg hier hereingesegelt, so als hätte er nicht vor weniger als einer Stunde die schrecklichsten Vorwürfe gegen sie erhoben! Er hätte längst mit Belinda über alle Berge sein müssen, weit weg von Daisys verderblichem Einfluß.

Daisy zeigte ihm nicht, wie aufgewühlt sie war. Sie würdigte ihn keines Blickes und reichte Inspector Flagg zwei Listen, die dieser schnell überflog.

»Danke, Miss Dalrymple. Ich möchte Ihnen noch ein paar Fragen stellen.«

»Natürlich. Setzen Sie sich bitte«, fordete sie ihn mit einer Geste auf, die Alec so auslegen konnte, als sei er mit eingeschlossen, wenn er es wollte. Das machte er auch, aber er nahm sich einen Stuhl, der weiter von dem ihren entfernt war als Flaggs.

»Nun also zu Mrs. LeBeau«, sagte der Inspector. »Gestern abend erwähnten Sie ihren Namen, und ich habe mich bei Barton nach ihr erkundigt. Sie ist die Dame, die genau am Ende der Einfahrt von Oakhurst wohnt? Diejenige, die Lord John ... eh ..., wollen wir mal sagen, auf Abwege gebracht hat?«

»Das hat er Ihnen erzählt? Wie wenig ist er doch ein Gentleman!«

»Oh, nein, Madam, Lord John ist ein überaus ehrenhafter Gentleman und würde den Namen der Lady nicht preisgeben. Doch er beschrieb die Umstände, die, wie Constable Barton mir sagte, zu der recht offensichtlichen Schlußfolgerung führten, die Sie hiermit soeben bestätigt haben.« Er warf ihr sein höflichstes Lächeln zu. »Mrs. LeBeau hat alle Gründe, ihn zu erpressen, und doch haben Sie sie nicht als mögliche Verfasserin der Briefe aufgeführt.«

»Nein«, sagte Daisy kurz, denn sie war verärgert, daß er sie reingelegt hatte, zumal in Alecs Beisein. Doch weitere Erklärungen wurden verlangt, auch wenn sie Alec zu dem Vorwurf verleiten könnten, daß sie »Mrs. LeBeau unter ihre Fittiche genommen hatte«, wie sie es schon in früheren Fällen getan hatte. »Ich bin mir bewußt, daß die Tatsache, auch derartige Briefe empfangen zu haben, nur Tarnung dafür sein könnte, daß man selbst welche abschickt. Aber sie gehört nicht zu den Menschen, die solch skurrile Sachen schreiben.«

Sie spürte, wie Alecs skeptischer Blick auf ihr ruhte, aber er sagte nichts.

»Gehört sie zu denen, die den Professor umlegen könnten«, fragte Flagg unverblümt, »falls er der Denunziant gewesen sein sollte? Sie wohnt genau gegenüber dem Friedhof, hat eine gute Sicht auf alle, die kommen und gehen.«

Daisy zögerte. Es war viel leichter, sich vorzustellen, wie sich Wanda LeBeau in aller Ruhe einer Bedrohung entledigte, als daß sie solche vulgären Briefe schrieb. »Wie hätte sie herausfinden sollen, daß es Professor Osborne war«, sagte Daisy. »Sie macht sich nichts aus dem Dorfklatsch, und Mrs. Osborne verachtet sie über alle Maßen, also würde sie nie im Pfarrhaus verkehren.«

»Noch weitere Fragen zu der Lady, Sir?« erkundigte sich Flagg, an Alec gewandt.

Aus einem Augenwinkel sah Daisy, wie er den Kopf schüttelte. Normalerweise hätte er jedes kleinste Detail über die Verdächtige aus ihr herausgeholt, also mußte er sich scheußlich fühlen, bemerkte sie mit Schadenfreude. Warum war er nur geblieben? Fand er den Fall so faszinierend, daß er selbst das Wohl der eigenen Tochter seiner Neugier opferte? Wenn das der Fall war, dann war es mehr als unverschämt, Daisy vorzuwerfen, Bel mit nach Oakhurst gebracht zu haben!

»Nun gut, Dr. Padgett als nächster, Miss Dalrymple. Er war

letzten Abend nicht zu Hause, als ich ihn zu seiner Untersuchung der Leiche befragen wollte.«

Daisy berichtete, wie sie rein zufällig den Umschlag im Auto des Arztes gefunden hatte.

»Hatte er bemerkt, daß du ihn entdeckt hattest?« fragte Alec scharf.

»Er hätte keinen Grund zu der Annahme gehabt, daß ich wußte, worum es dabei ging, Mr. Fletcher«, stellte Daisy in eisigem Ton klar. Nie im Leben würde sie ihre Ängste zu dem Zeitpunkt oder später auf dem Friedhof eingestehen.

»Brigadier Lomax?« las Flagg weiter vor.

»Ich habe keine Beweise, nur Johnnie erriet es aus einer beiläufigen Bemerkung des Brigadiers. Was mich daran erinnert, daß ich Sam Basins Mutter darüber reden hörte, wie aufgebracht ihr Sohn über einen Brief gewesen sei. Sie wohnen im Ort, aber er ist Automechaniker in einer Werkstatt in Ashford.«

»Sa-mu-el Basin«, sagte Flagg, während er schrieb. »Und Mrs. Burden? Sie ist die Postbeamtin des Dorfes, Sir, und Ladenbesitzerin in einer Person, wenn ich mich nicht irre.«

»Ich habe mich mit ihr länger unterhalten«, sagte Daisy, »und ich bin überzeugt, daß sie etwas weiß. Wie Sie sehen, steht sie auf beiden Listen. Ihre Tochter kriegt wahrscheinlich in der Telephonvermittlung den ganzen Tratsch mit, wenn ich so darüber nachdenke.«

»Wir werden das im Auge behalten, Madam. Und wir werden Mrs. Burden über weitere mögliche Opfer befragen, wie Sie empfehlen.«

Daisy warf Alec einen triumphierenden Blick zu. Der schaute verärgert auf seine Armbanduhr.

Flagg bemerkte es und sah auf die seine. »Sie haben recht, Sir, wir sollten besser aufbrechen, ehe die Leute alle aus dem Haus sind und ihren Verrichtungen nachgehen. Nur noch rasch die Liste für die möglichen Briefeschreiber, Miss Dalrymple, wenn Sie so freundlich sind, uns kurz und knapp zu sagen, warum sie sie verdächtigen. Über Professor Osborne wissen wir Bescheid. Mrs. Burden – ich werde ihre Tochter hinzufügen. Was ist mit Miss Prothero?«

»Sie wohnt genau neben Mrs. LeBeau, also hätte sie damals Lord John erspähen und hinter Mrs. LeBeau herspioniert haben können. Außerdem gehört sie zur Pfarrhaus-Klatsch-Runde und hat eine scharfe Zunge.«

»Pfarrhaus-Klatsch-Runde?«

»Tee und ein Schwätzchen bei der Pfarrersfrau. Mrs. Lomax, Miss Hendricks, Mrs. Willoughby-Jones – aber letztere hat keine Scheu, die Leute direkt anzugreifen, warum sollte sie also Briefe schreiben? Und Mrs. Osborne selbst. Sie war ebensogut in der Lage, Lord John und Mrs. LeBeau zu beobachten, und bekommt stets den ganzen Klatsch von Rotherden ins Haus getragen, und sie beherrscht praktisch allein das Dorf. Ich würde meinen, sie war viel zu beschäftigt und hat ja ohnehin schon alles im Griff, da muß sie sich nicht mehr mit anonymen Briefen befassen. Und falls sie es trotzdem tut, und ihr Mann hätte es herausgefunden, so hätte sie von ihm nichts zu befürchten. Wen habe ich noch aufgeführt?«

»Mr. Paramount«, las Flagg vor.

»O ja, Lord Johns verärgerter Onkel lebt in dem Haus am Tor, aber er ist viel zu schwach, um den Mord begangen zu haben. Ich habe ihn mitsamt seinem Diener aufgeschrieben, weil sie vielleicht Lord John an Mrs. LeBeaus Pforte gesehen haben, und die Wirtschafterin hat mir sogar gesagt, daß sie den alten Gentleman mit dem Dorftratsch versorgt.«

»Da hätten sie also auch gestern nachmittag etwas Ungewöhnliches auf dem Friedhof beobachten können. Wir werden sie befragen.«

»Der liebe Gott weiß, wie vielen anderen Leuten noch von ihrer Dienerschaft der Klatsch zugetragen wird«, seufzte Daisy. »Das gäbe Dutzende von möglichen Verdächtigen, von denen mir noch nichts zu Ohren gekommen ist.«

»Ich würde sagen, Sie haben ziemlich gründliche Arbeit geleistet, Miss Dalrymple. Würden Sie dem zustimmen, Chief Inspector?«

»Miss Dalrymples Begabung, Leute für sich einzunehmen, überrascht mich immer wieder«, sagte Alec mit gleichgültiger Stimme. Daisy konnte an der Bemerkung nichts finden, woran sie Anstoß hätte nehmen können.

»Nur noch zwei«, sagte Flagg. »Doris, das Dienstmädchen im Pfarrhaus.«

»Streichen Sie sie durch. Sie kann kaum schreiben.«

»Und Sie haben da schon jemanden durchgestrichen.«

»Oh, Mrs. Molesworth. Sie scheint häufiger im Pfarrhaus zu sein, aber sie ist viel zu gutmütig, um so einen Schmutz zu verbreiten. Wissen Sie, Inspector, der Haken bei allen ist, daß, selbst wenn der Professor den Leuten aus dem Weg gegangen ist, wie ich glaube, sie alle den Pfarrer gut genug kannten, um ihn nicht zu verwechseln.«

»Da würde ich mir keine Sorgen machen, Madam. Sie wären überrascht, wage ich zu behaupten, wenn sie wüßten, wie viele Leute zu eitel sind, um eine Brille zu tragen, obwohl sie darauf angewiesen sind. Nun, Sir, wir werden als erstes den Pfarrer aufsuchen, wie Sie vorgeschlagen haben, oder?«

»Ja«, sagte Fletcher und sprang schwungvoll auf die Beine, »und wenn dabei nichts rauskommt, ist Mrs. LeBeau dran, da sie auf der anderen Seite wohnt. Wobei es wohl eine gute Idee wäre, Inspector, wenn Miss Dalrymple uns zu der Dame begleiten würde, wo sie ja bereits ihr Vertrauen besitzt.«

Daisy starrte ihn völlig verblüfft an, während Flagg zweifelnd sagte: »Wenn Sie meinen, Sir.«

»Ja, vorausgesetzt, Mrs. LeBeau hat nichts dagegen. Übrigens brauchen Sie mich bei der Befragung des Pfarrers nicht. Fahren Sie gleich los, um keine Zeit zu verlieren. Miss Dalrymple und ich werden zu Fuß gehen und dann zu Ihnen stoßen.«

»Wenn Sie meinen, Sir«, wiederholte Flagg in einem Ton, als sei ihm ein Licht aufgegangen.

Der Inspector machte sich auf den Weg, und Daisy fiel über Alec her. »Aber du versuchst doch immer, mich von allem *fernzuhalten*, damit ich nicht hineingezogen werde«, sagte sie mißtrauisch. »Was hast du vor?«

»Flagg ist so darauf erpicht, mich in Beschlag zu nehmen, und das war die einzige Möglichkeit, um einmal mit dir unter vier Augen zu reden. Ich muß sie einfach nutzen.«

»Ich wußte, daß du nicht wirklich vorhattest, mich bei Mrs. LeBeau dabeizuhaben. Es gibt nichts, worüber wir reden könnten!« Sie drehte sich weg und tat so, als würde sie sich mit etwas am Schreibtisch beschäftigen.

»Daisy, bitte, gib mir eine Chance.« Es klang verzweifelt. »Wie sollst du es verstehen, wenn du mir nicht zuhören willst?«

»Nun gut. Aber gehen wir, Flagg wartet sonst.«

Mit diesen Worten erhob sie sich, schob den Stuhl zurück und wandte sich rasch um. Ganz verstört stand er dicht hinter ihr. Sie stolperte. Er fing sie mit den Armen auf. Sofort bröckelte ihr Widerstand.

Schließlich, dachte sie, als sie nach ein paar Augenblicken wieder ihre Fassung zurückgewann, was konnte man von einer Entschuldigung mehr erwarten?

Aber so billig sollte er nicht davonkommen. Sie gab ihm rasch einen letzten Kuß und sagte: »Komm schon, Schatz, wir können auf dem Weg die Allee hinunter reden.«

»In die eigene Falle gegangen«, sagte er und verzog das Gesicht, aber er folgte ihr zur Tür. »Ich fürchte, Flaggs Meinung von Scotland Yard hat einen Knacks bekommen, als ich vorschlug, dich zur Befragung von Mrs. LeBeau mitzunehmen. Daisy, es ist ganz offensichtlich, daß du die Frau magst, aber bitte, laß es nicht ...«

Er hielt inne, da ihnen drei kleine Wesen entgegenkamen. Belinda griff nach Daisys linker Hand. Ihr Gesicht war ganz zerknirscht.

»Du hast den Ring noch immer nicht angesteckt!« sagte sie voller Kummer.

»Nur weil ich keine Zeit dazu hatte«, versicherte ihr Daisy, während Alec hastig nach dem zerrissenen Umschlag in seiner Tasche suchte.

Er nahm den Ring heraus, schob ihn ihr an den Finger und hielt ihre Hand weiter fest.

»So ist es besser«, sagte Derek. »Nun könntest du endlich aufhören zu weinen, Bel. Onkel Alec, wann wirst du mit uns Cricket spielen?«

»Ich weiß es noch nicht, mein Lieber, und ich möchte dir nichts versprechen, was ich nicht halten kann. Wir werden es schon irgendwann schaffen, aber deine Tante und ich müssen jetzt los.«

»Spazieren?« fragte Bel. »Wir kommen bis zum Tor mit.«

»Diesmal nicht, Liebes«, sagte Daisy und umarmte sie. »Wir müssen noch etwas besprechen.«

»Gut«, sagte Belinda ernst, »das nächste Mal, wenn du dich mit Daddy zankst, gib ihm nicht wieder den Ring zurück!«

Inspector Flaggs schwarzer Polizei-Ford parkte auf der Straße in der Nähe des Friedhofstors. Der Inspector stand auf der Schwelle zum Gärtnerhaus, genau hinter dem Tor von Oakhurst, und sprach mit einem kleinen, älteren Mann mit dem zerfurchten Gesicht eines Affen.

Als Daisy und Alec näher kamen, hörten sie, wie Flagg sagte: »Da kommen die Leute, auf die ich warte, Mr. Popper, ich bedanke mich für Ihre Hilfe und wünsche einen guten Tag.«

Mr. Popper piepste etwas und schlüpfte wie ein aufgescheuchtes Kaninchen zurück ins Haus. Die Tür ging zu, aber man hörte sie nicht einklinken. Daisy spürte, wie sich durch den Spalt ein Paar Augen auf sie richteten.

»Kein Glück«, sagte Flagg. »Mr. Paramount schläft immer nachmittags, und Popper haut sich dann auch immer aufs Ohr. Richtiges Urgestein, die beiden.« Als er bemerkte, daß sich Daisy und Alec immer noch an der Hand hielten, nickte er und lächelte, so sanft er konnte.

Darauf ließ Alec Daisys Hand los. »Eh ... ah ... und was ist mit dem Pfarrer?« fragte er.

»Abwesend, auf Gemeindebesuchen. Ein Geistlicher kann sich nicht einfach einen Tag frei nehmen, nur weil es in der Familie einen Unglücksfall gegeben hat, in der Art hat es mir

Mrs. Osborne zu verstehen gegeben. Sie scheint immer noch ziemlich durcheinander, also habe ich nicht weiter nachgefragt, ob sie auf einen Umstand gestoßen ist, der den Professor mit den Briefen in Verbindung bringen könnte. Alles in Ordnung, Miss Dalrymple? Sicher wollen Sie nun mit uns Mrs. LeBeau aufsuchen?«

»Tja, das ist nicht viel, was Sie da herausgefunden haben«, sagte Daisy, woraufhin sich Alec ihr besorgt zuwandte. Sie sah so abgespannt aus, wie sie sich gewiß auch fühlte. »Ich dachte nur, angenommen, der Mörder verdächtigte aus irgendeinem Grund Professor Osborne als Briefeschreiber, und er hat sich geirrt?«

Die Männer blickten sich an. »Dann würde er – oder sie – es noch einmal versuchen«, sagte Alec.

»Insbesondere wenn wieder eine Menge neuer Briefe auftauchen«, stimmte ihnen Flagg beunruhigt zu. »Wir sollten nun besser los!«

13

Mrs. LeBeau empfing Daisy und die beiden Kriminalbeamten in ihrer Rosenlaube. Sie entschuldigte sich für den zwanglosen Rahmen ihrer Begegnung.

»Ich habe hier draußen gelesen«, sagte sie und wies auf den Roman von Michael Arlen, der auf dem Tisch lag. »Ich hasse es, einen schönen Tag im Haus zu verbringen, aber wir können in das Empfangszimmer gehen, wenn Sie es vorziehen. Wie ich sehe, sind Sie aus beruflichen Gründen hier, Gentlemen. Und Sie, Miss Dalrymple?«

»Ich bleibe nur hier, wenn Sie meine Anwesenheit wünschen. Da ich schon in einiges eingeweiht bin, wonach die beiden Herren Sie auch fragen wollen, meinte der Chief Inspector, daß es Ihnen vielleicht angenehm ist, wenn ich dabei bin.«

»Ich brauche niemanden, der mir den Rücken stärkt«, sagte Mrs. LeBeau mit einem Lachen, »doch es war nett gemeint, und so bleiben Sie bitte.«

Alec und Flagg willigten ein, draußen im Garten zu sitzen, der sonnig, aber immer noch kühl war. Kaffee lehnten sie ab, aus Zeitgründen. Daisy fing langsam an, ihr Frühstück zu vermissen, aber sie spürte auch die Dringlichkeit der Angelegenheit, die sie mit ihrer letzten Mutmaßung ins Rollen gebracht hatte. Sie wollte wegen eines kleinen Imbisses keine Verzögerung, selbst wenn die Männer auf sie warten würden – was sie sicher kaum vorhatten. Jetzt hatte sie einen Fuß in der Tür, mit Alecs und Flaggs Einverständnis, also würde sie sich nicht wieder kampflos von den Ermittlungen ausschließen lassen.

»Ich habe den beiden Kriminalbeamten nur mitgeteilt«, sagte sie, »daß Sie anonyme Briefe erhalten, aber sie wissen auch von … Ihnen und Lord John.« Als Mrs. LeBaus makellos gezupfte Augenbrauen mißbilligend und erstaunt in die Höhe gingen, fügte Daisy rasch hinzu: »Er hat sein Geheimnis nicht preisgegeben. Es sind schließlich Detektive mit Spürnasen.«

»Haben Sie irgendeine Ahnung, Madam«, mischte sich nun Flagg ein, wobei er sein Notizbuch zückte, »wer der Absender der Briefe ist?«

»Nicht den leisesten Schimmer.«

»Aus dem Inhalt konnten Sie es auch nicht erraten? Darf ich fragen, worum es darin geht?«

Nun gewann Mrs. LeBeaus Gesicht an Farbe, auch wenn sie vollendet, vielleicht schon in Erwartung des Polizeibesuchs, geschminkt war. »Da Sie ein Polizeibeamter sind, der einen Mordfall untersucht, dürfen Sie wohl jede Frage stellen, nehme ich an. Die Briefe beschuldigen mich in der übelsten Sprache der Promiskuität, also wahlloser Geschlechtsbeziehungen. Das ist natürlich nicht wahr, nicht im wörtlichen Sinn – die Definition lautet etwa: unbeschränkte Polyandrie und Polygynie, so wie unter einigen Rassen niederer Zivilisation.«

»Womit natürlich die Engländer ausgeschlossen sind«, warf Daisy trocken ein.

»Natürlich. Doch ich fürchte, daß ich solch einen Ruf im Dorf genieße, so daß jeder diese Unverschämtheiten hätte schreiben können.«

»Haben Sie versucht herauszufinden, wer es war?« erkundigte sich Flagg, wobei sein Ton für Daisys Empfinden ein wenig zu streng war.

»Nein. Das kümmert mich nicht.« Sie blickte von Flaggs offenkundig ungläubigem, langem Gesicht zu Alecs höflich interessiertem hinüber, seufzte und erklärte: »Die Briefe sind unerfreulich, aber bisher wurde ich weder erpreßt noch bedroht, daß man mich bloßstellen würde. Sollte das eintreten, müßte ich hier wegziehen. Es täte mir leid, meine Rosen zurückzulassen, mein kleines Haus und ein paar angenehme Bekanntschaften, aber mich hält hier nichts auf Dauer. Ich bin in dieser Gegend nicht aufgewachsen; keine Familienbande.«

Inspector Flagg, der wahrscheinlich sein ganzes Leben in

Ashford und Umgebung zugebracht hatte, wirkte ratlos. Alec übernahm jetzt die Befragung.

»Dann nehme ich an, daß Ihre, eh … nichtfamiliären Bande auch nicht in der Nachbarschaft sind?«

Mrs. LeBeau zeigte lächelnd, daß sie sein Taktgefühl zu schätzen wußte. »Nein, Chief Inspector. Er ist die ganze Woche in London. Ich habe eine Wohnung in der Stadt, und häufig kommt er zum Wochenende her, allein oder mit Freunden, auch wenn er woanders ein Landhaus besitzt.«

»Gehe ich recht in der Annahme, daß er weit mehr darunter leiden würde, wenn man ihre Liaison publik machte?«

»Ja. Wenn die Briefe also irgendwelche Drohungen in der Richtung enthielten, würde ich ihn informieren, und er müßte darauf reagieren. Wir haben … uns sehr gern, aber ich würde sicher keinen Mord begehen, um ihn zu beschützen, selbst wenn ich wüßte, wer sie geschrieben hat. War es Professor Osborne?«

»Tut mir leid, das kann ich nicht beantworten«, sagte Alec, was ja der Wahrheit entsprach, aber auch in die Irre führen konnte. »Dürfen wir Ihre Briefe sehen?«

»Ich habe sie vernichtet.« Auf Alecs Bitte beschrieb sie deren Aussehen. Soweit sie sich entsann, waren die längeren Wörter immer falsch geschrieben, die anderen richtig, so wie in Johnnies. »Bewußt gemachte Fehler?« fragte sie.

»Noch eine Frage, die ich nicht beantworten kann«, sagte Alec lächelnd. Er blickte zu Flagg.

»Bewußt gemachte Fehler, wie Sie sie auch machen würden«, legte Flagg stur nahe, »wenn Sie von dem Verdacht ablenken wollten, sie geschrieben zu haben?«

»Wenn, dann täte ich es vielleicht, vermutlich, aber ich versichere Ihnen, daß ich nie auch nur den leisesten Wunsch verspürt habe, mich auf diese Weise zu äußern.«

»Dann haben Sie wohl nichts dagegen, wenn wir einmal Ihren Schreibtisch durchsuchen?«

Mrs. LeBeau runzelte die Stirn. »Ich habe etwas dagegen in dem Sinne, daß ich es überhaupt nicht schätze, womit ich nicht ausdrücken möchte, daß ich meine Erlaubnis generell verweigere.«

»Ich nehme an, daß wir dort den Namen und die Adresse Ihres Bekannten finden werden.«

»Gewiß nicht. Ich behalte nie etwas mit seinem vollem Namen darauf.«

»So muß ich Sie auffordern, mir nun eine volle Auskunft zu geben.« Flaggs Stift schwebte über seinem Notizbuch.

»Das ist eine Frage, die *ich* nicht beantworten kann«, sagte Mrs. LeBeau unnachgiebig, »oder vielmehr nicht beantworten werde. Er befindet sich in einer äußerst heiklen Lage. Sie müssen uns Damen den gleichen Sinn für Ehre einräumen, den Sie von Gentlemen erwarten.«

Als Flagg den Mund öffnete, um weiter auf seiner Forderung zu bestehen, fuhr Alec dazwischen. »Ich glaube, wir können im Augenblick auf die Antwort verzichten, Inspector.« Er sah Flaggs verärgerten Blick und schüttelte leicht den Kopf. »Aber ich muß Sie warnen, Madam, wir können zu einem späteren Zeitpunkt noch einmal darauf zurückkommen.«

»Und auf einer Antwort bestehen«, sagte Flagg mit zusammengekniffenen Lippen. »Wo waren Sie zwischen zwei und halb vier gestern nachmittag, Mrs. LeBeau?«

»Bis drei war ich hier draußen und habe verwelkte Blüten abgeschnitten. Die Rosen blühen nicht mehr, wenn man das nicht tut.«

»Allein?«

»Ja«, sagte Mrs. LeBeau nüchtern. »Mein Gärtner kommt nur vormittags. Aber kurz nach drei rief mich mein Dienstmädchen hinein, um einen Anruf entgegenzunehmen. Etwa die nächste halbe Stunde habe ich mit einer Freundin geschwatzt, deren Namen und Adresse ich Ihnen gern nenne.«

Doch der Professor war fünf Minuten vor drei Uhr tot! Die lustige Witwe hatte also kein Alibi.

Auf dem Weg nach draußen fragte Flagg das Dienstmädchen Alice, ob sie zwischen zwei und drei Uhr ihre Herrin im Garten gesehen hatte. Das hatte sie nicht, war sie doch oben im Haus in einem Zimmer zur Vorderseite hin mit Stopfen beschäftigt gewesen – ja sogar so sehr beschäftigt, daß sie nicht einmal auf die Straße oder auf den Friedhof gegenüber geblickt hatte. Andererseits hatte es auch keinen Anlaß gegeben, vor dem Telephonanruf um drei mit ihrer Herrin zu reden, also hatte Alice sie nicht eher gesucht und war nicht in den Garten gegangen. Auch waren keine billigen Briefumschläge und Papier im Schreibtisch zu finden.

»Schade«, brummte der Inspector, als er, Alec und Daisy auf die Straße hinausgingen. »Wir hätten sie schnappen können.«

»Warum mögen Sie sie nicht?« wollte Daisy wissen und setzte sich den Strohhut auf die Locken, den ihr Mrs. LeBeau geliehen hatte. Sie hatte regelrecht darauf bestanden, denn als sie mit Alec Oakhurst früh so eilig verlassen hatte, war ihr ein Hut nicht in den Sinn gekommen.

»Von dieser Art Leben halte ich nicht viel«, sagte Flagg und fügte, nach hinten blickend, hinzu: »Der Lohn der Sünde ist ein hübsches Haus auf dem Land und eine Wohnung in London.«

»Das Geld hat sie von ihrem Mann geerbt«, unterrichtete ihn Daisy. »Und ich wette, daß Sie über Lord John nicht die Nase gerümpft haben, weil ...«

»Daisy!« wurde sie nun von Alec ermahnt. »Flagg, ich schulde Ihnen eine Erklärung. Ich hatte den Eindruck, daß Mrs. LeBeaus Liebhaber eine wirklich wichtige Persönlichkeit ist, und meiner Ansicht nach wird uns der Name nicht weiterhelfen, zumindest jetzt nicht. Doch es ist Ihr Fall, und wenn Sie wollen, schicken Sie mich in die Wüste, ich werde sang- und klanglos abziehen.«

»Sie hätten es nicht fairer sagen können.« Flagg schwankte einen Moment. »Nein, im großen und ganzen bin ich über Ihre Unterstützung froh, Sir. Wollen Sie, daß ich es offiziell mache?«

»Um Gottes willen, nein!« sagte Alec. Daisy erriet, daß er eine Mitteilung an den Assistant Commissioner der Londoner Kriminalpolizei im Sinn hatte, dessen Haare – wie Alec es ausgedrückt hatte – sich schon bei dem Gedanken sträubten, daß die Honourable Daisy Dalrymple wieder mit einem Fall zu tun hatte. »Es sei denn, daß es sich später als nützlich erweist«, erwiderte Alec und schränkte seine erste rasche Antwort ein. »Wen wollen Sie jetzt aufsuchen?«

»Dr. Padgett, glaube ich, noch vor Mrs. Burden. Miss Dalrymple zufolge hat er mindestens einen Brief erhalten. Auch benötige ich dringend seinen Bericht über die Untersuchung der Leiche. Außerdem hat er jetzt Sprechstunde, also wird er da sein. Er wohnt am Ende des Dorfangers. Wir fahren lieber, damit wir keine Zeit verlieren. Ich werde Sie zuerst zu Hause absetzen, Miss Dalrymple«, fügte er hinzu, als er die Straße zu dem geparkten alten Ford überquerte.

»Vielen Dank, Inspector, aber ich werde noch einmal im Pfarrhaus vorbeischauen, um zu sehen, ob ich dort behilflich sein kann.« Als er sich herabbeugte, um den Motor anzukurbeln, meinte sie ganz unschuldig: »Sind Sie denn sicher, daß Sie den Rest meiner Informationen über den Doktor, Mrs. Burden und die anderen Leute auf der Liste nicht brauchen?«

Alec schaute mit seinen grauen lachenden Augen zum Himmel auf, aber er griff nicht ein. Flagg ließ den Motor nun an, dann rückte er sich mit einem Seufzer auf dem Sitz zurecht, blickte von Daisy, die ein süßes Lächeln aufgesetzt hatte, zu Alec und wieder zurück.

Noch einmal seufzte er, dann öffnete er die Autotür und sagte: »Nun gut, springen Sie rein.«

Daisy folgte der Aufforderung nur zu gern.

Unterwegs zeigte sie auf die Häuser, in denen Miss Prothero, Sam Basin und Mrs. Molesworth wohnten. Als sie auf den Dorfanger einbogen, fragte Flagg ungeduldig: »Aber wie steht es mit Dr. Padgett? Was sind das für wichtige Sachen, die ich wissen sollte, bevor ich mit ihm spreche?«

»Eigentlich dachte ich eher an Mrs. Burden«, gestand Daisy. »Der Arzt ist ein charmanter Gentleman, mit einer Praxis, die von den besten Kreisen aufgesucht wird – mit besten meine ich höherstehend, was Geburt und Vermögen angeht, nicht unbedingt was den Charakter betrifft natürlich. Meine Schwester sagt, daß er auch viel als Kassenarzt tut.«

»Klingt nach Musterexemplar«, sagte Alec ironisch.

»Hat aber auch anonyme Briefe bekommen«, unterstrich Flagg. »Vielleicht schlägt er Frauen oder säuft heimlich.«

»Oder er war nicht immer so vorbildlich«, warf Daisy ein. »Ein Arzt befindet sich in einer ganz delikaten Position. Wenn er das Vertrauen seiner Patienten verliert, dann ist auch seine Existenzgrundlage weg.«

Gegenüber dem Ententeich am unteren Ende des Dorfangers hielt der Ford vor einem großen georgianischen Haus an, das sich hinter sorgfältig beschnittenem wildem Wein verbarg. Auf einer funkelnden Messingplatte an einem der Torpfosten aus Ziegelstein stand Old Well House; am zweiten war der Name des Arztes samt den Sprechzeiten angebracht.

»Du wartest hier, Daisy«, verkündete Alec sachlich. »Du bist die einzige, die beschwören kann, daß Padgett einen Brief erhalten hat, und ich möchte nicht, daß er auch nur den kleinsten Verdacht schöpft, wer uns die Information zugespielt hat.«

Auch wenn sich Daisy recht sicher fühlte, jetzt, wo Alec hier war, sorgte die Erinnerung an die früheren Tränen dafür, daß sie nicht dagegen protestierte. Sie schob ihren Hut weiter nach vorn, wandte den Kopf ab und tat so, als sei sie in den Anblick eines weißen Entenpärchens und einer plumpen Graugans auf dem Teich versunken, während Alec und Flagg die kurze Auffahrt entlangliefen.

Nach ein paar Minuten waren sie wieder zurück. »Padgett mußte wegen eines Notfalls fort«, sagte Alec, als er ins Auto stieg.

Flagg warf den Motor an. »Erzählen Sie uns von Mrs. Burden, Miss Dalrymple«, forderte er sie auf, als er seinen Platz hinter dem Steuer eingenommen hatte.

Während sie am unteren Ende des Dorfangers entlangfuhren, am Bahnhof und dem *Hop-Picker* vorbei und die andere Seite wieder hinauf, beschrieb Daisy ihre Unterhaltung mit der Postbeamtin. Sie war immer mehr davon überzeugt, daß die Frau etwas zu verbergen hatte. »Es könnte sein, daß ihr plötzlich bewußt wurde, sie hätte nicht über die Angelegenheiten der Post plaudern sollen. Ziemlich nervös war sie und schnitt mir am Ende das Wort ab.«

»Sie haben sie immerhin dazu gebracht, mehr zu sagen, als sie wollte«, bemerkte Flagg mit einem Anflug von Bewunderung, »und das recht geschickt.«

»Im Geschäft muß sie Unmengen von Klatsch hören«, betonte Daisy, »also verfügt sie über ausreichend Stoff. Vermutlich besitzt sie genügend Bildung, um die einzelnen Wörter richtig zu schreiben, sonst könnte sie ihren Laden nicht führen; aber ich glaube nicht, daß sie auf die Idee käme, sie absichtlich falsch zu schreiben.«

»Nein, das hat eher einen intellektuellen Anstrich«, stimmte Alec ihr zu.

»Auch die Art, wie sie darüber gesprochen hat, legt nicht nahe, daß sie sie selbst verfaßt hat. Wahrscheinlich hat sie welche erhalten. Entweder sie oder ihre Tochter, es sei denn, sie verdächtigt ihre Tochter. Winifred gehört zu den schmollenden, mit-der-ganzen-Welt-grollenden-Mädchen, denen man so etwas zutrauen könnte, und sie kümmert sich um die Telephonvermittlung, also muß sie alle möglichen Dinge aufschnappen, wenn sie mithört.«

»Wie die meisten«, sagte Flagg zynisch. »Ganz erstaunlich, was die Leute am Telephon so sagen, wo sie doch sicher sind, daß ein Paar Ohren in der Leitung mitlauschen.«

»Das mag alles stimmen«, erwiderte Alec trocken, »aber hätten beide den Laden für so lange Zeit verlassen können, um den Mord zu begehen? Wann macht der Laden eher zu?«

»Heute«, sagte Daisy, die ganz verärgert darüber war, daß sie das auf der Hand liegende nicht bedacht hatte. »Die Vermittlung muß natürlich immer besetzt sein.«

Flagg war gelassen. »Nun, egal wie, zwei Verdächtige weniger ist nur gut. Doch Mrs. Burden waren diese Umschläge aufgefallen, sagten Sie, und mit ein bißchen Glück wird sie sich wenigstens an ein paar Leute erinnern, an die sie gerichtet waren.« Er fuhr vor dem Dorfladen vor.

»Soll ich mit reinkommen?« fragte Daisy, die ganz ungeduldig war, aber auch nicht zu weit vorpreschen wollte. »Ganz im Gegensatz zu Mrs. LeBeau hat sich Mrs. Burden nicht in die Karten gucken lassen. Sie wird mir also nicht gleich an die Gurgel springen.«

Inspector Flagg musterte sie eindringlich, sein Gesicht war ganz gleichgültig, außer dem Zwinkern in seinen Augen – ähnlich dem, mit dem Tom Tring sie gewöhnlich ansah. Daisy war sich im klaren, daß er anfing, sie zu durchschauen.

»Was meinen Sie, Sir?« fragte er Alec. »Mir scheint, daß Mrs. Burden höchstwahrscheinlich alles abstreiten wird, es sei denn, wir nehmen Miss Dalrymple mit, um sie daran zu erinnern, was sie über die Umschläge gesagt hat.«

»Wie Sie wünschen, Inspector«, sagte Alec mit einem bitteren Lächeln. »Aber Daisy, du hältst dich aus allem raus, bis du gebraucht wirst.«

»Ja, Chief«, sagte Daisy.

Sie gingen hinein. Mrs. Burden war am Postschalter und machte gerade ein Einschreiben für eine korpulente schicke Matrone fertig, die sie mit Mrs. Lympne anredete. Daisy erinnerte sich an sie von früher, als sie und ihr Mann auf Oakhurst zum Dinner eingeladen waren. Um nicht in ein Gespräch verwickelt zu werden, drehte sich Daisy um und ging das Kästchen mit den bunten Postkarten durch. Als jemand neben sie trat, schaute sie hoch.

»Mrs. Gresham, wie geht es Ihnen? Ich habe gehofft, Sie zu treffen, weil ich mich bei Ihnen gern für mein Fernbleiben von der Versammlung entschuldigen wollte.«

Die Frau des Pächters lächelte sie an. »Wie ich erfahren habe, hatten Sie einen wichtigen Grund, Miss Dalrymple. Es tut mir auch leid. Ich habe mich auf Ihren Vortrag gefreut. Vielleicht ein andermal.«

»Win, komm und hilf mir mal«, rief Mrs. Burden gerade. Daisy blickte sich um und sah, wie Mrs. Lympne sich entfernte und Alec und Flagg nun am Postschalter standen.

Winifred kam vom Telephonraum herübergetrottet. »Wer ist zuerst dran?« fragte sie ziemlich desinteressiert.

»Bedienen Sie Mrs. Gresham«, sagte Daisy. »Ich habe mich noch nicht entschieden.«

»Ich brauche eine Schachtel Wurmkurpillen für Welpen, bitte.«

»Mama, wo sind die Wurmkurpillen?«

Aber Mama führte die Kriminalbeamten gerade in den Lagerraum an der Hinterseite. Voller Bedauern beschloß Daisy zu warten, bis man sie rief.

»Die sind dort, fast ganz unten.« Mrs. Gresham lehnte sich vor und deutete auf die Regale hinter dem Ladentisch. »Die weiße Schachtel mit ›Padgett‹ in Blau und einem Hundebild darauf.«

Winifred bückte sich murrend, kam mit einem Stöhnen wieder hoch und schmiß eine kleine Schachtel auf den Ladentisch. »Zehn Pence und 'n halben Penny.«

Der Hund auf dem Bild sah genau wie Tinker Bell aus. Daisy hatte auf einmal eine Idee. »Haben Sie Welpen?« fragte sie.

»Fünf, die alle ein Zuhause brauchen.« Mrs. Gresham reichte einen Shilling hinüber und ließ das Wechselgeld ins Portemonnaie fallen. »Ich weiß nicht, wen sich Elfie da geangelt hat, aber für die Farm taugen sie nichts. Ich bin froh, daß mein Amos es nicht übers Herz bringt, sie zu ertränken.«

»Keine Versprechungen«, sagte Daisy, »aber wenn Alec – mein Verlobter – zustimmt, dann werde ich meine zukünftige Stieftochter mal mitbringen, damit sie sich die Welpen anschaut.«

»Miss Dalrymple!« Flagg stand an der Tür zum Lager. »Wenn Sie nichts dagegen haben, bitte hier entlang.«

Daisy hatte sicher nichts dagegen. Sie verabschiedete sich rasch von Mrs. Gresham und folgte dem Inspector in einen kleinen Raum, der bis unter die Decke mit noch mehr Waren jeglicher Größe, Form und Beschaffenheit vollgestopft war, als das Geschäft selbst. Genau im Türrahmen saß Mrs. Burden auf einem Pappkarton, der mit *Bourneville Kakao* beschriftet war, unter diesem befand sich ein weiterer, auf dem *Colmans Senf* stand. Ein wenig ängstlich, wenn auch störrisch blickend, entfuhr ihr ein Laut des Erstaunens, als sie Daisy sah.

Alec, der sich gegen das nächste Regal lehnte, überragte sie. »Mrs. Burden scheint einen kleinen Gedächtnisverlust erlitten zu haben«, sagte er. »Ich hoffe, daß du ihr auf die Sprünge helfen kannst.«

Daisy setzte sich auf einen Karton mit *Lifebuoy* Seife.

»Sie reden jeden Tag mit so vielen Menschen, Mrs. Burden«, sagte sie ermunternd, »da können Sie sich sicher nicht an jede Unterhaltung erinnern. Wir haben darüber geredet, wie häufig die Adressen schlecht zu lesen sind. Sie erwähnten zum Beispiel jene mit Bleistift geschriebenen, die man kaum entziffern konnte, auch wenn es Großbuchstaben waren. Und Sie sagten, die kommen zwar selten vor, doch letztens ...«

»Oh, *jene* Briefe!« Mrs. Burden nahm die Gelegenheit wahr, sich aus der unangenehmen Lage hinauszumanövrieren, in die sie sich selbst gebracht hatte, als sie einfach abstritt, etwas darüber zu wissen. »Was ist mit denen?«

»Wir wüßten gern«, sagte Flagg, »an wen sie adressiert waren.«

»Ich weiß nicht, ob ich ...«

»Wir können einen entsprechenden Befehl erwirken.«

»O nein!« Die Ladenbesitzerin sah aus, als würde sie in Ohnmacht fallen.

»Keinen Haftbefehl«, sagte Daisy rasch, »nur eine Art offizielle Erlaubnis, der Polizei darüber Auskunft zu geben.«

»Das ist richtig, Madam, aber das wäre nur Zeitverschwendung, und der Mörder ist immer noch auf freiem Fuß.«

Auch wenn sie kaum von dieser Erklärung beruhigt war, so riß sich Mrs. Burden zusammen. »Ganz sicher will ich nicht die Polizei behindern. Lassen Sie mich nachdenken. Nun, da war einmal Lord John, tut mir leid, Miss. Und diese Mrs. Willoughby-Jones, die meint, daß sie was Besseres ist und immer nur an anderen herummäkelt. Mrs. LeBeau, Miss Prothero, die gleich neben ihr wohnt, Miss Hendricks ... Mal sehen. Oh, Brigadier Lomax und der Schriftsteller, dem er sein Gartenhaus vermietet hat. Und der Arzt, muß ich leider sagen. Das sind alle, die mir jetzt einfallen, aber ich glaube, daß es noch mehr sind.«

»Sie selbst?« fragte Flagg.

»Nein!«

Flagg blickte zu Fletcher, der seinen Kopf ein wenig schüttelte, und fragte: »Haben Sie eine Ahnung, wer diese Machwerke geschrieben haben könnte, Madam?«

»Bei dem Klatsch und Tratsch, der hier im Dorf herrscht«, sagte Mrs. Burden verbittert, »da hätte es jeder sein können.«

Also erhielt sie auch welche, dachte Daisy, während sich der Inspector danach erkundigte, wann die ersten Briefe aufgegeben worden waren. Da fiel ihr auf einmal ein, daß man diese Frage Mrs. LeBeau gar nicht gestellt hatte.

»Zum ersten Mal bemerkte ich sie Mitte Juli. Sie müssen mich nun gehen lassen«, sagte Mrs. Burden eindringlich, als die Ladenglocke läutete. »Ich habe Kunden zu bedienen.«

»Nur noch schnell eine Frage. Wo waren Sie gestern nachmittag zwischen zwei und halb vier Uhr?«

»Hier, was meinen Sie, wo denn sonst?« Sie stürmte an ihm vorbei und rief: »Ich bin gleich bei Ihnen!«

»Sollten wir mit dem Mädchen reden?« fragte Flagg Alec.

»Jetzt nicht, glaube ich. Mrs. Burden hat uns viele Auskünfte gegeben, mit denen wir weitermachen können. Später vielleicht. Suchen wir den Arzt noch einmal auf. Die Sprechstundenhilfe meinte, daß er nicht lange fort wäre.«

Sie gingen durch den Laden hinaus. Mrs. Burden, die mit einem Kunden zu tun hatte, schaute nicht einmal zu ihnen herüber.

Im Auto sagte Daisy: »Ich bin sicher, daß sie einen Brief erhalten hat, und wer immer der Absender war, sie schiebt es auf Mrs. Willoughby-Jones.«

»Oh, zweifellos«, stimmte ihr Alec zu, »aber ich sehe keinen Grund, die arme Frau weiter zu bedrängen, es sei denn, wir erhalten einen Hinweis aus einer anderen Richtung. Was kannst du uns über diese Mrs. Willoughby-Jones sagen?«

»Sie gehört zu der Pfarrhaus-Klatsch-Runde«, beschrieb sie diesen offenkundigen Drachen. »Was immer sie über Mrs. Burden zu lästern hätte, sie hätte sie von Angesicht zu Angesicht damit konfrontiert und dem Rest der alten Weiber davon brühwarm berichtet.«

Der Ford hielt vor dem Old Well House. Diesmal stand Dr. Padgetts Humber in der Auffahrt. »Wir haben ihn«, sagte der Inspector zufrieden. »Kommen Sie mit rein, Miss Dalrymple? Jetzt, wo eine weitere Quelle den Erhalt solcher Briefe bestätigt, sind Sie doch sicher. Oder nicht, Sir?«

»Würde ich schon sagen, aber Miss Dalrymples Anwesenheit ist durch nichts gerechtfertigt.«

»Mir wird schon was einfallen. Miss Dalrymple hat doch Einblick, Sir, und ich gäbe was drum, um zu erfahren, was sie davon hält.«

Daisy bemühte sich angestrengt, bescheiden zu wirken.

Alec stimmte resigniert zu, und sie gingen ins Wartezimmer des Arztes. Der einzige Patient, ein schäbiger, vom Wetter gezeichneter alter Mann, der unter Rheuma litt, blickte sie an. »Wir warten, bis wir dran sind«, beruhigte ihn Flagg. Aus dem Nachbarraum drang das Jammern eines Babys.

Zehn Minuten später hatte Padgett Zeit. Wenn er überrascht war, Daisy zu sehen, so zeigte er es zumindest nicht. Während Dr. Padgett seine Besucher in seinen privaten Wohntrakt führte – in einen eleganten, äußerst kostspielig möblierten Salon – verhielt er sich zu ihr ganz charmant und zu Alec wie ein richtiger Kerl von Mann zu Mann – der war ihm sowohl als ihr Verlobter als auch als Detective Chief Inspector von Scotland Yard vorgestellt worden – und zu Flagg äußerst routiniert. Die Stimmen kleiner Kinder drangen aus dem Garten hinter den offenen Fenstern zu ihnen herein.

»Ich brauche Ihren medizinischen Bericht über den ermordeten Gentleman, Sir«, fing Flagg an, »aber zuvor möchten wir uns vergewissern, ob die Vorgänge auf dem Friedhof aus Ihrer Sicht mit der von Miss Dalrymple übereinstimmen.«

Padgett lächelte Daisy an. »Miss Dalrymple legte besonderen Wert darauf, daß ich keine Spuren zerstörte.« Er beschrieb, wie er sich zwischen den Grabsteinen bewegt hatte, wie er um den Kopf des Professors gekrochen und auf dem gleichen Weg wieder zurückgegangen war. Dann, ehe Daisy ihn von der Enthüllung abhalten konnte, gab er preis, daß sie plötzlich in Ohnmacht gefallen war und wie er sie zum Kirchenportal begleitet hatte.

»Daisy, das hast du mir gar nicht erzählt!« rief Alec noch nachträglich erregt.

»Du kannst nicht von mir erwarten, daß ich dir haarklein beichte, was für eine ängstliche Memme ich bin«, erwiderte sie. »Und überhaupt, es dauerte ja nur einen Augenblick. Dr. Padgett bot sich an, zum Pfarrhaus zu gehen und den Pfarrer zu benachrichtigen ...«

»Also waren Sie sich sicher, wer der Verstorbene war, Sir?«

»Nein, richtig sicher nicht«, sagte Padgett, »aber wenn ich ihn in seinem Haus angetroffen hätte, dann wäre es klar gewesen. Ich habe Constable Barton gesagt, daß ich losgehen würde, und stellte fest, daß Osborne nicht da war. Darauf lief ich zu Miss Dalrymple zurück. Ich mußte meine Patientenbesuche machen, also konnte ich nicht darauf warten, bis Sie eintreffen würden, Inspector.«

Daisy bemerkte, daß er nicht ein Wort darüber verlor, wie er vor Mrs. Osborne Reißaus genommen hatte.

Dr. Padgett lieferte nun seinen medizinischen Bericht. Daisy versuchte, bei den Details wegzuhören, und wandte sich einem wunderhübschen, grünäugigen silbernen Perserkätzchen zu, das gerade hereinschlich. Es ging genau auf Padgett zu, sprang auf seinen Schoß, und er kraulte es zwischen den Ohren, während er weitersprach. Sein ärztliches Gutachten lief darauf hinaus, daß Professor Osborne zum Zeitpunkt seiner Untersuchung, um zwanzig Minuten nach drei, schon mindestens eine halbe Stunde, aber nicht mehr als eine Stunde lang tot gewesen sein mußte.

»Das stimmt mit unseren anderen Hinweisen überein, Sir«, sagte Flagg. »Sie werden verstehen, daß ich Sie fragen muß, wo Sie zwischen zwei und drei Uhr gestern nachmittag waren. Nur Routine.«

»Um fünf nach zwei habe ich die Lower Foxwood Farm verlassen. Das weiß ich deshalb, weil ich mir ausrechnete, wie lange mein Nickerchen sein könnte, wo ich doch die halbe Nacht unterwegs gewesen war. Ich muß spätestens fünf vor halb zu Hause eingetroffen sein – ich sprach mit unserem Hausmädchen, Nancy, sie könnte es wissen. Ich ging rauf, zog mir die Schuhe und das Jackett aus und schlief ganz tief, bis mich der junge Master Frobisher anrief, kurz nach drei.«

Fünfunddreißig Minuten – um zur Kirche zu eilen, den Professor aus dem Weg zu räumen und wieder nach Hause zu jagen. Dafür hätte er ein Treffen vereinbaren müssen. Wenn er einen Mord geplant hatte, warum an einem solch öffentlichen Ort? Nein, Professor Osborne muß dem Mörder rein zufällig begegnet sein, dachte Daisy, als Flagg Padgetts Antwort ohne Kommentar zu Protokoll nahm.

»Aber natürlich habe ich kein denkbares Motiv«, schloß der Doktor seine Ausführungen. »Wenn ich überlege, habe ich mit dem Burschen nicht mehr als ein paar Dutzend Worte gewechselt.«

»Wir haben Anlaß zu glauben, daß der Mord mit einer Reihe von anonymen Briefen zusammenhängt«, sagte Flagg vorsichtig. »Und wir wissen, daß Sie eines der Opfer des Briefeschreibers sind.«

Padgett erblaßte. Die Katze miaute nun entrüstet, als seine bisher streichelnde Hand auf einmal in ihr Ohr kniff. »Ich weiß nicht, wovon Sie sprechen«, plusterte er sich auf und glättete entschuldigend das Fell der beleidigten Katze.

Er mochte wohl Katzen, Hunde jedoch nicht. Daisy hatte auf einmal vor Augen, wie er Tinker Bells freundlichem Ablecken ausgewichen war. Tinker ... so sehr dem Hund ähnlich, der auf der Pillenschachtel abgebildet war, die Mrs. Gresham gekauft hatte ... die Worte auf der Schachtel ... »Padgetts Patent-Welpenwurmkurpillen«, sagte Daisy. »Sanft aber gründlich«.

Alec und Flagg starrten sie an, als sei sie verrückt geworden, aber der Doktor sackte mit einem Stöhnen in sich zusammen.

Dr. Robert Padgett, Arzt, war der einzige Erbe des Padgett Welpenwurmkur-Vermögens. Die Pillen hatten seine Ausbildung in einer Privatschule finanziert, das Medizinstudium und den Kauf einer gewinnbringenden Praxis ermöglicht. Außerdem konnte sich der ehrgeizige junge Mann mit diesem Vermögen in feinen Kreisen bewegen. Dort war er Miss Henrietta Bevis, der dritten Tochter einer Familie aus dem Landadel, die mehr Stolz als Geld besaß, begegnet und hatte sich unsterblich in sie verliebt.

Die Welpenwurmkurpillen – eine der unangenehmsten Arten, ein Vermögen zu machen. In feiner Gesellschaft unmöglich zu erwähnen! Hetta wollte ihn erst heiraten, wenn er sich für immer von seinen plebejischen, seinen »neureichen« Eltern losgesagt hatte. (Den Geldhahn jedoch sollten sie nicht zudrehen.)

»Die Pillen werfen genug ab, um ein bequemes Leben zu führen, aber ich wollte immer schon Arzt sein«, sagte Padgett und verteidigte sich auch noch zusätzlich, indem er hinzufügte: »Ich besuche meine Eltern regelmäßig. Hetta lehnt ihren Kontakt zu den Enkeln ab. Und so haben sie keine Ahnung, daß beide Großeltern noch leben.«

»Wenn solch ein Geheimnis um Ihre Eltern gemacht wird«, sage Alec mit versteinertem Gesicht, »wer im Dorf hat davon gewußt? Haben Sie jemandem davon erzählt?«

»Nur einem ... Meine Eltern werden immer älter, verstehen Sie. Sie würden liebend gern ihre Enkel kennenlernen. Eines Abends bei den Lomaxes muß ich von dem exzellenten Portwein des Brigadiers ein Glas zuviel getrunken haben. Und da habe ich wohl um den Rat des Pfarrers gebeten. Natürlich hätte ich wissen müssen, was ein Mann Gottes dazu sagen würde ... Aber ich konnte Hetta nicht so verletzen. Sie wäre völlig vernichtet gewesen.«

»Könnte es sein, daß Sie jemand belauscht hat?« fragte Flagg ganz neutral.

Padgett schüttelte den Kopf. »Lomax war praktisch im Koma. Die Damen spielten Whist, und Lympne schaute seiner

Frau über die Schulter und gab ihr miserable Ratschläge. Mir will nicht in den Kopf, daß Osborne es jemandem erzählt haben soll! Er ist Geistlicher und ein prima Kerl obendrein.«

Alec und Flagg schauten einander an. Flagg beendete die Befragung und teilte dem Arzt mit, daß man ihn am nächsten Tag zum Verhör nach Ashford bitten würde. Sie verließen ihn, der nun ganz bedrückt war, und gingen zum Auto hinaus.

»Der Pfarrer hat es seiner Frau erzählt«, sagte Flagg.

»Aber man könnte doch meinen, daß ein treuliebender Ehemann mit einem anderen ein Einsehen hat«, merkte Daisy an, die daran dachte, wie ungern Osborne seiner Frau Aufregung bereitete.

»Daisy, wie zum Teufel hast du von den Welpenpillen erfahren?« fragte Alec.

»Es war die Katze«, erklärte ihm Daisy selbstgefällig, wenn auch mehrdeutig. Nicht vorbereitet darauf, zuzugeben, daß sie mit einem Schuß genau ins Schwarze getroffen hatte, kam sie wieder auf die Bemerkung des Inspectors zurück. »Wie dem auch sei, ich bin überrascht, daß der Pfarrer es Mrs. Osborne auf der Stelle erzählt hat. Und daß sie es weiterverbreitet haben soll, will mir gar nicht einleuchten. Ich hatte eher den Eindruck, daß sie den Klatsch und Tratsch nur in sich hineinsaugt und nicht noch weiterträgt. Als Briefeschreiberin kann ich sie mir wirklich nicht vorstellen, so beschäftigt wie sie ist, ganz offen in das Leben andere Leute im Dorf einzugreifen.«

Sie ließ sich weiter darüber aus, während Flagg vor dem Pfarrhaus vorfuhr. Weder er noch Alec äußerten ihr Mißfallen darüber, daß sie auch ausstieg und mit ihnen zur Eingangstür lief. Alec sah sie ein wenig abschätzig an, aber nachdem er so häufig betont hatte, daß es Flaggs Fall sei, konnte er nun keine Einwände erheben.

Flagg fragte nach Mr. Osborne. Während Doris hineinging, um ihm ihren Besuch anzukündigen, flüsterte Daisy: »Bedenken Sie, daß er gerade seinen Bruder verloren hat. Sie schienen sich sehr zu mögen.«

Flagg nickte.

Das Dienstmädchen kehrte zurück und führte sie in das Arbeitszimmer des Pfarrers auf der Hinterseite des Hauses. Osborne erhob sich und wandte sich von seinem Schreibtisch ab, auf dem sich mehrere ungeöffnete Bücher befanden, ein leeres Blatt Papier und ein geöffneter Füllfederhalter. Er sah ganz schrecklich aus, seine runden Wangen waren eingefallen, seine Augen rotumrändert. »Haben Sie herausgefunden, wer es getan hat?« fragte er.

»Wir machen Fortschritte, Sir. Im Augenblick haben wir ein oder zwei Fragen zu gewissen anonymen Briefen.«

Der Pfarrer sank in sich zusammen und ließ sich in den Sessel fallen. »Ich habe überlegt, ob es da einen Zusammenhang geben kann«, sagte er düster, wobei er sein Gesicht in den Händen vergrub. »Ich muß wahnsinnig gewesen sein, so etwas zu tun. Hätte ich gewußt, daß Ozzy dadurch dran glauben müßte, dann hätte ich nie diese verdammten Dinger geschrieben!«

14

Während Daisy, Alec und Flagg den Pfarrer alle gleichermaßen verblüfft mit offenem Mund anstarrten, rauschte Mrs. Osborne ins Zimmer. »Was geht denn hier vor?« fragte sie in scharfem Ton.

Flagg drehte sich zu ihr um. »Polizei, Madam. Wir haben Mr. Osborne ein paar Fragen zu stellen.«

»Er darf nicht gestört werden. Können Sie nicht sehen, daß er an seiner Predigt schreibt?«

Der Pfarrer sah zu ihr auf. Treuliebend wäre das falsche Wort, erkannte Daisy. Er liebte seine Frau nicht, ja er hatte sie nicht einmal gern. Wie er es gesagt hatte, so war er an sie gebunden durch sein Ehegelöbnis vor einem Gott, an den er nicht länger glaubte. Der Glaube war verschwunden, doch die Prinzipien, die jener Glaube aufgestellt hatte, waren geblieben.

»Meine Liebe«, sagte er mit zitternder Stimme. »Ich habe gerade zugegeben, anonyme Briefe verfaßt zu haben. Natürlich erwarten diese Herrschaften eine Erklärung.«

»Unsinn, Osbert! Ich bin sicher, sie glauben dir kein Wort. Ich tue das auf alle Fälle nicht. Offensichtlich scheinst du jemanden in Schutz zu nehmen. Um wen handelt es sich? Um dieses Gresham-Weib?«

»Mrs. Osborne«, sagte Flagg, »ich fürchte, ich muß Sie bitten, den Raum zu verlassen.«

Alec blickte Daisy an und deutete kaum wahrnehmbar mit seinem Kopf zuerst auf Mrs. Osborne und dann zur Tür. Widerwillig, da sie nichts verpassen wollte, mußte Daisy sich eingestehen, daß nur sie jetzt die aufgebrachte Frau aus dem

Zimmer bringen und beruhigen konnte. Freundlich nahm sie sie am Arm.

Mrs. Osborne schüttelte sie ab. »Was machen Sie denn hier?« rief sie. »Was geht Sie das Ganze an? Lassen Sie mich in Ruhe!«

»Soll sie hierbleiben, Inspector«, sagte ihr Mann müde. »Bitte. Adelaide hat das Recht zu hören, was ich zu sagen habe. Und ich hätte gern, daß Miss Dalrymple dabei ist. Sie wird es verstehen.«

Mit einem wütenden Blick zu Daisy öffnete Mrs. Osborne den Mund. Flagg kam ihr jedoch zuvor. »Sie dürfen bleiben, Madam, aber nur, wenn Sie sich still verhalten. Sonst sehe ich mich gezwungen, den Constable zu holen.«

Nun strich sie die Segel und ließ sich in einen Sessel fallen. Daisy nahm auch Platz, und die beiden Kriminalbeamten folgten ihrem Beispiel.

»Sir?« fragte Flagg.

Osborne rieb sich die Augen. »Es fing alles in den Gräben an«, sagte er mit monotoner Stimme. »War jemand von Ihnen ...?«

»Reserve«, sagte Flagg.

»Royal Flying Corps«, sagte Alec, »hoch oben in meinem Leinenflieger, außer Schußweite.«

»Es war die Hölle. Eine Hölle auf Erden, und nicht nur für die Bösen reserviert. Wie konnte ich länger daran glauben, daß es einen liebenden Gott gibt? Du siehst, Adelaide, dieser Gedanke ist nicht neu, sondern wohlüberlegt.«

Die sonst so gesunde Farbe der Pfarrersfrau schwand, sie sprang auf. »Aber Osbert ...«

Alec sah sie mit seinem durchdringenden Blick an, und sie ließ sich wieder in den Sessel fallen. »Machen Sie weiter, Mr. Osborne.«

»Kein liebender Gott, kein Lohn im Himmel, kein Leben nach dem Tode.« Er sprach in einer Art Singsang, als hätte er die Worte schon tausendmal geprobt. »Somit auch keine Strafe in der Hölle, danach. ... *ich sah, daß es den Gottlosen so gut ging.* Es gibt keine Gerechtigkeit! Meinen Predigten schenken sie keine Beachtung. Warum auch, wo sie doch die Hölle nicht fürchten? *Die Rache ist mein, spricht der Herr*, aber es gibt keinen Herrn. Ich hatte das Gefühl, daß ich ...« Er zögerte.

»Selbst Rache üben muß«, sagte Daisy leise.

»Damit die Sünder leiden sollten und ihre Sünden büßten! *Hochmut kommt vor dem Fall*, aber warum fiel mein Bruder für meinen Hochmut?« rief der Pfarrer gequält.

»Wir sind nicht sicher ...«, fing Flagg an.

»Mach dich nicht lächerlich, Osbert! Ich bin überzeugt, daß es ein Landstreicher war. Wahrscheinlich hat er ihn angebettelt, und Osmund wollte ihm nichts geben und hat ihn am Ende vielleicht noch ausgelacht.«

»*Das Leben ist ein Scherz*«, sagte Osborne düster. »Ozzy hatte das begriffen, aber ich kann es nicht.«

»Dummes Zeug! Das Leben ist ein ernsthafter ...«

»Bitte, Madam!« sagte Flagg.

»Bitte, Madam«, wiederholte Doris, die eintrat, »Mrs. Lympne möchte Sie sprechen.«

»Ich glaube, Sie sollten die Dame besser empfangen, Mrs. Osborne«, riet Alec mit Nachdruck.

»Machen Sie schon!« platzte es aus Flagg heraus.

Mrs. Osborne sah die Kriminalbeamten finster an, aber dann eilte sie mit einem warnenden Blick auf ihren Mann hinaus. Der Inspector gab einen stillen Seufzer der Erleichterung von sich.

»Werden Sie mich festnehmen?« fragte Osborne kleinlaut.

»Nun, Sir, wie ich bisher gehört habe, so wurde mit den Briefen niemand bedroht, geschweige denn erpreßt.«

»Du liebe Güte, nein! Ich hatte nie einen persönlichen Gewinn im Auge, und brächte man die Sünden der Leute an die Öffentlichkeit, könnte man nur den Unschuldigen schaden. Das war nicht meine Absicht.«

»Und Sie würden es jetzt nicht noch einmal tun, Sir?«

»Das fragen Sie noch? Ich werde sowieso bald das Dorf verlassen, meine Stelle hier, und aus der Kirche austreten. Ich kann es nicht ertragen …«

»Ja, Sir, das geht nur Sie, Ihren Bischof und Ihre Frau etwas an. Nun, ich bin sicher, Sie wollen mit der Polizei zusammenarbeiten, um den Schurken zu finden, der Ihren Bruder umgebracht hat. Ich möchte Sie bitten, mir eine Liste der Leute zu geben, denen Sie geschrieben haben.«

»Wenn das etwas hilft.«

»Und über den Inhalt Ihrer Briefe«, fügte Flagg hinzu.

Daraufhin richtete sich der Pfarrer auf. »Das kann ich nicht tun, Inspector. Als Geistlicher höre ich …«

»Aber Sie werden doch nicht mehr lange Geistlicher sein, oder?« sagte Flagg mit überraschender Freundlichkeit. »Und ich vermute, daß Sie das meiste schmutzige Zeug durch den ganzen Tratsch erfahren haben und nicht aus Beichten in der Kirche.«

»Schon ein Hinweis würde genügen«, sagte Alec. »Es gibt keinen Grund, ins Detail zu gehen.«

Osborne neigte den Kopf, blieb aber standhaft. »Nein, das kann ich nicht. Ich werde die Namen preisgeben, aber mehr nicht.«

Daisy verhielt sich ganz still. Wenn der Pfarrer in ihrer Gegenwart gestehen wollte, so war das *eine* Sache. Aber es wäre höchst unangebracht von ihr, dazubleiben und mitanzuhören, wen seine Verachtung traf. Glücklicherweise waren Alec und Flagg ganz mit Osborne beschäftigt.

»Über Dr. Padgett wissen wir alles«, sagte der Inspector und zog sein Notizbuch heraus, »und über Lord John Frobisher und Mrs. LeBeau. Was ist mit Brigadier Lomax, Mrs. Burden und Samuel Basin?«

»Alle drei«, stöhnte der Pfarrer, »und Mrs. Lomax auch. Lomax hat sie geschlagen! Das konnte ich kaum glauben, aber es war offensichtlich … Dann sind da noch die Willoughby-Jones'.«

Er fuhr mit seiner Aussage fort, zählte neben Personen, die Daisy nicht kannte, auch Mr. Paramount auf (dessen Verbitterung Lady John und ihren Gatten verletzte, wie er sagte),

Mrs. Molesworth, Miss Hendricks und Miss Prothero. Als er letzteren Namen erwähnte, stieg in ihm Entrüstung auf, daß er seine Verschwiegenheit aufgegeben hatte.

Miss Prothero, so schien es, hatte eine Schwester, die in ziemlicher Armut lebte und der sie jede Hilfe versagte. Daisy konnte sich genau vorstellen, wie sie Mrs. Osborne anvertraute, mit welchen Vergehen ihrer Schwester sie ihre Strenge rechtfertigte. Natürlich hatte Mrs. Osborne alles ihrem Mann weitererzählt, hatte sie doch das Gefühl, daß er als Mabel Protheros geistlicher Hirte davon wissen sollte.

»Und dann ist da noch Piers Catterick«, beendete der Pfarrer seine Ausführungen. »Ich glaube, Sie wissen, welches Ansehen seine Bücher genießen. Ich brauche kaum mehr hinzuzufügen.«

Offensichtlich hatte Flagg noch nichts von Catterick gehört. Alec wirkte, als käme ihm der Name irgendwie bekannt vor. Beide blickten nun Daisy an, die leicht nickte. Also war es nicht nötig, den Pfarrer um weitere Erklärungen zu bitten.

»Das sind alle?« fragte Flagg.

»Ja, ja! Keine Ahnung, wie ich so etwas tun konnte. Ich befand mich unter einer Art schrecklichem Zwang – unerklärlich. Sagen Sie mir eins, meinen Sie ... meinen Sie, jemand hat mich als Verfasser ausgemacht und dann aber versehentlich Ozzy umgebracht?«

»Das ist eine Möglichkeit, die in Betracht zu ziehen ist, Sir«, sagte Flagg so unerschütterlich, wie er konnte. Als Osborne die Augen schloß und schmerzhaft schlucken mußte, hob der Inspector die Augenbrauen Richtung Fletcher, der den Kopf schüttelte. »Das ist vorerst alles, Sir, aber möglicherweise haben wir noch weitere Fragen an Sie. Ich muß Sie warnen, wenn Sie noch weitere Briefe abschicken, wird das ein öffentliches Nachspiel haben. Auch kann ich Ihnen nicht versprechen, daß Ihr Anteil an dieser peinlichen Affäre geheimgehalten werden kann, wenn wir die Empfänger der Briefe befragen. Und man wird davon erst recht erfahren, wenn die erwähnte Theorie vom Tod des Professors stimmt.«

»Ich verstehe«, sagte Osborne mit hohler Stimme. »Ich muß dem Bischof schreiben.«

Er wandte sich zu seinem Schreibtisch um, doch Daisy, die sich beim Hinausgehen noch einmal umdrehte, sah, wie er mit leerem Blick die Wand anstarrte und keine Anstalten traf, irgend etwas zu schreiben.

Als Flagg die Tür hinter sich zuzog, sagte er leise: »Puh, das ist vielleicht ein Ding! Ein atheistischer Geistlicher der anonyme Briefe schreibt! Doch kann ich mit dem armen Burschen nur Mitleid haben. Wir werden uns auch seine Frau vornehmen müssen, aber wenn Sie ebenfalls der Meinung sind, Sir, dann sollten wir jetzt mit dem Brigadier weitermachen.«

Alec stimmte zu. Alle einig – Mrs. Osborne entkommen zu wollen, deren Stimme und der Duft von Kaffee aus dem Empfangszimmer nebenan drangen –, schlichen sie leise zur Vordertür. Beim Anblick des Telephonapparats in der Halle erinnerte sich Daisy an das Blatt Papier, das sie von dem Notizblock abgerissen und in ihre Handtasche gesteckt hatte.

Sicher aus dem Haus gelangt, wollte sie es erwähnen, doch da sagte Alec: »Ich würde gern einen kurzen Blick auf den Tatort werfen, Flagg. Sie haben dort nichts Nützliches entdeckt, wie ich hörte?«

»Keine Kippen, keine Fingerabdrücke, keine brauchbaren Fußspuren«, sagte der Inspector, wobei er den Pfad zum Friedhof voranging. »Aber gestern abend haben wir es geschafft, den Engel wieder auf seinen Sockel zu stellen. Die Männer versetzten ihm einen leichten Stoß zwischen die Schulterblätter, und das Ding fiel um, so wie Miss Dalrymple gedacht hatte. Viel Kraft brauchte man dazu nicht, aber von allein ist er auf keinen Fall umgekippt. Selbst groß muß man nicht sein, um ihn umzustoßen.«

»Ihr Polizeiarzt stimmt mit Dr. Padgetts Bericht überein?«

»Ja, Sir. Dr. Soames hat bisher noch keine Autopsie vorgenommen, aber er geht davon aus, daß dem Professor sofort das Genick gebrochen war, von den restlichen Verletzungen ganz abgesehen. Natürlich kann er die genaue Sterbezeit nicht angeben, da er erst später eintraf, aber dafür haben wir ja Miss Dalrymples Aussage.« Er öffnete das Friedhofstor, machte Platz und ließ die anderen vorbei. »Sie wollen sicher nicht weitergehen, nehme ich an, Miss Dalrymple«, sagte er freundlich.

»Nicht den ganzen Weg, aber ich komme bis zum Kirchenportal mit. Sie hatten wohl noch keine Gelegenheit, Ihre anderen Theorien weiterzuverfolgen, Mr. Flagg?«

»Nur was mir Constable Barton mitgeteilt hat. Professor Osborne hatte mit keinem Mädchen aus der Gegend etwas zu tun, auch waren keine auffälligen Fremden hier im Ort. Ich habe mit der Polizei von Cambridge telephoniert; sie sollen nachfragen, ob er sich in der Stadt oder der Universität mit jemandem angelegt hatte. Natürlich waren sie nicht gerade erbaut darüber, an seinem College Ermittlungen anzustellen. Ich warte immer noch auf Antwort.«

»Lord John fragt sich, ob es vielleicht einen Studenten gibt, der durch die Prüfung gefallen ist, oder einen konkurrierenden Professor, den er auf die eine oder andere Art niedergemacht hat.«

»Das wollen wir nicht hoffen. Ich habe keine Lust, eine Schar Intellektueller zu befragen. Wenn es so weit kommt«, sagte der Inspector mit einem Blick auf Alec, »dann werde ich meinen Superintendent dazu bringen, Scotland Yard einzuschalten, offiziell.«

»Vielen Dank auch! Ich würde lieber im Oberhaus Ermittlungen anstellen. Nun gut, warte hier, Daisy. Wir sind bald wieder zurück.«

Daisy fühlte sich im Schatten des überdachten Kirchenportals sehr wohl, denn die Sonne schien immer noch grell, und es wurde langsam schwül. Sie hatte unglaublichen Hunger, der Duft von Mrs. Osbornes Kaffee hatte ihren Appetit wieder angeregt, den sie im Schock über die Enthüllungen des Pfarrers ganz vergessen hatte. Ein gemeinsamer Kaffee wäre höchst angenehm gewesen – und vielleicht auch ein oder zwei Kekse –, wenn Flagg nicht beschlossen hätte, als nächstes Brigadier Lomax aufzusuchen.

Die Nachricht des Brigadiers, die einen Abdruck auf dem

Notizblock hinterlassen hatte, wie hatte sie noch einmal gelautet? Daisy hatte Handtasche und Hut auf Oakhurst gelassen. Sie konnte sich nicht an Doris' ungewöhnliche Schreibweise erinnern, aber es war darum gegangen, daß Brigadier Lomax später wiederkommen wollte.

Sobald die beiden Männer zurück waren, erzählte sie ihnen davon. »Es muß genau an jenem Nachmittag aufgeschrieben worden sein«, sagte sie, als sie durch das Friedhofstor auf die Straße gingen. »Es war die letzte Nachricht, und im Pfarrhaus treffen vermutlich viele ein, nicht wahr? Brigadier Lomax sagte, daß er spazieren gewesen sei, als man ihn aus dem Pfarrhaus wegen des Professors angerufen habe. Er ist im Kirchenvorstand«, erklärte sie Alec.

»Und er hat ziemliches Theater gemacht, weil wir mit diesem Engel herumexperimentiert haben«, brummte Flagg und beugte sich nach unten, um das Auto anzukurbeln.

Ehe sie jemand daran hindern konnte, sprang Daisy schnell hinein. »Bist du auch der Meinung, daß der Engel leicht umgestoßen werden kann, Liebling?« fragte sie Alec.

»Ich folge da Flaggs Auffassung. Ich wollte gern wissen, wie wahrscheinlich es ist, daß jemand, der den Pfarrer sehr gut kannte, ihn mit seinem Bruder verwechseln konnte. Wenn sie sich auch ähnlich sahen, waren sie keine Zwillinge, sonst hätte das jemand erwähnt; außerdem trug der Professor immer seine akademische Robe und irgendeinen ausgeliehenen Hut des Pfarrers.«

»Und?« fragte Daisy, als der Inspector zu ihnen hineinkletterte.

»Ist eine Möglichkeit. Jemand läuft den Weg entlang, entdeckt ihn zwischen den Grabsteinen, wie er da so steht. Angenommen, mal rein theoretisch, er ist so wütend auf den Pfarrer, daß er ihm bewußt den Rücken zukehrt, damit er nicht mit ihm sprechen muß. In dem Fall hätte er nur den Hut gesehen und den flüchtigen Schatten von einem schwarzen Gewand. Und dann, als er sich dem Engel nähert, eine plötzliche Eingebung, ein Stoß, und aus war's.«

»Das Schlimme ist«, begann Daisy...

»Das Schlimme ist«, unterbrach Flagg sie, »daß ich nicht weiß, wo die Lomaxes wohnen.«

»Irgendwo weiter die Straße hinunter«, zeigte Daisy. »Aber ich bin mir nicht sicher.«

»Wir werden bei Constable Barton anhalten müssen. Tut mir leid, Miss Dalrymple, was haben Sie gesagt?«

»Der Professor war doch derjenige, der ewig über die Grabinschrift sinniert hat.«

»Zitat von John Gay«, sagte Alec. »Dichter und Stückeschreiber des frühen achtzehnten Jahrhunderts.« Flagg schaute verblüfft zu ihm hinüber, hielt das Auto an und ließ den Motor laufen, während er in das örtliche Polizeirevier lief. »Tut mir leid, Liebes«, fuhr Alec fort, »Ich habe mir den Kopf darüber zerbrochen, von wem das Original wohl stammt. Was schreibt eigentlich dieser Catterick?«

Daisy merkte, daß sie nun errötete. »Erotische Romane über ländliche Leidenschaften, die gerade man so an der Zensur vorbeikommen.«

»Aber das weiß doch alle Welt«, bemerkte Alec. »Wir müßten herausfinden, wie viele Leute eigentlich die Gewohnheit des Professors kannten, sich in Betrachtungen über diesen Vers zu ergehen?«

»Wahrscheinlich nicht viele«, sagte Daisy langsam. »Ich bin ihm rein zufällig begegnet. Von der Straße aus hätte man ihn nicht sehen können, es sei denn, jemand hätte es bewußt darauf angelegt, und dann hätte er immer noch nicht genau erkennen können, wer dort stand. Mal im Ernst, man würde doch erwarten, daß es der Pfarrer ist, der auf dem Friedhof meditiert, oder? Nicht ein Professor, selbst wenn keiner wußte, daß er Atheist war. Alec, es muß noch eine andere Lösung geben, um die Zahl der Verdächtigen zu verringern, meine ich. Warum würde jemand, der nicht in den Gemeindesaal wollte, ausgerechnet diesen Weg wählen?«

»Gute Frage!« Alec sprang aus dem Auto und betrat das Polizeirevier.

Allein geblieben, war Daisy versucht, in den Laden nebenan zu stürzen und etwas, egal was, Eßbares zu kaufen. Aber sie war sich nicht sicher, ob sie Mrs. Burden begegnen wollte, und ehe sie sich entschieden hatte, kamen die beiden schon wieder zurück.

»Fehlanzeige«, sagte Alec. »An der Seite des Gemeindesaals führt ein häufig benutzter Pfad entlang, der bis durch das Gehölz dahinter verläuft.«

»Cambridge hat sich gemeldet«, berichtete Flagg, während er den oberen Dorfanger entlangfuhr und dann weiter die Straße dahinter. »Von dort gibt's auch keinen Hinweis. Erzählen Sie uns etwas über die Lomaxes.«

Daisy beschrieb den Brigadier und seine unscheinbare Frau. »Schwächlich oder nicht, Mrs. Lomax gehört zu der Pfarrhaus-Klatsch-Runde«, sagte sie, »und ist genau wie die anderen bereit, von jedem schlecht zu denken. Als Vorsitzende des Vorstands vom Frauenverein, auch wenn Mrs. Osborne schamloserweise ihren Posten an sich reißt, ging sie natürlich zu dem Vereinstreffen, da bin ich mir sicher.«

»Also wäre es jedem aufgefallen, wenn sie zu spät erschienen wäre«, sagte Flagg. »Sie kann unmöglich unser Mörder sein. Doch ich frage mich, ob sie irgendwelche Geheimnisse hatte, die sie unbedingt hüten wollte, oder ob Mr. Osborne ihr nur ganz allgemein üble Nachrede vorwarf. Ah, da sind wir ja.« Zwischen zwei torlosen Ziegelsteinpfosten ging es nach rechts. Auf einem Schild stand: LOWER DENE HALL.

Hinter einem schmalen Streifen von Büschen hielten sie vor einem hübschen Landhaus an, das beträchtlich kleiner als Oakhurst war, auch wenn es einen grandiosen Namen trug.

»Daisy«, fing Alec vorsichtig an, als er ihr aus dem Ford heraushalf, »wie wäre es, wenn du versuchtest, aus Mrs. Lomax etwas Nützliches herauszubekommen, während wir mit dem Brigadier sprechen?«

Sie hatte ihn sofort durchschaut: Er wollte nicht, daß sie bei der Befragung des Brigadiers anwesend war. Das Angebot, sich um dessen Frau zu kümmern, war nur ein Ablenkungsmanöver, ein Brocken für Zerberus. Doch zumindest hatte er nicht versucht, ihr eine Anweisung zu geben. Außerdem hatte Daisy das Gefühl, sie könnte wirklich etwas Nützliches von Mrs. Lomax erfahren, insbesondere wenn sie ohne ihren Gatten und die beiden Kriminalbeamten bei ihr auftauchte, die sie nur einschüchtern würden.

Noch wichtiger für Daisy war aber die Aussicht auf einen Kaffee. Für ein zweites Frühstück war es noch nicht zu spät.

»Was für eine gute Idee, Schatz«, sagte sie. »Zumindest hat Mrs. Lomax etwas zu verbergen. Um nichts in der Welt dürfen die Leute erfahren, daß ihr Mann sie mißhandelt, und um das zu verheimlichen, würde sie auch andere Dinge verschweigen.«

»Versuche nicht, sie zu befragen«, warnte Alec sie. »Das ist Angelegenheit der Polizei.«

»Nun, und ihr befragt den Brigadier bloß nicht in seinem Waffenraum!« erwiderte Daisy. »Sei vorsichtig, ja?«

»Miss Dalrymple!« Mrs. Lomax kam mit einem Bund Rosen in den Armen um die Ecke des Hauses. »Wie schön, daß Sie vorbeischauen. Die jungen Leute sind heute leider ans Meer gefahren.« Unsicher blickte sie auf die beiden fremden Gentlemen.

Daisy befand sich in einer Zwickmühle, sollte sie nun Alec als ihren Verlobten oder als Detective Chief Inspector Fletcher von Scotland Yard vorstellen? Schließlich tat sie beides, und stellte auch Detective Inspector Flagg vor. »Ich fürchte, daß sie beruflich hier sind«, sagte sie.

»O ja, der arme Professor, und dann ausgerechnet auf dem Friedhof. Maurice wird ganz gespannt auf Ihre Neuigkeiten sein. Er nimmt seine Pflichten als Mitglied des Kirchenvorstands sehr ernst. Treten Sie bitte ein.«

Mrs. Lomax führte sie in einen nicht gerade ordentlichen Flur, in dem Angelruten und Tennisschläger gegen die Wand gelehnt standen. Auf dem Tisch lag ein fleckiger gelber Crocketball auf einem zerknüllten rosafarbenen Seidenschal. Sie klingelte nach dem Dienstmädchen, welches daraufhin erschien, um die Gentlemen in das Arbeitszimmer des Brigadiers zu führen und den Hausherrn zu holen.

»Und bring Kaffe ins Empfangszimmer, Annie. Es ist Zeit für meinen Vormittagskaffee, Miss Dalrymple. Wollen Sie mir dabei Gesellschaft leisten?«

»Ja, vielen Dank. Ich habe noch nicht gefrühstückt.«

»Ach du liebe Güte! Bring auch Kuchen und ein wenig Gebäck mit, Annie. Und stell diese Blumen hier ins Wasser, bitte. Ich werde sie später arrangieren. Oh, du liebe Güte«, sagte Mrs. Lomax ganz aufgeregt. »Kaffee für die Gentlemen?«

Alec und Flagg nickten höflich und folgten dem Dienstmädchen, während Daisy und Mrs. Lomax im Empfangszimmer verschwanden.

Hier war zwar Staub gewischt, und alles glänzte, aber es war genauso unaufgeräumt wie der Flur. Zeitschriften lagen herum; eine nicht zu Ende gespielte Partie Backgammon wartete auf die Rückkehr der Spieler; der Deckel des Grammophons stand offen, und verschiedene Schallplatten befanden sich daneben über den Tisch verstreut. Daisy meinte, daß es so aussah, als hätte man es sich hier recht bequem gemacht. Sie erinnerte sich an die strenge Sauberkeit des Wohnzimmers in Alecs Haus und fragte sich, ob man es wegen ihres Besuchs so auf Hochglanz gebracht hatte, oder weil Mrs. Fletcher immer so penibel auf Ordnung achtete.

»Das so etwas Schreckliches passieren mußte«, plapperte Mrs. Lomax munter drauflos. »Mrs. Osborne war ganz schön mitgenommen, fürchte ich. Sie hat ihren Schwager nie gemocht, wissen Sie, aber natürlich hat sie auch kein böses Wort über ihn verloren. Der arme Pfarrer muß zutiefst erschüttert sein. Ich glaube, sie mochten sich beide sehr. Es war ein Landstreicher, nehme ich an?«

»Ich bin sicher, daß die Polizei eine Reihe verschiedener Spuren verfolgt. Sie haben niemanden dort herumlungern sehen, als Sie zum Gemeindehaus unterwegs waren?«

»Nicht eine Menschenseele. Ich war ein wenig zu früh dran

gestern. Eine Vorsitzende sollte immer zuerst da sein, um die Mitglieder zu empfangen, meinen Sie nicht auch? Das ist für mich eine Verpflichtung, auch wenn Mrs. Osborne sagt, daß ich es übertreibe. Sie hat einen solch *starken* Charakter«, sagte Mrs. Lomax etwas ärgerlich, »sie steht uns schwächeren Wesen nicht gerade mitfühlend zur Seite und begreift nicht, daß wir ein bißchen *Rückhalt* brauchen.«

Die Pfarrersfrau mußte auf diesem Treffen die Aufgaben der Vorsitzenden wieder an sich gerissen haben, so wie Daisy es vorausgesehen hatte. Sie sagte voller Anteilnahme: »Mrs. Osborne will immer die Zügel in die Hand nehmen, nicht wahr? Natürlich hat die Frau eines Pfarrers auf dem Lande viele Möglichkeiten, ihr Organisationstalent zu entfalten. Menschen wie mein Verlobter, die das ganze Leben in London verbracht haben, sind immer überrascht, wie geschäftig das Dorfleben sein kann. Es ist ständig etwas los. Nehmen wir nur die Sache mit diesem schmutzigen Briefeschreiber.«

»Briefeschreiber?« kreischte Mrs. Lomax.

»Haben Sie nichts von den anonymen Briefen gehört, die viele Leute erhalten haben?« Daisy hoffte, sie würde mit ihrer Verwunderung nicht übertreiben. »Ich dachte, daß es jeder weiß.«

»O ja, die, natürlich weiß ich davon.«

Sicher hätte Mrs. Lomax auch behauptet, davon zu wissen, wenn sie nicht die geringste Ahnung davon gehabt hätte. Als das Dienstmädchen mit einem reich beladenen Tablett eintrat, wartete Daisy, bis sie eine Tasse Kaffee und ein großes Stück Kirschkuchen serviert bekam, dann sagte sie: »Ist es nicht äußerst ungewöhnlich, daß praktisch jeder solche anonymen Briefe erhalten hat? Natürlich kann ich mir Sie als Zielscheibe nicht vorstellen.«

»O doch, so ist es aber!« Mrs. Lomax wollte sicher nicht ausgeschlossen sein. »Solch schreckliche Sachen, Bosheit und Unbarmherzigkeit, und ich soll meine Zunge vor übler Nachrede und Verleumdung hüten. Nie im Leben käme es mir in den Sinn, Lügen über jemanden zu verbreiten, aber wenn einem solche Dinge im Bekanntenkreis erzählt werden, kann man sich doch die Ohren nicht einfach zuhalten, oder? Das wäre ziemlich unhöflich!«

»Ich nehme an, Miss Protheros Briefe müssen den Ihren recht ähnlich gewesen sein. Man beschimpft Sie beide wegen ein bißchen harmlosem Klatsch?«

»Ich denke, ja.« Mrs. Lomax hätte jetzt sicher Miss Protheros Schwester erwähnt, wenn sie von ihr gewußt hätte. Daisy gratulierte sich: Mrs. Osborne hatte sie noch nie für die Verbreiterin böswilliger Verleumdungen gehalten, ganz gleich, welche Fehler sie hatte. »Ich frage mich«, fuhr Mrs. Lomax fort, »ob in Miss Hendricks Briefen auf ihre kleine ärgerliche Unannehmlichkeit angespielt wird.«

»Und ich erst!« Daisy verbarg ihre Hoffnung hinter der Kaffeetasse.

»Sie liegt schon lange zurück, diese Abtreibung mit gutem Ausgang, aber seitdem ist ihre Gesundheit angeschlagen, sagt sie. Wenn sie nicht immer jammern würde, hätte sie ihr Geheimnis nie verraten. Und dann bildet sie sich auch noch ein, wir hätten es nicht begriffen – natürlich erwähnen wir es *ihr* gegenüber nie«, fügte Mrs. Lomax selbstgerecht hinzu. »Wer außerdem noch«, sann sie nach. »Mrs. Willoughby-Jones, die ist so streitsüchtig und unfreundlich, und ihr Mann verbreitet haarsträubende Unwahrheiten über die Häuser, die er verkauft.«

»Mr. Willoughby-Jones ist Häusermakler?«

»Ja. Da gab es mit einer Fabrik in Ashford etwas Anrüchiges, ich kenne die Einzelheiten nicht, aber vielleicht der … der Briefeschreiber, vielleicht weiß er es. Er hat möglicherweise auch alles über Mrs. Burden herausbekommen.«

»Mrs. Burden?« stachelte Daisy sie weiter an, auch wenn die Ladenbesitzerin nicht zu den eigentlich Verdächtigen gehörte und sich gerade als so hilfreich erwiesen hatte.

»Meine Liebe, haben Sie nichts davon gehört? Nehmen Sie sich doch noch ein Stück Kuchen oder einen Keks, und lassen Sie mich noch etwas Kaffee nachschenken. Mrs. Willoughby-Jones'

Köchin brauchte für eine pikante Vorspeise etwas Käse, und das Stück, das sie vorrätig hatte, war schimmlig, also schickte sie das Dienstmädchen wegen einem Pfund Cheddar in den Laden.«

»Und das Gewicht stimmte nicht?« riet Daisy.

»Eine halbe Unze fehlte! Bevor die Köchin die Vorspeise zubereitete, wog sie das Stück ab, weil sich Mrs. Willoughby-Jones einmal beschwert hatte, sie hätte bei einem Welsh-Rarebit mit dem Käse geknausert – ich weiß nicht, wie sie ihr Dienstpersonal bei sich hält. Mrs. Willoughby-Jones konnte Mrs. Burden nicht beweisen, daß sie absichtlich zu wenig abgewogen hatte, aber sie hat ihr bei der Gelegenheit gehörig die Meinung gesagt.« Mrs. Lomax faselte noch etwas darüber, daß die beiden Damen diese verunsichernden Briefe durchaus verdient hätten.

Schließlich gelang es Daisy, noch eine weitere Frage einfließen zu lassen. »Haben Sie eine Ahnung, wer sie geschrieben hat?«

»Lieber Himmel, nein. Es muß jemand sein, der regelmäßig in die Kirche geht, meinen Sie nicht auch? ›Unbarmherzigkeit‹ und der Rest stammen aus dem Gebetbuch. Aber wie unchristlich, alle in Angst und Schrecken zu versetzen!«

»Ich nehme an, daß der Brigadier ziemlich wütend war«, warf Daisy ein.

Mrs. Lomax schaute ängstlich drein. »Oh, er weiß nicht, daß ich ... Oh, Sie meinen *seine* Briefe. Mir gegenüber hat er sie natürlich nicht erwähnt, aber ich bin sicher, daß er in Rage geraten sein muß. Meinen Sie etwa, er hat herausgefunden, von wem sie kommen, wie? Oh, Miss Dalrymple, es war doch nicht *Professor Osborne*, oder?«

»Du meine Güte, was ...?«

»Nein, nein, das kann nicht sein. Er war ja nie in der Kirche, auch wenn sein Bruder der Pfarrer ist. Auf jeden Fall hätte Maurice ihn erschossen ... hätte ihn mit der Peitsche gezüchtigt, nicht ... er würde doch nicht gleich ..., oder?«

»Sicher nicht«, besänftigte sie Daisy. Also hielt Mrs. Lomax ihren Mann für fähig, den Verfasser der schmutzigen Briefe aus dem Weg geräumt zu haben?

15

»Eine Menge Unsinn über Enthaltsamkeit stand drin«, tobte Brigadier Lomax und goß einen weiteren Schuß Whisky in seine Kaffeetasse. Er sah zwar schon ein wenig glasig um die Augen aus, hatte seine Zunge aber immer noch unter Kontrolle. Als er die Karaffe hinstellte, zitterte seine Hand etwas. »Sie wollen sicher nichts mittrinken?«

Alec lehnte es erneut ab, Flagg ebenso. »Was stand noch in den Briefen, Sir?« fragte der Inspector.

»Was noch? Was noch? Was zum Teufel meinen Sie mit *noch*? Genügt das nicht, einen Mann dafür zu verurteilen, daß er sich ab und zu einen genehmigt?«

Ging man davon aus, daß Osborne auch geschrieben hatte, daß er seine Frau mißhandelte, so hoffte der Brigadier offensichtlich, die Angelegenheit bliebe weiter im dunkeln. War das ein Geheimnis, für das er morden würde? Die gleiche Frage bewegte auch den Inspector, dachte Alec, als Flagg ihm einen raschen, aber bedeutungsschweren Blick zuwarf.

Doch Lomax würde wohl auch unter Druck den Mund halten. Zu Alecs Erleichterung änderte Flagg seine Taktik.

»Sie werden verstehen, Sir, daß ich jedem die Frage stellen muß, wo er sich zwischen zwei und drei Uhr dreißig gestern nachmittag aufgehalten hat.«

»Draußen irgendwo.« Noch weitaus erleichterter als Alec über den Umschwung im Verhör, war Lomax weder beleidigt, noch versuchte er in Erfahrung zu bringen, wen Flagg mit *jedem* gemeint hatte. »Auf meine Verdaungsspaziergänge nehme ich immer mein Gewehr mit, feuere ein paar wahllose Schüsse auf Schädlinge ab. Gestern ging ich dann zum Pfarrhaus weiter, in Kirchenangelegenheiten, aber Osborne war nicht da.«

»Wann haben Sie im Pfarrhaus vorbeigeschaut, Sir?«

»Muß so um Viertel nach gewesen sein. Bin hier um zwei los, zusammen mit meiner Frau, die zum Gemeindesaal wollte.«

»Und dann?«

»Nahm den Weg über den Dorfanger. Als ich wieder nach Hause kam, fand ich eine Nachricht von meiner Frau vor. Fuhr zurück zur Kirche – da waren Sie da.«

Flagg sah in seinem Notizbuch nach. »Weiter sind Sie nicht gegangen, Sir? Nur um den Dorfanger und wieder zurück?«

»Ich laufe eben nicht mehr so schnell wie früher«, sagte Lomax gereizt.

»Dennoch, immer noch etwas mehr als eine Meile in einer halben Stunde.«

»Wenn Sie es denn wissen müssen, ich war kurz im *Hop-Picker*, um mit Jellaby zu reden, dem Besitzer.« Und zweifellos um sich außerhalb der erlaubten Zeit einen zu genehmigen, was die Dauer erklären würde. »Ich hatte meiner Frau versprochen, mit dem Wirt über ein Pärchen zu reden, daß bei ihm untergebracht ist, denn sie meinte, die lebten in Sünde, nur weil sie Freunde von Catterick sind. Natürlich kann Jellaby nichts gegen sie unternehmen, selbst wenn es so wäre.«

»Um welche Zeit sind Sie im Gasthof eingetroffen, Sir?«

»Bei Gott, ich schaue doch nicht ständig auf die Uhr! Fragen Sie Jellaby.«

»Oh, das machen wir bestimmt, Sir. Haben Sie auf Ihrem Spaziergang jemanden getroffen?«

»Nun aber, meine Herrschaften, was soll das Ganze?« fragte der Brigadier streitlustig. Der Whisky hatte seine Hände wieder ruhig werden lassen, wie Alec bemerkte, ein Hinweis auf einen handfesten Säufer. »Meinen Sie etwa, daß ich Osbornes Bruder umgelegt habe? Kannte ja den Burschen kaum.«

»Es scheint eine Verbindung zu den anonymen Briefen zu geben, Sir. Wir stellen jedem Empfänger die gleichen Fragen.«

»Dann lassen Sie den Jungen von den Basins nicht aus! Hat mir gesagt, er könnte nicht mehr an meinem Crossley arbeiten, weil er deswegen eine anonyme Anzeige bekommen hat.«

»Wegen Ihrem Auto, Sir?« fragte der Inspector verblüfft.

»Wegen der Sachen, die er privat daran macht, während der Arbeitszeit.« Lomax besaß den Anstand, verlegen auszusehen. »Nimmt ein bißchen weniger als Wyndham, wissen Sie. Ich muß sagen, daß ich es dem Pfarrer gegenüber nicht hätte erwähnen sollen, aber ich habe ihn mal im Auto mitgenommen, und er machte eine Bemerkung darüber, wie gut der Motor laufen würde. Natürlich gefiel es ihm nicht, doch ich muß sagen, ich hätte wirklich nie gedacht, er würde es weitererzählen.« Sein Gesicht hellte sich auf: »Andererseits ist mein Motor nicht der einzige, den Sam Basin nebenbei repariert hat.«

»Nun, das ist nicht unsere Angelegenheit, es sei denn, Mr. Wyndham geht der Sache offiziell nach. Oder wollen Sie den Automechaniker anzeigen, Sir?« fragte Flagg höflich.

»Guter Gott, nein!« Offensichtlich bedauerte es der Brigadier nun, daß er die Katze aus dem Sack gelassen hatte. Er goß sich noch einen Schluck Whisky ein. »Auf jeden Fall ist Basin zu dem Zeitpunkt, der Sie interessiert, in der Werkstatt gewesen. Catterick ist ein anderes Kapitel. Hab gesehen, wie er aus dem Laden kam und die Straße zur Kirche hochlief, gerade als ich die eine Seite des Dorfangers langging.«

»Stimmt das? Und Sie glauben, daß er auch anonyme Briefe erhielt?«

»Hat sich mir gegenüber darüber beschwert, als ob ich was dagegen unternehmen könnte! Das gehört nicht zu den Pflichten eines Vermieters, verdammt noch mal! Er bewohnt mein altes Gärtnerhaus. Heutzutage kriegt man auch für Geld und gute Worte keinen Gärtner mehr, der dort hausen will. Mußte mich mit einem Gärtner aus dem Dorf abfinden, der ab und an mal vorbeikommt. Ist entsetzlich, wie das Personal ...«

»Mr. Catterick, Sir?« unterbrach ihn Flagg.

»Knirschte mit den Zähnen vor Ärger. Sagte, das Zeug raube ihm die Konzentration. Viel Konzentration braucht man zur Niederschrift von dieser Art Schund bestimmt nicht, wenn Sie mich fragen. Nicht daß ich den Kram lese, bloß nicht. Also

Sie meinen, daß Professor Osborne dahintergekommen war, wer diese verdammten Briefe schrieb?«

Das brach jeden bisherigen Rekord im sprunghaften Themenwechsel. Flagg schien verwirrt. Alec sagte: »Wir müssen allen Möglichkeiten nachgehen, Brigadier. Haben Sie eine Ahnung, wer dahintersteckt?«

»Irgendeine verfluchte frustrierte Jungfer. Kann man an der Schreibung erkennen. In den guten alten Zeiten hat sich keiner mit solch verdammtem Unsinn wie der Bildung von Frauen beschäftigt. Frauenverein, pah! Setzt ihnen nur Ideen jenseits ihrer Fähgkeiten in den Kopf und macht es einem schwer, sie in Schach zu halten! Whisky?«

»Nein danke, Sir«, sagte Flagg und erhob sich. »Besten Dank für Ihre Unterstützung. Wir werden all Ihre Anregungen bedenken. Vielleicht müssen wir Ihnen später noch einige Fragen stellen.«

»Jederzeit, jederzeit.« Lomax schwenkte die Karaffe mit so ausholender Bewegung, daß der Inhalt übergeschwappt wäre, wenn nicht der Scotch schon mehrere Zentimeter abgenommen hätte. »Freut mich, Ihnen helfen zu können. Bin immer für Gesetz und Ordnung. Kommen Sie wieder, Gentlemen.«

Vor der Tür tauschten Alec und Flagg miteinander einen Blick. Flagg schüttelte den Kopf. »Ganz erstaunlich, wie er immer noch seine Zunge im Zaum hat.«

»Selbst wenn sein Hirn schon entgleist ist. Er war es sicher nicht, glaube ich.«

»Denke ich auch, aber ich streiche ihn noch nicht von der Liste.«

»Ein Mann ganz nach meinem Geschmack«, sagte Alec. »Wollen Sie mit Mrs. Lomax reden?«

»Erst wenn ich gehört habe, was Miss Dalrymple herausbekommen hat. Sie ist ein wahres Wunder«, sagte Flagg in einem beglückwünschenden Tonfall.

»Manchmal ist Miss Dalrymple in der Tat eine ziemliche Hilfe«, gab Alec vorsichtig zu. »Sie hat eine Art, die ihr schnell das Vertrauen der Leute einträgt. Aber täuschen Sie sich nicht

– so wie mein junger Detective Constable –, und glauben Sie nicht, daß sie immer recht haben muß.«

»Oh, ich genieße alles mit Vorsicht, Sir. Das gehört zum Job, oder? Aber bisher hat sie mir in dem Fall nur auf die Sprünge geholfen, und ich hoffe, daß sie so weitermacht.« Er blickte Alec von der Seite her an.

Alec seufzte. »Ich könnte sie nicht davon abhalten, selbst wenn ich es versuchte. Lomax hat da recht. Die moderne junge Frau läßt sich nichts mehr sagen, vermutlich im Gegensatz zu ihren weiblichen Vorfahren. Bloß gut, daß sie das großspurige Gerede des Brigadiers nicht mit angehört hat. Ich bin mir nicht ganz sicher, ob sie den Mund gehalten hätte.«

»Wollen wir hoffen, daß sie von der Hausherrin etwas erfahren hat. Wie können wir sie da herauslotsen, ohne selbst festgehalten zu werden …?«

Alec entdeckte einen Klingelzug und läutete nach dem Dienstmädchen. Er sagte ihr, daß sie Miss Dalrymple mitteilen solle, sie seien fertig und warteten draußen auf sie. Dann fragte Flagg, wie sie das Gärtnerhaus finden könnten.

»Bisher klingt es nicht so, als sei dieser Schriftsteller unser Mann«, sagte er, als er Alec durch die Vordertür folgte, »aber da wir schon einmal hier sind, könnten wir ihm auch einen Besuch abstatten. Dann muß ich in Ashford anrufen, damit einer von unseren Leuten bei Sam Basin in Wyndhams Werkstatt vorbeischaut. Und dann, ehe wir noch mehr hier herumjagen, möchte ich mich mal hinsetzen und alles mit Ihnen durchgehen, wenn Ihnen das recht ist.«

»Ausgezeichnete Idee«, meinte Alec. »Wenn Sie noch den Lunch hinzufügen, dann bin ich dabei. Hattest du Glück, Liebes?« fragte er, als Daisy zu ihnen stieß.

Auf dem Weg zu Piers Cattericks Wohnung, um das Haus herum und durch die Ulmen und das Buschwerk hindurch, das die beiden Gebäude voreinander verbarg, tauschten sie schnell die Neuigkeiten aus. Von den oberen Fenstern des einstöckigen Anwesens drangen ein tonloses Pfeifen und das rasche Geklapper der Schreibmaschine zu ihnen herunter. Flagg klopfte an.

Die Schreibmaschine klapperte weiter. Wieder klopfte der Inspector, diesmal energischer. Er trat einen Schritt von der Tür zurück und rief nach oben: »Mr. Catterick!«

Nun erschien am Fenster ein längliches blasses Gesicht, das von langen ungekämmten Haaren eingerahmt wurde und wütend wirkte. »Was zum Teufel ist los? Ich bin beschäftigt!«

»Polizei, Sir. Detective Inspector Flagg.«

»Was wollen Sie? Ich bin mitten in einer entscheidenden Szene.«

Ganz aus der Fassung gebracht, antwortete Flagg langsam: »Wir wollen nur wissen, wo Sie zwischen zwei und halb vier gestern nachmittag waren, Sir.«

Noch fassungsloser stieß Catterick ein Gelächter hervor. »Auf der Polizei«, sagte er, »Habe mit dem Bobby gesprochen.«

»Sir?«

»Eine berufliche Unterredung, Flagg, wegen einer kleinen Mordgeschichte.« Der Schriftsteller kicherte vor Schadenfreude. »Gucken sie nicht so entsetzt, diese hier ist rein fiktiv. Ich wollte Barton alles aus der Nase ziehen. Oh, wenn Sie den ganzen Nachmittag meinen: Ich habe mich mit meinen Freunden, Mr. und Mrs. Edgbaston, die hier zu Besuch sind, im *Hop-Picker* zum Lunch getroffen. Danach, das muß kurz nach zwei gewesen sein, gingen wir ins Geschäft, um Zigaretten und ein paar andere Kleinigkeiten zu kaufen, und Jillie hatte den glänzenden Einfall, den Polizisten nebenan zu befragen.«

Flagg hatte sein Notizbuch herausgeholt. »Wie lange hat das etwa gedauert, Sir?« fragte er. Er hatte sein unerschütterliches Auftreten wieder zurückerlangt.

»Na, sagen wir fünfzehn oder zwanzig Minuten. Er war mir nicht gerade eine große Hilfe. Ich meine, Inspector, Sie könnten mir wahrscheinlich wirklich Einblick in die Ermittlungen bei einem Mordfall geben. Warten Sie einen Augenblick, ich bin gleich unten.«

»Nicht jetzt, Sir! Ich habe gerade mit einem echten Mord zu tun. Kommen Sie doch einfach mal zur Polizei nach Ashford, wenn der Fall hier abgeschlossen ist, dann werden wir sehen, was sich tun läßt. Wohin sind Sie danach gegangen?«

»Wieder hierher zurück auf eine Tasse Kaffee. Die Brühe im Gasthof taugt nichts. Die Edgbastons blieben bis fünf, als mich wieder die Inspiration packte. Morgens und abends schreibe ich am besten. Kann ich nicht gleich mitkommen und zusehen?«

»Eh? Nein, nein, ich fürchte, das geht nicht, Sir.«

»Nun gut, beeilen Sie sich und fangen Sie Ihren Mörder, und ich werde Sie bei Gelegenheit in Ashford aufsuchen.« Catterick verschwand. Einen Moment später erklangen wieder das tonlose Pfeifen und das Geklapper der Schreibmaschinentasten.

Flagg schüttelte den Kopf und steckte das Notizbuch ein. »Barton kann es bei den Edgbastons überprüfen«, sagte er bissig.

»Du liebe Güte«, murmelte Alec Daisy zu, »ich bin froh, daß du keine erotischen Romane im ländlichen Ambiente schreibst, Liebling.«

»Nein, aber ich könnte anfangen Mordgeschichten zu schreiben.«

Alec stöhnte.

Sie fuhren zum Polizeirevier. Flagg schickte Barton zum *Hop-Picker*, um mit den Edgbastons zu sprechen, dann telephonierte er mit der Polizei von Ashford, damit sie rasch einen Mann in die Werkstatt von Wyndham schickten. Anschließend rief Daisy ihre Schwester an.

»Alec und ich werden zum Lunch nicht zurück sein, Schatz. Mrs. Barton hat uns bergeweise Sandwiches gemacht.«

»Die Mrs. Barton von dem Constable?« fragte Violet. »Liebes, was hast du vor?«

»Ich helfe der Polizei bei den Ermittlungen«, erklärte ihr Daisy, »und damit meine ich nicht, daß sie gerade vorhaben, uns festzunehmen. Vi, Alec bittet, Derek auszurichten, daß er noch rechtzeitig zum Cricketspiel zurück sein wird, aber wir wissen noch nicht genau, wann. Bis bald, Schatz.«

»Aber Daisy …«

Aber Daisy drückte die Telephongabel herunter und hängte ein. Sie wollte Vi keine weiteren Erklärungen geben, wo hier eine Erörterung des Falls bevorstand. Ganz zu schweigen von den Sandwiches.

Mrs. Barton, eine junge Frau, die gute Aussichten hatte, mit ihrem stämmigen Mann, was die Figur anging, zu wetteifern, brachte ein Glas Orangensaft und zwei Krüge Bier in den Vorderraum des Hauses, der als Polizeistation von Rotherden diente. Strahlend nahm sie das enthusiastische Dankeschön ihrer Besucher entgegen und machte einen Knicks – war sie doch vor ihrer Heirat bei den Lympnes im Dienst gewesen –, und dann ließ sie sie allein.

Daisy langte nach einem Käse-Schinken-Sandwich und sagte: »Entschädigt die Bezirkspolizei die Bartons irgendwie dafür?«

Mit einem großen Bissen im Mund schüttelte Flagg den Kopf. Alec holte sein Portemonnaie aus der Tasche und zog eine halbe Krone heraus. »Wird das reichen?« fragte er. Daisy nickte, nun hatte auch sie einen vollen Mund. Außer dem sonderbaren Kaugeräusch herrschte erst einmal mehrere Minuten lang Stille.

Da Flaggs Appetit ebenso schmal wie seine Erscheinung war, wurde er zuerst fertig. Er stellte seinen leeren Krug beiseite, wischte sich mit einem Taschentuch den herunterhängenden Schnauzbart ab und sagte bedeutsam: »Ich habe nachgedacht!« In Erwiderung auf Daisys und Alecs hochgezogene Augenbrauen fuhr er fort: »Erinnern Sie sich, daß Brigadier Lomax sagte, Professor Osborne habe herausgefunden, wer der Briefeschreiber ist, Sir?«

»Aber wir wissen doch, daß der Pfarrer sie geschrieben hat«, erwiderte Daisy. »O Gott, Sie meinen doch nicht ernsthaft, daß er seinen Bruder umgebracht hat?«

»Glauben Sie es, Miss Dalrymple? Wenn der Professor entdeckt hatte, daß der Pfarrer der Urheber war, hätte er diese Tatsache Ihrer Meinung nach hinausposaunt? Hätte Mr.

Osborne darauf bauen können, daß sein Bruder für alle Zeiten darüber schwieg? Oder hat er seinen eigenen Bruder ins Jenseits befördert, um sicher zu sein?«

»Daisy kannte die beiden ja kaum«, wandte Alec ein.

»Besser als wir, Sir.«

»Ich fürchte«, sagte Daisy langsam, »der Professor hätte gewiß gedacht, es sei ein sehr guter Witz, und hätte die anderen vermutlich daran teilhaben lassen. Mr. Osborne hätte nie jemanden umgebracht, um *sich* zu schützen, für das Wohl seiner Familie schon eher ... Nein, ich kann es nicht glauben!«

»Nur weil er der Pfarrer ist?« fragte Flagg scharfsinnig. »Er ist ein eingeschworener Atheist, wenn Sie sich erinnern.«

»Es schien mir, er sei sehr erleichtert, es öffentlich bekundet zu haben, genau wie die Sache mit den Briefen. Niemand hatte den leisesten Verdacht, bis er selbst es zugab. Zumindest ich nicht.« Auf ihren fragenden Blick erhielt sie ein beinah schafsähnliches Kopfschütteln von beiden Männern. »Obwohl ich wußte, daß er seinen Glauben verloren hatte.«

»Daisy, das wußtest du?« fragte Alec, während Flagg ausrief: »Das haben Sie uns nicht erzählt!«

»Ich hatte kaum die Möglichkeit dazu«, sagte Daisy schuldbewußt. »Immer waren wir in Eile und hatten irgend jemand anderen im Visier. Außerdem hat der Pfarrer es mir unter vier Augen mitgeteilt, und es schien nicht wirklich von Bedeutung zu sein.«

»Wie oft habe ich dir schon gesagt, meine Liebe, daß du nicht beurteilen kannst, was von Bedeutung ist und was nicht?«

»Dutzende Male, Liebling. Aber man kann nicht einfach herumlaufen und die innersten Geheimnisse von Leuten auf gut Glück ausplaudern im Hinblick darauf, daß sie einmal von Bedeutung sein mögen.«

»In einem Mordfall muß man das«, sagte Alec grimmig. »Was hat dir Osborne noch anvertraut?«

Daisy erinnerte sich an jenen verregneten Nachmittag, als Reverend Osbert Osborne mit ihr zur Auffahrt von Oakhurst spaziert war. Es war erst drei Tage her!

»Man habe ihm eine Stelle an der Kathedrale von Canterbury angeboten. Mrs. Osborne könne sich nicht entscheiden, ob sie lieber ein eher kleiner Fisch im Herzen der Kirche am Bischofssitz sein will oder der Hecht im Karpfenteich von Rotherden. Und er wolle den Posten nicht annehmen, weil er seinen Atheismus nicht mehr verbergen könne – bisher war ihm das gelungen, um ihretwillen und der Kinder wegen. Doch es ist immer mühseliger geworden. Und er haßt die Heuchelei. Was er wirklich will, ist, im East End unterrichten oder in einer der großen Industriestädte, doch Mrs. Osborne hänge an ihrem Leben in Bequemlichkeit …«

»Warum um alles in der Welt hat er *Ihnen* das alles erzählt?« erkundigte sich Flagg nachdenklich.

»Er sagte, ich sähe aus, als hätte ich Mitgefühl.« Daisy blickte finster zu Alec hinüber, sie wollte ihn herausfordern, ihre »unschuldigen blauen Augen« zu erwähnen. »Er war ganz verzweifelt auf der Suche nach jemandem, dem er sich anvertrauen konnte, und sein Bruder verstand ihn nicht, weil dessen Atheismus eine logische Grundlage hatte, wohingegen er – der Pfarrer – aus rein emotionalen Gründen gegen die Religion revoltiert.«

»Also war er verzweifelt«, sagte Alec nachdenklich, »und sein Bruder hatte kein Mitgefühl.«

»Aber mit der Ermordung seines Bruders wären die Probleme für ihn die gleichen geblieben«, machte Daisy deutlich, »und zusätzlich wäre er mit der Schuld belastet. Das Schlimmste wäre hingegen aus der Welt geschafft, wenn man ihn als den Briefeschreiber entlarvte! Wissen Sie, es würde mich nicht überraschen, wenn er diese Briefe in der Hoffnung verfaßt hätte, entdeckt zu werden. Zumindest unbewußt«, fügte sie sich verteidigend hinzu, als die beiden sie anstarrten.

»Das ist schon möglich«, gab Alec zu, »aber das belegt doch nur die Tatsache, daß er sich in einem höchst fragwürdigen mentalen Zustand befindet.«

»Selbstmordgefährdet?« fragte Flagg besorgt, und die beiden Kriminalbeamten erhoben sich zur gleichen Zeit.

»Du kommst diesmal nicht mit, Daisy«, sagte Alec, als sie hinausgingen.

Daisy machte keine Anstalten, ihnen zu folgen. Ihr ging es gegen den Strich, daß der freundliche Gentleman, der Derek hoch oben vom Tor von Oakhurst gerettet hatte, seinen Bruder ermordet haben sollte. Andererseits hatte er genügend Gründe, sich selbst umzubringen. In einem solchen Fall mochte sie nicht diejenige sein, die seinen Leichnam entdeckte.

Allerdings wollte sie um keinen Preis aus den Ermittlungen ausscheren. Sie trank ihren Orangensaft aus, trug die Teller und Gläser zu Mrs. Barton hinaus, dankte ihr noch einmal und fragte: »Wo wohnt eigentlich Miss Hendricks?«

»Das dritte Haus auf der linken Seite hinten am Dorfanger, Miss. Oder ist es das vierte? Mafeking nennt sie es. Im Vorgarten steht eine Silberbirke.«

»Danke, ich werde es schon finden.«

Mafeking – dachte Daisy, als sie an einer Ecke des Dorfangers abbog – die Stadt, die 1902 lange Monate von den Buren belagert worden war. Gehörte Miss Hendricks geheimer Liebhaber zu den sechstausend im Burenkrieg Gefallenen? War sie das, was Daisy vielleicht auch bevorgestanden hätte, wenn sie nicht Alec begegnet wäre?

Daisy war nicht schwanger gewesen, als Michael mit seinem Sanitätswagen der Quäker über eine Landmine gefahren war, doch ganz gleich, einzig die Gnade Gottes …

Mit mehr Mitleid für die unzufriedene, nörgelnde Frau, als sie erwartet hatte, näherte sich Daisy dem Gartentor.

Constable Barton kam mit seinem Fahrrad den Hügel vom Gasthof her heraufgekeucht und machte neben Daisy halt. »Mr. und Mrs. Edgbaston schwören, daß Catterick zur fraglichen Zeit bei ihnen war«, sagte er, »von zehn bis etwa fünf Uhr. Schätze, er is aus ’m Schneider, Miss.«

»Klingt ganz danach«, pflichtete sie ihm bei und informierte ihn, daß die beiden Gentlemen zum Pfarrhaus zurückgekehrt seien. Dann ging sie weiter, um an Miss Hendricks Tür zu klopfen.

Daisy hatte sich noch keinen Grund für ihren Besuch zurechtgelegt, doch Miss Hendricks erkundigte sich auch nach keinem. Sie öffnete selbst die Tür und forderte Daisy auf, in den winzigen Flur zu treten und dann in ein kleines Wohnzimmer, das voller Möbel und Krimskrams stand. Es waren jedoch gute Möbel. Ihre Umstände mochten nicht die besten sein, aber sie waren auf alle Fälle besser, als ihre Klagen einem nahelegten.

»Ich habe Sie mit den Herren von der Polizei herumfahren sehen, Miss Dalrymple«, sagte sie. »Wie ich hörte, ist der Chief Inspector ihr Verlobter.«

»Ja, das stimmt. Sie befragen die Leute. Vor allem jene, die diese üblen anonymen Briefe erhalten haben.«

»Ich nehme an, daß ich für einen Detective von Scotland Yard nicht wichtig genug bin«, sagte Miss Hendricks verstimmt.

»Oh, ich bin nicht aus offiziellem Anlaß hier. Die Herren wollten nicht, daß ich sie auf ihrem jetzigen Gang begleitete«, erklärte Daisy in wehmütigem Ton. »Ich denke, daß Sie später mit Ihnen reden wollen. Es muß ein schlimmer Schock für Sie gewesen sein, als jemand den alten Ärger wieder aufgewärmt hat.«

»Alten Ärger?« rief Miss Hendricks. »Was für ein alter Ärger?«

»Tut mir leid! Jemand sagte ... Aber sie müssen sich wohl geirrt haben.«

»Wer war es? Mrs. Lomax? Mit der ist nicht gut Kirschen essen, mit einem Mann, der trinkt wie ein Loch und sie schlägt.«

»Sie wissen davon?«

»Ein blaues Auge kann man nicht unter Make-up verstecken«, informierte Miss Hendricks Daisy mit einer Art gehässiger Befriedigung. »Oder war es Miss Prothero? Dieses Lästermaul hat Nerven, mir Bosheit und Verleumdung vorzuwerfen, wo Mabel Prothero eine zehnmal schlimmere Verleumderin ist als alle anderen! Oder hat sie sie geschrieben?« fragte sie neugierig.

»Ich glaube nicht.«

»Nein, ich bin sicher, daß es Mrs. Willoughby-Jones war. Ihr ist es egal, wen sie verletzt. Es würde mich nicht überraschen, wenn sie auch ihren eigenen Mann damit behelligt hat, um ihn für seine Unehrlichkeit ins Gebet zu nehmen – nur zieht er aus dieser Unehrlichkeit guten Gewinn, also würde sie darunter leiden, wenn er damit aufhörte. Ich frage mich …«

»Du lieber Gott, geht Ihre Uhr richtig?« Mit vorgetäuschtem Entsetzen starrte Daisy auf die zierliche Porzellanuhr mit Blumenmuster auf dem Kamin. Sie war sich ziemlich sicher, daß Miss Hendricks nicht die leiseste Ahnung davon hatte, daß der Pfarrer der Übeltäter war. »Ich muß jetzt zurück, für den Fall, daß man nach mir sucht.«

Enttäuscht führte Miss Hendricks sie hinaus. »Sie können dem Chief Inspector sagen, daß die Geschichte nicht wahr ist«, fügte sie etwas nörgelnd hinzu. »Die Leute verbreiten immer allerhand schreckliche Sachen über andere.«

»Ja, nicht wahr?« sage Daisy.

Miss Prothero war die nächste auf ihrer gedanklichen Liste. Um dorthin zu gelangen, mußte sie an Mrs. Molesworths Haus vorbei, also beschloß sie, der Gründlichkeit halber, einmal hineinzuschauen, obwohl sie jene friedfertige, gutmütige Lady nicht verdächtigte, den Engel heruntergestoßen zu haben.

Das winzige Reihenhäuschen besaß keinen Vorgarten und keinen Hausflur. Von der Straße kommend, trat Daisy in den einzigen Raum zu ebener Erde und sah, daß darin nicht viele Möbel standen. Alles war ein wenig abgenutzt, wenn auch farbenfroh und bequem. Die Stufen zu den oberen Räumen begannen in einer hinteren Raumecke; darunter führte eine Tür zur Küche im hinteren Bereich. Durch diese Tür verschwand Mrs. Molesworth mit einem fröhlichen: »Tee! Dauert nicht lange, kocht schon.«

Daisy schaute sich eine Photographie in einem verzierten silbernen Rahmen an, die auf einem Bücherregal stand mit preiswerten Ausgaben von Dickens, Hardy, Trollope und ähnlichen Autoren. Die mollige hübsche Braut auf dem Photo war offensichtlich Mrs. Molesworth. Sie hatte ein kunstvoll gearbeitetes viktorianisches Hochzeitskleid an und Perlen um den Hals und strahlte auf sehr unviktorianische Weise. Der feierliche junge Mann an ihrer Seite trug einen Cutaway und einen grauen Zylinder und in seinem Knopfloch eine Gardenie.

»Schoko-Biskuits«, sagte Mrs. Molesworth und brachte ein Tablett mit herein. »Ich versuche immer, sie für Besucher aufzuheben. Schokolade ist mein Untergang, fürchte ich.«

Mannhaft der Versuchung widerstehend, winkte Daisy ab. »Danke, ich habe gerade gegessen. Richten Sie sich aber bitte nicht nach mir und langen Sie zu. Gegen eine Tasse Tee hätte ich nichts einzuwenden. Macht es Ihnen etwas aus, wenn ich Ihnen ein paar Fragen über die Schmähbriefe stelle?«

Der Strahl bernsteinfarbener Flüssigkeit, den Mrs. Molesworth mit sicherer Hand in die Teetasse goß, floß ruhig weiter. »Aber nein«, sagte sie. »Ich habe nur einen erhalten. In heutigen Zeiten, sage ich, bringt selbst ein Kirchenmann nicht ausreichend Enthusiasmus auf, um die Todsünde der Gefräßigkeit zu verdammen.« Sie reichte Daisy die Tasse, nahm sich ein Biskuit und knabberte mit unverhohlenem Genuß daran.

»Also haben Sie erraten, daß der Pfarrer der Verfasser ist?«

Mrs. Molesworth lachte. »Ein anderer ist mir nicht eingefallen, der die Gefräßigkeit nicht für eine läßliche Sünde hält. Außer natürlich der Arzt, aber er würde von einer Herzerkrankung schreiben und nicht vom Körper als Tempel des Heiligen Geistes.«

»Haben Sie mit Mr. Osborne darüber gesprochen?« fragte Daisy.

»Du liebe Güte – nein. Der arme Mann hat genug Ärger, schon bevor sein Bruder dieses unerfreuliche Ende genommen hat. Der Brief hat mir keinen Schaden zugefügt – im Gegensatz zu anderen, vermute ich.«

»Einige Leute sind ziemlich aufgebracht«, gab Daisy zu, »und haben Angst, daß ihre Geheimnisse ans Licht kommen.«

»Hier gibt es keine Geheimnisse!« Mrs. Molesworth blickte an ihrem korpulenten Leib hinunter, der sich wieder vor Lachen bog. »Ich trage den Beweis meines Versagens für alle sichtbar mit mir herum.«

»Eines können Sie mir vielleicht sagen: Gibt es irgend etwas, außer ihren offensichtlichen Fehlern, das der Pfarrer Miss Prothero mitgeteilt haben könnte? Ich frage nicht nach Einzelheiten«, fügte sie rasch hinzu, »nur, ob Sie etwas davon wissen.«

Mrs. Molesworth schüttelte den Kopf. »Wenn Mabel Prothero eine Leiche in ihrem Keller hätte, dann wäre sie cleverer als andere Leute gewesen, diesen Keller stets verschlossen zu halten. Aber um Gottes willen! Ich deute damit nicht an, sie hätte etwas zu verbergen. Ich nehme an, daß ihre einzigen Fehler … eh … ihre offensichtlichen sind.«

»Immer das Schlechteste von den Menschen zu denken und sich darüber das Maul zu zerreißen«, sagte Daisy. »Vielen Dank, Mrs. Molesworth. Keine Ahnung, ob die Polizei Sie sprechen will, aber möglich ist alles. Ich bin nicht offiziell hier, verstehen Sie.«

»Nutzen Sie die Stellung Ihres Verlobten aus?« Mrs. Molesworths klare braune Augen zwinkerten verschmitzt. »Seien Sie vorsichtig, meine Liebe, durch Neugier kann man sich die Finger verbrennen.«

»Mein Hauptfehler liegt allzu klar auf der Hand«, sagte Daisy lachend.

Als sie auf Mrs. Molesworths Türschwelle stand und zu Miss Protheros häßlichem Häuschen auf der anderen Straßenseite hinübersah, zeichnete sich doch eine Falte auf ihrer Stirn ab. Scheinbar war der Pfarrer der einzige im Dorf, der von der in Armut lebenden Schwester wußte, außer vielleicht Mrs. Osborne. Miss Prothero könnte leicht erraten, daß er der Absender war.

Andererseits war boshaftes Verhalten einer Verwandten gegenüber und dessen Enthüllung nichts, für das man morden würde. Es war wie mit Dr. Padgetts Wurmkurpillen: zwar unangenehm, aber keineswegs eine Katastrophe.

Vielleicht hatte sich die Schwester Miss Protheros Feindseligkeit aus ganz anderen Gründen zugezogen. Und das war das eigentliche Geheimnis. Eine wohlerzogene Dame ihres Alters könnte sich äußerst angewidert fühlen von – Daisy ließ ihrer Phantasie freien Lauf – einer Schwester, die von zu Hause weglief, um in einem Pariser Atelier Modell zu stehen, zum Beispiel; oder die einen Mann geheiratet hatte, den man aus seinem Regiment entfernt hatte, der von seinem Club ausgestoßen und vielleicht gerade eines Verbrechens überführt worden war.

Daisy konnte regelrecht Miss Protheros scharfe Stimme hören: »Sie hat sich die Suppe selbst eingebrockt, jetzt muß sie sie auch wieder auslöffeln.«

Aber Mord? War denn die alte Dame überhaupt physisch in der Lage, den mehrere Zentner schweren Granitengel umzustoßen – auch noch kopfüber?

Während Daisy auf das Häuschen starrte, sah sie, wie sich eine Spitzengardine bewegte. Sie wollte unbedingt hinübergehen und mit Miss Prothero sprechen, unauffällig genau Maß nehmen, was ihre Größe und Stärke betraf. Doch Alec würde wütend werden, wenn sie einer Person allein einen Besuch abstattete, die sie des Mordes verdächtigte.

Streit mit ihm wollte sie gern vermeiden, auch wenn die Versöhnung immer so schön war. Und Neugier kann einem die Finger verbrennen, hatte Mrs. Molesworth sie gewarnt. Doch die sie peinigende Sünde zerrte sie zu der sich bewegenden Gardine.

Daisy schwankte.

16

Alec war viel zu wohlerzogen, um Daisy nachzurufen, als er das Polizeirevier verließ, nach rechts blickte und sah, wie sie, von den Reihenhäusern kommend, die Straße überquerte. Er war sich der Würde eines Detective Chief Inspectors von Scotland Yard zu sehr bewußt, als daß er hinter ihr herrennen würde. Er lief einfach etwas schneller und murmelte vor sich hin: »Was zum Teufel führt sie jetzt im Schilde?«

Inspector Flagg verspürte nicht solche Hemmungen. Als er zu Alec aufgeschlossen hatte, rief er: »Hallo, Miss Dalrymple!«

Daisy sah sich um und hielt sich dabei mit der Hand am Gartentor zum Haus neben Mrs. LeBeaus Wohnsitz fest. Wie sich Alec erinnerte, hatte sie schon früher einmal auf das Haus gezeigt.

»Miss Protheros?«

»So ist es, Sir. Meinen Sie, Miss Dalrymple hat etwas über sie herausgefunden?«

»Wenn es ihr noch nicht gelungen ist, so versucht sie es zumindest jetzt«, sagte Alec kurz und bündig.

»Dem Pfarrer ist es gleich, wie sie ihre verarmte Schwester behandelt. Hübsches Anwesen hat sie.« Als sie darauf zugingen, betrachtete Flagg den stadtparkähnlichen Garten, wobei sich Bewunderung für dessen auffällige Akkuratesse mit Verachtung gegenüber den wohlhabenden Lebensumständen der Besitzerin mischte, deren Schwester nichts zu beißen hatte.

»Oh, Alec – und Mr. Flagg. Ich bin so froh, daß ihr gekommen seid«, sagte Daisy leise.

Ihr Lächeln zur Begrüßung ließ Alecs Herz höher schlagen, aber er behielt sein ernstes Gesicht und seine strenge Stimme bei. »Was hast du vor, Daisy?«

»Sch-sch, leise! Sie beobachtet uns hinter den Vorhängen. Die Fenster sind offen, sie wird dich hören.«

»Gehen wir doch lieber zu Barton zurück«, flüsterte Flagg. »Dort können Sie uns alles berichten.«

»Wir würden bei ihr nur Verdacht erregen, wenn wir uns vor ihrem Gartentor einfinden und dann wieder abziehen. Meines Erachtens ist sie die einzige Person, deren Geheimnis allein der Pfarrer kennt. Außerdem vermute ich, ihr habt den Pfarrer mitnichten bei einem Selbstmordversuch angetroffen, oder?«

»Nein«, sagte Flagg, »und er hat uns sein Alibi geliefert. Hat den alten Mann besucht, der die Nacht zuvor wegen seines Anfalls schon Dr. Padgett beansprucht hatte. Barton ist unterwegs, um das zu überprüfen.«

Ungeduldig unterbrach ihn nun Alec. »Daisy, du meinst also, daß Miss Prothero ein Mordmotiv hat? Und du wolltest sie ganz allein befragen? Manchmal kommt es mir so vor, als seist du völlig übergeschnappt!«

»Ich wollte sie nicht *befragen*«, sagte Daisy verletzt. »Bisher bin ich ziemlich vorsichtig vorgegangen und habe nicht einmal den Mord erwähnt, ganz zu schweigen von einem Alibi oder dergleichen. Lediglich über die Briefe haben wir geplaudert, über die jetzt alle unbedingt reden wollen. Aber wir können hier nicht länger rumstehen. Da ihr nun schon einmal da seid, betreten wir auch die Höhle des Löwen.« Sie öffnete das Tor und lief den Gartenweg voraus.

Alec und Flagg sahen einander an, zuckten mit den Schultern und folgten ihr schließlich.

Ein hübsches junges Dienstmädchen öffnete die Tür und führte sie in ein Wohnzimmer, das völlig in allerlei Blumenmuster aus glänzendem Chintz getaucht war. Sogar die Tapete war geblümt. Auf den ersten Blick schien Miss Prothero recht gut in dieses niedliche, altmodische Interieur zu passen, das ganz im Gegensatz zu dem modernen Äußeren des Hauses stand. Alec war völlig überrascht. Er hatte nicht erwartet, die hartherzige, boshafte Klatschtante als den Inbegriff einer netten alten Dame anzutreffen, mit sanft gewelltem weißem Haar, hellen Augen und rosigen Wangen.

Sie war durchaus nicht klein und wirkte nicht zerbrechlich. Alec registrierte für sich, daß sie in einer äußerst emotional angespannten Situation den Engel hätte umstürzen können.

Aus einem Schaukelstuhl wurden die Eindringlinge von einer großen getigerten Katze mit zerrupftem Ohr und gebogenen scharfen Krallen verächtlich beobachtet.

Auf dieses Gespräch ganz unvorbereitet, kam Flagg direkt auf den Kern der Sache zu sprechen. »Madam, wir haben Grund zu der Annahme, daß Sie einen oder mehrere anonyme Briefe erhalten haben. Wissen Sie, wer die geschickt haben könnte?«

»Ich nehme an, daß Ihnen Mrs. Burden bereits eine ganze Liste von Personen gegeben hat«, sagte Miss Prothero tadelsüchtig. »Also wirklich, auf diese Person ist kein Verlaß! Obwohl Postbeamtin, ist ihr nichts daran gelegen, Dinge, die durch ihre Hände gehen, geheimzuhalten. Ich habe nicht übel Lust dazu, der Postverwaltung Mitteilung zu machen.«

»Madam, haben Sie irgendeine Vorstellung, wer die anonymen Briefe geschrieben hat?« wiederholte Flagg geduldig.

»Mrs. Osborne vermutlich«, verkündete Miss Prothero mit offensichtlich ehrlichem Groll. »Sie muß sich überall einmischen, und sie erwartet, daß die Leute immer nach ihrer Pfeife tanzen und sich so verhalten, wie sie es für richtig hält. In den Briefen wurde eine bestimmte Sache angeschnitten – ich habe nicht die Absicht, Ihnen zu sagen, worum es sich genau handelt –, unklugerweise habe ich sie ihr anvertraut. Sonst weiß niemand davon.«

»Weshalb sind Sie so sicher, daß sie niemandem davon erzählt hat?« fragte Flagg, wobei sein häufig so vielsagendes Gesicht höchst unbeteiligt wirkte.

»Natürlich bin ich mir da nicht sicher, aber Mrs. Osborne neigte nie dazu, Klatsch weiterzutragen, ganz gleich wie gern sie ihn sich erzählen läßt. Sie möchte einfach alles über alle wissen. Zweifellos gehört das zu ihrem Bestreben, alle Fäden in der Hand zu haben. Ich stelle mir vor, daß den Briefen die gleiche Absicht zugrunde liegt.«

»Gehen Sie denn davon aus, daß sie nicht einmal ihren Mann in alles einweiht, was sie erfährt?«

Alec sah, wie Daisy die Stirn runzelte. Er nahm an, daß sie im Hinterkopf hatte, Miss Prothero könnte schuldig sein, wo sie nun so vehement Mrs. Osborne denunzierte, die Übeltäterin zu sein. Wenn sie nicht Professor Osborne statt des Bruders aus Versehen umgebracht hatte, dann war es unnötig und ein Jammer, dieser Erzklatschbase das Fehlverhalten des Pfarrers auf die Nase zu binden.

Die alte Dame erkannte nämlich sofort, worauf Flaggs Frage abgezielt hatte. Sie saß kerzengerade da, nun aber wurde sie starr, und ihr Gesicht lief rot an. »Wollen Sie mir etwa sagen«, fragte sie überrascht und angewidert, »daß der Pfarrer die Briefe geschrieben hat? Wie schändlich! Ich werde ganz sicher dem Bischof davon Mitteilung machen.«

Verblüfft zögerte Flagg.

Fletcher setzte jetzt das Gespräch fort. »Das hat der Inspector nicht behauptet, Madam. Er hat Sie lediglich gefragt, ob Mrs. Osborne Ihrer Meinung nach dem Pfarrer jede noch so kleine Angelegenheit, die seine Gemeindemitglieder betraf, hinterbracht hat. Ich nehme an, daß Sie das für möglich halten.« Und dann fragte er unvermittelt: »Könnten Sie uns freundlicherweise sagen, wo Sie sich zwischen zwei und halb vier gestern nachmittag aufgehalten haben?«

»Zwischen zwei und halb vier? Aber der Professor ist doch zwischen halb und dreiviertel drei umgebracht worden«, äußerte Miss Prothero bestimmt.

Flagg fuhr dazwischen: »Woher wissen Sie das?«

»Mein guter Mann, das ist doch offensichtlich. Zumindest muß es auf jeden Fall vor fünf vor drei geschehen sein, obwohl ich den Zeitpunkt früher veranschlagen würde. Ich selbst bin zwei Minuten vor halb drei durch das Friedhofstor gegangen – wenn man so nahe am Gemeindesaal wohnt, dann läuft man erst immer im letzten Augenblick los. Zu dieser Zeit stand der Engel noch an seinem gewohnten Platz. Gegen fünf vor drei muß sich Miss Dalrymple dem Gemeindesaal genähert haben wenn sie pünktlich eintreffen wollte.« Miss Prothero neigte ihren Kopf in Daisys Richtung. »Ich bin mir sicher, daß sie das vorhatte, wo sie doch eine so wohlerzogenen junge Dame ist, ganz im Gegenteil zu vielen anderen heutzutage.«

Alec hätte zu dieser Aussage wohl seine Einwände gehabt, aber Daisy akzeptierte das Loblied, wobei sie bescheiden den Kopf senkte.

Miss Prothero fuhr fort. »Natürlich kann ich mir nicht vorstellen, daß Miss Dalrymple Professor Osborne umgebracht haben soll. Sie fand ihn schon tot auf. Daher muß der Mord vor fünf vor drei passiert sein.«

»Aber warum haben Sie dreiviertel drei gesagt?« platzte es aus Flagg heraus.

»Weil«, sagte Miss Prothero hämisch, »weil Mrs. Osborne zu dieser Zeit im Gemeindesaal eingetroffen ist, und Mrs. Osborne hat den Mann verabscheut!«

»Ja, ich habe gewußt, daß sie ihn nicht gemocht hat«, gab Daisy schüchtern zu. Sie waren inzwischen zum Polizeirevier zurückgekehrt, um Miss Protheros Enthüllungen zu erörtern, wobei sie der Wahrheitsliebe dieser Dame nicht recht trauten, da sie sich so genüßlich an ihrer Geschichte geweidet hatte. Wie Daisy sie auf dem Weg informierte, hatte die boshafte Hexe völlig unbegründete Anwürfe in bezug auf den ehelichen Status der Gäste von Catterick, Mr. und Mrs. Edgbaston, in die Welt gesetzt.

»Gleich am ersten Tag meines Aufenthalts hier«, fuhr Daisy fort, »kam Mrs. Osborne zum Tee nach Oakhurst und erwähnte, daß sie die gräßlichen Scherze und die Ironie ihres Schwagers nicht ertragen könne. Außerdem beschwerte sie sich, daß die beiden Brüder derart gelehrte Unterhaltungen führten, daß sie kein Wort verstand.«

»Beides ergibt kein ausreichendes Mordmotiv«, sagte Flagg voller Zweifel.

»Ah, aber dann fand ich heraus, daß der Professor Atheist war, und der Pfarrer vertraute mir persönlich an, seine Frau verdächtige ihn seit dem Eintreffen des Professors, ebenfalls Atheist zu sein. Wenn ihr mir folgen könnt.«

»Da wird mir einiges klar«, sagte Alec und runzelte die Stirn. »Du meinst, Mrs. Osborne hatte das Gefühl, der Professor führe ihren Ehemann auf Abwege? In diesem Fall saß ihr die Angst im Nacken, eine berechtigte Angst davor, ihre Stellung hier und alles, was damit verbunden war, zu verlieren. Ein ausreichendes Motiv. Wir müssen keine Motive liefern, aber es ist nicht von der Hand zu weisen, daß es die Geschworenen beeinflussen würde – und den Richter –, wenn wir eins liefern könnten.«

Mrs. Barton eilte mit einem Tablett herein, auf dem eine große Teekanne, ein Dundee-Kuchen und ein Teller mit Marmeladentörtchen standen. Kein Wunder, daß Barton, der, still in einer Ecke sitzend, zuhörte, eine solch stattliche Figur hatte!

»Ich will Se nich unterbrechen«, sagte seine Frau freundlich. »Sie müssen allein einschenken, Miss, wenn's recht is.« Sie ging wieder hinaus.

Während sie den Tee eingoß, sagte Daisy: »Tja, sobald ich wußte, daß Mr. Osborne der Briefeschreiber war, ging ich davon aus, der Mörder habe es auf ihn abgesehen gehabt. Ich hatte nur noch den einen Gedanken im Kopf, der Pfarrer hätte das eigentliche Opfer sein sollen, und ein Grund, aus dem Mrs. Osborne ihren Mann hätte erledigen wollen, war für mich nicht vorhanden.«

»Eher das Gegenteil ist der Fall«, sagte Flagg.

»Genau.« Daisy warf ihm ein dankbares Lächeln zu. »Ebenso hatte ich angenommen, daß Mrs. Osborne pünktlich zum Treffen des Frauenvereins gegangen war. Mrs. Lomax, die die Vorsitzende ist, hatte immer deren übertriebenen Diensteifer beklagt, aber wenn ich jetzt recht darüber nachdenke, so hat sie die mangelnde Unterstützung an dem Tag bemängelt, und nicht, daß sie sich ausgebootet fühlte.«

»Hast du denn nicht gefragt, ob jemand zu spät gekommen ist?« erkundigte sich Alec ein wenig skeptisch.

»Nein, Liebling, weil ich wußte, du würdest fuchsteufelswild werden, wenn ich angefangen hätte, solche Fragen zu stellen.«

»Das würde ich auch«, besaß er den Anstand zuzugeben.

Daisy seufzte. »Ach du meine Güte, ich habe wohl wirklich vieles durcheinandergebracht, oder? Und euch ganz schön auf die falsche Fährte gelockt, was die Verbindung zwischen den Briefen und dem Mord angeht.« Sie knabberte an einem Marmeladentörtchen, auch wenn sie zuvor entschieden hatte, in den nächsten Stunden keinen Bissen mehr anzurühren.

»Es hätte ja eine Verbindung geben können«, tröstete sie Flagg. »In gewisser Hinsicht gibt es ja auch eine, wenn man beide Tatsachen mit seinem Atheismus in Zusammenhang bringt. Ganz gleich, wir hätten schon noch herausgekriegt, daß Mrs. Osborne später zum Treffen erschienen ist. Frühestens mit der Befragung der einzelnen Damen.«

»Du bist uns einfach zuvorgekommen«, sagte Alec trocken.

»Vorausgesetzt, wir nehmen an«, fuhr Flagg fort, »daß Miss Prothero die Wahrheit gesagt hat und die Sache nicht nur erfunden hat, um einen Giftpfeil abzuschießen.«

»Fragen Sie meine Frau«, warf Barton ein, der errötete, als sich alle zu ihm umdrehten. »Sie war auch bei der Versammlung, Sir.«

»Fragen Sie sie«, sagte der Inspector mit geduldigem Gesicht.

Der Constable kam nach ein paar Minuten wieder und schüttelte den Kopf. »Da sich die Eingangstür hinten befindet, konnten nur die oben auf dem Podium erkennen, ob jemand später hereinkam. Mrs. Osborne war zu Beginn des Treffens noch nicht oben, aber das heißt nicht, daß sie nicht im Saal war.«

»Daran habe ich nie gedacht«, stöhnte Daisy. »Miss Prothero gehört ja zum Vorstand.«

»Also nehme ich an, daß sie sich auf dem Podium befand«, sagte Flagg.

»Für jeden deutlich sichtbar und mit einem Blick zur Tür.«

»Wer sonst noch …?«

»Mrs. Molesworth ist kein Vorstandsmitglied, aber sie könnte etwas wissen.« Daisy sprang auf, den Rest ihres Marmeladentörtchens ließ sie liegen. »Sie würde keine falschen Gerüchte in die Welt setzen. Da sie vom Pfarrhaus nur zwei Türen entfernt wohnt, hätte sie sogar zusammen mit Mrs. Osborne den Gemeindesaal betreten können – falls Miss Protheros Geschichte nicht stimmt.«

Alec erhob sich mit ausgestreckter Hand und protestierte: »Daisy …«

»Es ist schon gut, Liebling, wirklich. Man muß mir nicht dabei Händchen halten. Mit Mrs. Molesworth habe ich ja bereits gesprochen; es wird nicht lange dauern.« Da sie ihre Fehler wiedergutmachen wollte, eilte sie rasch hinaus.

Mrs. Molesworth wollte gerade hinüber zum Friedhof gehen, um die Blumen zu gießen, doch sie bat Daisy hinein. »Noch mehr Fragen?« erkundigte sie sich munter.

»Ein oder zwei, fürchte ich. Sind Sie zufällig zusammen mit jemanden zum Gemeindesaal gegangen?«

»Ich habe mich schon gewundert, warum Sie nicht nach meinem Alibi gefragt haben«, erwiderte Mrs. Molesworth belustigt. »Nun, wie es der Zufall wollte, traf ich am Tor auf Miss Prothero, und wir sind zusammen über den Friedhof gegangen.« Wieder sachlicher fügte sie hinzu: »Ich bin mir ziemlich sicher, daß wir es bemerkt hätten, wäre der Engel schon umgestürzt gewesen.«

»Haben Sie sonst noch jemanden gesehen? Vor Ihnen oder hinter Ihnen?«

»Ich habe mich nicht umgedreht. Wir kommen häufig als letzte, da wir so nah wohnen.«

»Mrs. Osborne hat es aber noch näher«, unterstrich Daisy.

»Mrs. Osborne ist immer gerne früher da«, sagte Mrs. Molesworth trocken, »um sicherzugehen, daß alles so läuft, wie sie es sich in den Kopf gesetzt hat.«

»War sie schon im Gemeindesaal, als Sie hinkamen?« erkundigte sich Daisy mit angehaltenem Atem. War das der Fall, so war sie natürlich unschuldig. Ebenso Miss Prothero – weder des Mords noch übler Nachrede schuldig. Wo sollten sie dann den Schuldigen suchen?

Doch Mrs. Molesworth zögerte.

»Falls Sie das Gefühl haben, ich bin nicht die richtige Person, der sie sich anvertrauen, und es artet nur in Klatsch aus, wenn Sie es mir erzählen, so kann Inspector Flagg selbst kommen und Sie offiziell befragen. Ein Mann wurde ermordet, vergessen Sie das nicht.«

»Mord«, murmelte Mrs. Molesworth. Ihre Augen mußten auf einmal nicht mehr zwinkern. »Auch wenn die Mühlen Gottes trefflich klein mahlen, so mahlen sie doch ausgesprochen langsam. Es muß Gerechtigkeit geübt werden. Die Wahrheit ist, Miss Dalrymple, daß ich Mrs. Osborne nicht gesehen habe, als ich im Saal eintraf. Das heißt aber nicht, daß sie nicht da war. Ich habe sie auch nicht zu spät kommen sehen.«

Daisy war plötzlich davon überzeugt, daß Mrs. Molesworth sehr darunter gelitten haben mußte, als sie einmal im Mittelpunkt von Klatsch und Verleumdung stand, denn sie verabscheute beides inbrünstig. »Was haben Sie genau gesehen?« fragte sie.

»Sie sind entschlossen, mich auf eine Aussage festzunageln, nicht wahr? Ich sah, wie Mrs. Lomax die Versammlung leitete, recht kompetent, vielleicht eine Viertelstunde lang. Dann sah ich, wie sie sich verhedderte und den Faden verlor, woraufhin Mrs. Osborne nach oben aufs Podium stürzte und weitermachte. Sie – Mrs. Osborne – schien recht erregt. Ich nahm an, weil sie Mrs. Lomax hatte gewähren lassen und nun merkte, daß es schiefging. Das ist alles, was ich Ihnen sagen kann. Ich muß nun los und die Blumen gießen.«

Ihre Vermutung könnte richtig sein, dachte Daisy, als sie aus dem Haus auf die Straße trat. Vielleicht hatte Mrs. Osborne die ganze Zeit von hinten zugeschaut. Miss Prothero hatte sie vielleicht nicht sehen wollen, aber *irgend jemand* mußte sie doch gesehen haben.

Inspector Flagg müßte eine Liste sämtlicher Vorstandsmitglieder zusammenstellen und jeden einzeln befragen. Aber Doris, das Dienstmädchen des Pfarrhauses, sollte eigentlich Bescheid wissen, wann ihre Herrin das Haus verlassen hatte, fiel Daisy ein. Und außerdem würde sie ihr gegenüber viel eher den Mund auftun, während sie der Polizei vielleicht nur mürrisch und widerwillig antworten würde.

»Ich begleite Sie«, sagte sie zu Mrs. Molesworth.

Sie trennten sich auf dem Friedhof. Daisy schlug den Pfad zum Pfarrhaus ein, durchs Tor und dann rechts zum Dienstboteneingang an der Hinterseite, statt nach links zur Vorderfront.

Die Küchentür stand auf. Daisy steckte ihren Kopf hinein, ganz zum Erstaunen und Ärgernis von Doris und der Köchin.

»Oh, Miss«, rief Doris. »Hätt'n zur Vordertür gehn solln.«

»Ich möchte nur kurz mit Ihnen sprechen, Doris, und ich wollte die Herrschaften nicht stören. Ich bleibe nicht lange und stehe Ihnen nicht im Wege. Können Sie einen Moment herauskommen?«

Doris, deren rundliches Gesicht ganz neugierig aufleuchtete, folgte ihrer Aufforderung. »Was gibt's, Miss? Doch nich noch 'n Mord?«

»Du liebe Güte, nein! Einer reicht schon. Können Sie sich erinnern, was Sie gestern gegen halb drei gemacht haben?«

»Oh, Miss«, protestierte Doris lautstark, »Sie denken doch nich, daß ich's getan hab?«

»Nein, nein«, sagte Daisy ungeduldig. »Das nennt die Polizei eine Routinefrage aus Ausschlußgründen.«

Von solch amtlichen Wörtern ganz eingeschüchtert, sagte Doris: »Da bin ich rasch Mrs. Osbornes Handschuhe suchen gegangen. Sehn Sie, Miss Gwen rief fünf vor halb drei an, und ich bin ans Telephon und rief dann die Herrin, die mir sagte, ich solle saubere Handschuhe aus ihrer Kommode holn, während sie telephonierte, aber ich konnte sie nirgends finden. Und Miss Gwen sprach bis nach halb drei weiter, und Madam war schon ganz wütend, weil sie sowieso schon spät dran war und weil ich keine Handschuhe für sie hatte, und so mußte sie sie selber suchen. Nachdem sie mich ausgeschimpft hatte«, fügte das Mädchen verstimmt hinzu, »konnte sie auch keine finden. Hat 'ne Ewigkeit gedauert.«

Das war es also, dachte Daisy auf einmal erschöpft.

»Miss Dalrymple!« Mrs. Osbornes Stimme erscholl hinter ihr. Sie drehte sich um, während sich Doris rasch in die Küche zurückzog und die Tür hinter sich schloß. Die Frau des Pfarrers wirkte ziemlich sorgenvoll. In einer Hand schwang sie einen farbenprächtigen Strauß von Pompondahlien wie einen Schild, in der anderen eine scharfe Gartenschere.

»Oh, hallo«, sagte Daisy zu Tode erschrocken, wobei sie versuchte, nicht auf die Schere zu starren. Wenn Mrs. Osborne ihren Schwager umgebracht haben sollte, was nun mehr als wahrscheinlich schien, so war es in einem impulsiven Augenblick geschehen und ohne einen Gedanken an die unvermeidliche Entdeckung der Tat.

»Also wirklich, Miss Dalrymple«, fuhr sie sie an, »ich weiß, daß die heutigen Manieren recht lax sind, aber einfach herzukommen und in der Küche rumzuschnüffeln …«

»Ich wollte Sie unter diesen Umständen auf keinen Fall belästigen«, sagte Daisy wahrheitsgemäß, wobei sie hoffte, ihre Worte klängen echt. Verzweifelt suchte sie nach einer Entschuldigung und klammerte sich dann an eine ziemlich fade Ausrede. »Ich habe ein Taschentuch verloren und mich gefragt, ob Doris es vielleicht gefunden hat.«

Mrs. Osborne prustete los, die Schere hielt sie nun etwas tiefer. »Dieses Mädchen sieht nicht mal die Nase in ihrem eigenen Gesicht. Sollte Ihr Taschentuch aufgetaucht sein, so hat sie es sicher irgendwo hingelegt und völlig vergessen. Heutzutage ist es so schwer, tüchtiges Dienstpersonal zu finden! Sie hätten sich an mich wenden sollen.«

»Es tut mir leid!« Wie konnte sie sich nur rasch aus dem Staub machen? »Ich sollte lieber gehen und bei Mrs. LeBeau nachfragen. Es gehört zu jenen Tüchern, die meine Schwester für mich mit Tausendschönchen bestickt hat, wissen Sie«, schmückte sie ihre Notlüge hemmungslos weiter aus. Jenes heftig gehütete Taschentuch war bereits vor fünfzehn Jahren in einer Weise zerschlissen gewesen, daß es ihre Kinderfrau damals weggeworfen hatte.

»Ein Jammer, es zu verlieren. Ich werde ein Auge darauf haben.«

»Vielen Dank.« Zum Glück schlug nun die Kirchturmuhr. »Meine Güte, ist es wirklich schon vier? Dann muß ich aber rennen«

Daisy rannte nicht im wörtlichen Sinn gleich los; erst als sie um die Ecke war, nahm sie die Beine in die Hand.

An dem Tor zur Straße hielt sie inne und blickte zurück. Das Pfarrhaus sah von außen so aus wie immer, ein großes, häßliches viktorianisches Gebäude, daß nichts von den emotionalen Spannungen im Inneren verriet. Mit einem Schauder drehte Daisy dem Haus den Rücken zu und schloß das Tor hinter sich.

Auf den Stufen zu Mrs. Molesworths Haus stand inzwischen Alec, der gerade den Klopfer betätigen wollte. Man sah die dunkle Linie seiner gewaltigen Augenbrauen.

»Alec!« rief Daisy und stürmte auf ihn zu. Jene von einer gutbürgerlichen Erziehung bewirkten Hemmungen, wie Alec sie verspürte, hatte sie dabei nicht.

»Daisy, wo hast du gesteckt? Du wolltest zu Mrs. Molesworth, hast du gesagt, aber es ist niemand zu Hause. Du warst doch nicht im Pfarrhaus, du verrücktes Ding!«

Als Daisy sicher in seinen tröstenden Armen lag, erklärte sie: »Ich wollte das Dienstmädchen sprechen. Und ich bin kein verrücktes Ding, sondern habe den Hintereingang benutzt, um Mrs. Osborne aus dem Weg zu gehen. Konnte ich ahnen, daß eine Mörderin draußen im Garten Blumen pflückt?« Erwähne nur nicht die Schere, dachte sie. Davon brauchte er nichts zu wissen. »Stell dir vor, sie schwatzte ganz gelassen über unfähiges Dienstpersonal und verlorene Taschentücher!«

»Ich nehme an, daß die Aussage des Dienstmädchens deine Theorie von ihrer Schuld bekräftigt?«

»Zu der Versammlung hat Mrs. Osborne das Haus erst recht spät verlassen. Mrs. Molesworth sagte, daß sie gegen dreiviertel drei auf dem Podium auftauchte.«

»Um die Statue umzustoßen brauchte man nicht mehr als eine Minute. Vielleicht hat sie vorher nicht einmal mit dem Professor gesprochen.«

»Aber reichen denn diese Beweise aus?« erkundigte sich Daisy.

»Flagg hat Mrs. Lomax angerufen. Die sah, wie Mrs. Osborne den Saal betrat und verlor in dem Moment den Faden. Es war zwei Uhr siebenundvierzig. Sie hat sich genau die Zeit gemerkt, da sie später darauf zu sprechen kommen wollte, daß sie eine gute Viertelstunde die Versammlung allein geleitet hatte und so auch den Rest hätte bestreiten können. Flagg ist zufrieden mit ihrer Bestätigung der Geschichte von Miss Prothero, doch die Aussage des Dienstmädchens wird auch nützlich sein. Das ist mehr als genug, um Mrs. Osborne der Sache zu bezichtigen, in der Hoffnung, daß sie dann ein Geständnis ablegt. Ich stimme mit Flagg überein, daß sie wahrscheinlich nicht durchhält.«

»Wo ist Mr. Flagg?«

»Er ist nach Oakhurst gefahren, um den Haftbefehl zu erwirken, Frobisher ist doch Friedensrichter. Und du wirst ihm folgen, Daisy.«

Sie ergab sich ohne Murren. Sie hatte nicht den geringsten Wunsch, bei der Festnahme dabeizusein.

Daisy war schon auf halber Treppe, als Flagg aus der Bibliothek in die Eingangshalle trat. Er steckte gerade ein gefaltetes Blatt Papier in die Brusttasche seines bronzegrünen Jacketts und sagte im Ton vollster Zufriedenheit: »Unterschrieben, besiegelt und bereit, zugestellt zu werden. Ich nehme an, daß Sie Mr. Fletcher getroffen haben, Miss Dalrymple?«

»Ja, er erzählte mir, was Mrs. Lomax ausgesagt hat.« Daraufhin berichtete sie von ihrer Unterhaltung mit Mrs. Molesworth und Doris.

»Hervorragend.« Er rieb sich die knochigen Hände. »Zusätzliche Bestätigungen schaden nie. Kaum zu glauben – die anonymen Briefe und der Mord – all das nur, weil der Pfarrer Atheist geworden ist!«

»Nicht nur«, widersprach Daisy. »Der Mann schrieb die Briefe, weil er seine religiösen Instinkte und seine religiöse Erziehung nicht hinter sich lassen konnte. Er fühlte sich dazu verpflichtet, die Welt in Ordnung zu bringen. Und was den Mord angeht, wenn Sie mich fragen, so hätte sie es nie getan, wenn da nicht der ständige Spott des Professors gewesen wäre.«

»Nun, das mag sein«, sagte Flagg friedlich. »Anfangs haben Sie vielleicht ein wenig die falsche Richtung eingeschlagen, aber ich muß zugeben, am Ende waren Sie und Mr. Fletcher hilfreicher als ein Dutzend begriffsstutziger Constables, die von Tür zu Tür trotten und die Leute abfragen. Ich werde ganz stolz sein, wenn ich den ganzen Fall vor der morgigen gerichtlichen Untersuchung schon unter Dach und Fach gebracht habe. Der Richter und mein Superintendent werden beide froh darüber sein.«

Mit sich selbst zufrieden ging der Inspector weiter und ließ Daisy allein zurück, die nun über die Tatsache nachdenken konnte, daß nicht einmal Mord eine reine Tragödie ist.

Johnnie kam aus der Bibliothek und wirkte ebenfalls gelöst und heiter. »Also habt ihr den Briefeschreiber und Mörder in einer Person gefaßt«, begrüßte er Daisy.

»Hat Mr. Flagg es dir so erzählt?«

»Flagg ersuchte mich um die Ausstellung eines Haftbefehls für Mrs. Osborne. Er sagte, daß die Polizei nicht die Absicht habe, die Sache mit den Briefen weiterzuverfolgen. Leuchtet doch wohl ein, wenn man eine so viel schwerwiegendere Anklage gegen sie erheben kann, und natürlich möchte ich auch nicht, daß die Briefe publik werden. Ziemliches Pech für den armen Osborne. Ich muß mal sehen, was wir für die Familie tun können.«

Daisy beschloß, Johnnie den wirklichen Urheber der Briefe

zu verschweigen. Natürlich ließ es sich nicht verheimlichen, daß Mr. Osborne aus der Kirche austreten würde, aber sein Ausscheiden könnte man dann eher dem Verbrechen seiner Frau zuschreiben. Wenn außer dem Bischof niemand davon Kenntnis hatte, daß er wirklich zum Atheisten geworden war, so würde es für die Familie eine Last weniger sein, hoffte sie.

Johnnie griff nach ihrer Hand. »Ich sage nur, Daisy, ich bin verdammt froh darüber, daß ich dich gebeten habe, den Fall zu recherchieren. In Null Komma nichts hast du das Problem gelöst. Dafür werde ich dir jederzeit ein Empfehlungsschreiben als Detektiv ausstellen.«

»Nein, vielen Dank! Wenn du meinst, daß es mir eine *Freude* ist, ständig über Leichen zu stolpern oder Familien ins Unglück zu stürzen, dann solltest du dich eines Besseren besinnen.« Das entsprach im Kern der Wahrheit, auch wenn sie damit der Tatsache auswich, daß sie immer wieder Geschmack an Ermittlungen fand. »Ich bin Schriftstellerin«, sagte sie entschlossen.

»Nun, jedenfalls vielen Dank, meine Liebe.« Er gab ihr einen flüchtigen Kuß auf die Wange und errötete. »Kommst du auf die Terrasse zum Tee?«

»Ich komme gleich nach. Ich muß mich nur frisch machen.«

Als Daisy wieder hinunterkam, waren auch die Kinder mit Violet und Johnnie auf der Terrasse, also wurde über den Mord geschwiegen. Kurz darauf traf Alec ein, der mit Bitten bestürmt wurde, sein Versprechen, Cricket zu spielen, einzuhalten.

»Du hast es versprochen, Daddy.«

»Bitte, Onkel Alec!«

»Kann ich auch mitspielen?« fragte Peter.

»Natürlich«, sagte Belinda, während Derek sagte: »Nein.«

»Natürlich kann er«, sagte Vi.

»Nun gut. Wir drei gegen Onkel Alec.«

Alec stöhnte. »Sie leisten uns doch Gesellschaft, Frobisher, oder? Und du entkommst auch nicht, Daisy.«

Lord John willigte ein, und Daisy ließ sich überreden, da ein kühler Wind aufgekommen war.

»Aber laßt Onkel Alec erst seinen Tee trinken«, sagte Violet mit fester Stimme.

Die drei Kinder, Johnnie und der Hund gingen los, um das Spielfeld abzustecken, Tinker Bell trug die Torstäbe. Daisy teilte nun ihrer Schwester mit, daß man die Pfarrersfrau wegen Mordes verhaftet hatte.

»O Gott«, sagte Vi, wobei sich ihr heiteres Gesicht trübte. »Ich muß sehen, was ich für Mr. Osborne tun kann. *Sie* wäre ja genau die Richtige, die man bitten könnte, Hilfe zu organisieren, wenn sie nicht – o Gott! Ich frage mich, ob er die Kinder nach Hause holen möchte? Entschuldige mich bitte, Alec. Daisy wird dir noch Tee nachgießen.« Sie ging hinein zum Telephon.

Da er schon bei den Bartons Tee getrunken hatte, lehnte Alec eine zweite Tasse ab. Er und Daisy schlenderten den anderen hinterher.

»Du und Flagg, ihr habt Mrs. Osborne zusammen verhaftet?« fragte Daisy.

»Ja, unter größten Schwierigkeiten. Sie tobte und wütete, war halb hysterisch. Ich rief Dr. Padgett an und bat ihn, vorbeizukommen, sowohl um sie zu beruhigen als auch um Osborne beizustehen. Das war ein harter Schlag für den armen Kerl.«

»Ich bin froh, daß ich nicht dabei war«, bemerkte Daisy.

»Am Ende hattest du recht, weißt du«, sagte Alec düster. »Sie dachte, daß der Professor an der Abtrünnigkeit des Pfarrers schuld war. Da sie das vor drei Polizeibeamten aussagte, mußt du keine Zeugenaussage machen.«

An diese Möglichkeit hatte Daisy nicht gedacht und war sowohl bestürzt als auch erleichtert.

Alec fuhr fort: »Sie schien fast zu glauben, der Engel hätte ihn ohne menschliches Zutun erschlagen, oder zumindest, daß sie das Instrument Gottes gewesen sei. Es wird einen Antrag auf geistige Unzurechnungsfähigkeit geben.« Er wurde wieder fröhlich. »Eine Runde Cricket ist genau das, was ich jetzt brauche. Wo sind unsere Spieler?«

»Hinter den Bäumen«, sagte Daisy, »in sicherer Entfernung vom Haus. Zu viele zerbrochene Fensterscheiben.«

Er lachte. »Das ist ein Verbrechen, das ich zu gern mal untersuchen würde!«

Epilog

Der gelbe Austin Chummy brauste die Auffahrt hinunter, hielt zwischen den hohen Toren noch einmal an, und bog dann links ein Richtung Ashford und London. Daisy saß vorn neben Alec. Hinten saßen zwei aufgeregte Kinder – Derek war eingeladen, ein paar Tage mit Belinda zu verbringen und die Museen und den Zoo zu besichtigen – und ein Welpe namens Nana.

»Da ist noch eine Sache, die ich dich fragen wollte, Liebes«, sagte Alec. »Wie um alles in der Welt hast du von Dr. Padgett und den Wurmkurpillen erfahren?«

»Padgetts Patent-Welpenwurmkurpillen«, pries Daisy sie munter an. »Ich habe zufällig eine Schachtel davon im Dorfladen gesehen, ehe wir zu ihm gingen. Purer Zufall, von einer kühnen Vermutung gefolgt.«

Alec seufzte. »Wenn man ein Verbrechen aufklärt, so gehören wohl auch Zufälle und Vermutungen dazu«, folgerte er widerstrebend.

»Daddy«, sagte Bel mit unheilvoller Stimme, »Derek meint, daß Nana übel wird.«

Alec fuhr langsam an den Straßenrand und hielt an. Mit einem noch tieferen Seufzer wandte er sich zu Daisy hinüber und fragte recht wehleidig: »Warum lasse ich mich bloß von dir zu solchen Dingen überreden? Ich muß verrückt sein!«

Mord in Serie: Krimis bei AtV

RUSSELL ANDREWS
Anonymus
Ein Leseerlebnis, atemberaubend wie eine Achterbahnfahrt: Carl Granville bekommt die Chance seines Lebens. Aus geheimen Briefen soll er die Geschichte eines Jungen rekonstruieren, der seinen Bruder tötete. Doch der mysteriöse Auftrag gerät zu einem nicht enden wollenden Alptraum: Nicht nur, daß seine Verlegerin und eine Nachbarin getötet werden – bald verfolgt ihn die Polizei und hält ihn für einen Mörder.
»Ein temporeicher politischer Thriller in der Art von Grishams ›Akte‹.« MICHAEL DOUGLAS
Thriller. Aus dem Amerikanischen von Uwe Anton und Michael Kubiak. 450 Seiten. AtV 1900

ELIOT PATTISON
Der fremde Tibeter
Fernab in den Bergen von Tibet wird die Leiche eines Mannes gefunden. Shan, ein ehemaliger Polizist, der aus Peking nach Tibet verbannt wurde, soll rasch einen Schuldigen finden, bevor eine amerikanische Delegation das Land besucht. In den USA wurde dieses Buch mit dem begehrten »Edgar Allan Poe Award« als bester Kriminalroman des Jahres ausgezeichnet.
»Gute Bücher entführen den Leser an Orte, die er nicht so einfach erreichen kann: ein ferner Schauplatz, eine fremde Kultur, eine andere Zeit ... Pattison leistet all das zusammen.« BOOKLIST
Roman. Aus dem Amerikanischen von Thomas Haufschild. 493 Seiten. AtV 1832

CHRISTOPHER WEST
Zuviel himmlischer Frieden
Kommissar Wang ermittelt
China 1991: Mitten in einer Vorstellung der Peking-Oper wird ein kleiner Gauner ermordet. Die Spuren führen Kommissar Wang in Kreise des organisierten Verbrechens. Wang glaubt fest an den Sieg der Gerechtigkeit, doch läßt sie sich wirklich durchsetzen im heutigen China?
»›Zuviel himmlischer Frieden‹ ist für China, was ›Gorki-Park‹ für Rußland war.«
FLORIDA SUN-SUNTINEL
Roman. Aus dem Englischen von Frank Wolf. 288 Seiten. AtV 1754

BORIS AKUNIN
Russisches Poker
Fandorin ermittelt
Hat Fandorin nun doch noch seinen Meister gefunden? In Moskau geht ein Betrüger um, der die gerissensten Gaunerstücke inszeniert und vor nichts zurückschreckt, wenn sich nur ordentlich Geld scheffeln läßt. Von Fandorin und seinem Team wird höchster Einsatz verlangt bei diesem Pokerspiel.
»Akunin erzählt in bester russischer Tradition, grotesk wie Gogol, dunkel wie Dostojewski, unterhaltsam bis zuletzt.« DIE WOCHE
Roman. Aus dem Russischen von Renate und Thomas Reschke. 192 Seiten. AtV 1764

AtV